AF143424

Petites histoires entre nous…

Recueil de nouvelles

Petites histoires entre nous…

Recueil de nouvelles

Wen Saint-Clar

Femmes

(Petite réflexion écrite à l'occasion d'un 8 mars, date retenue par l'ONU pour célébrer la journée des droits des femmes).

Elles marchent dans la rue.
Et moi je les regarde.
Tranquillement, sagement, amoureusement.

J'ai toujours dit que si j'avais été une femme, j'aurais été lesbienne. À chaque fois que je dis ça à mes amies, elles rigolent en me répondant un *non* catégorique.

Elles me répondent que non, je n'aurais pas été lesbienne. Que je dis ça parce que je ne sais pas.

Elles, elles savent.
Parfois elles argumentent en me disant que je ne peux pas savoir l'effet que ça fait de se retrouver dans les bras d'un homme, de sentir sa présence, sa force même parfois. Comme si la " compagnie " d'un homme leur était aussi indispensable que celle d'une femme pour moi.

Généralement, je clos le débat à ce moment-là, elles ne comprennent pas ce que je dis. Elles ne savent pas à quoi je pense.
C'est beau une femme. J'aimerais être une femme.

Prenons un exemple.
J'ai fait des études, j'ai un travail, je suis un cadre, je travaille dans un bureau. Pour aller travailler, je mets des vêtements de travail, j'ai un uniforme. Si je suis un homme, la question ne se pose quasiment pas, je mets un costume, une chemise et une cravate. Je peux jouer sur quoi ? La couleur de la cravate, OK.

Quoi d'autre ?
La couleur de la chemise éventuellement, mais si je veux être élégant, la palette reste assez réduite quand même.

Si je suis une femme, la question se pose tous les jours et même plusieurs fois par jour. J'ai tellement de manières différentes d'être élégante.

Resserrons encore un peu le focus de l'exemple. Les femmes n'imaginent pas la platitude du choix d'un homme face à son placard à chaussures (quand il en existe un pour lui).

Alors, aujourd'hui, quel choix s'offre à moi ?
Des mocassins ou des chaussures à lacets ? Marrons ou noires ?

Une femme, avant même de penser à la couleur, doit penser à des dizaines d'autres choses. Talons ou pas, puis la hauteur, la forme, la largeur desdits talons. Fermées ou ouvertes. Le style, la forme, que sais-je encore.
Eh bien oui, justement, je ne sais pas.

Tout ce que je sais, c'est que dans la majorité des cas, ce n'est pas le choix qui l'emporte, mais la nécessité. Je ne peux pas mettre ces chaussures-là avec ce pantalon-là, pas avec ce sac-là, pas avec cette jupe-là, pas avec ceci ou cela. Au pire, le choix se fera par défaut (et légitimera la recherche, que dis-je, la quête d'une nouvelle paire de chaussures).
Être une femme – dans nos sociétés occidentales s'entend –, c'est résoudre chaque matin un système d'équations à n inconnues, n variant de zéro à dix mille en fonction de l'humeur, du temps et de l'influence du taux de reproduction des sauterelles naines dans la partie inférieure de l'Afrique subsaharienne…
Et après on s'étonne qu'elles s'énervent quand la voiture ne démarre pas ou qu'elles filent leur bas en sortant du métro !

Mais avant tout, au-delà de tout, les femmes sont belles.

Elles sont belles quand elles s'habillent ou se laissent déshabiller, quand elles se coiffent ou se laissent décoiffer, quand elles ne veulent pas qu'on les voie ou quand elles veulent être remarquées.

Les femmes sont belles quand elles se maquillent, quand elles se regardent dans le miroir, quand elles dorment, quand elles chantent à tue-tête dans leur voiture coincée dans les embouteillages en étant persuadées que personne ne les entend.

C'est beau une femme.

Maigre ou enrobée, petite fouine ou grande girafe, pétasse niçoise ou parisienne ultra-stylée, une femme restera toujours belle.

Ça ne doit pas être simple tous les jours. Il reste beaucoup à faire, c'est une évidence et il ne faut pas cesser de lutter. Mais si vous avez une journée par an pour cela, n'oubliez pas que tous les autres jours de l'année, vous êtes indispensables et sublimes.

Signé : W.
Celui qui vous aime et vous regarde passer.

*
* *

Présentations

En poussant la porte de l'immeuble, Bastien se sentait léger. Il avait toujours aimé le mois de mai. Le printemps s'était installé. Les températures étaient plus qu'agréables. Il faisait beau, chaud, les jupes des femmes raccourcissaient jour après jour, sur les bancs publics, les hommes tombaient amoureux par centaines.

Entrant dans l'appartement, il vit le visage d'Anaïs et comprit que quelque chose lui pesait. Elle présentait cette tête si caractéristique quand quelque chose la tracasse et l'embête. Ça n'allait pas tarder à sortir pensa-t-il. Elle n'arrive généralement pas à garder pour elle les choses très longtemps sourit-il intérieurement.

Bastien se débarrassa de sa veste, posa ses clefs et alla l'embrasser. Il s'assit à côté d'elle dans le canapé du salon. Elle l'embrassa doucement.

— Qu'y a-t-il ma chérie, lui demanda-t-il sincèrement concerné.

— Rien Bastien, lui répondit-elle, cherchant à dissiper sa contrariété beaucoup trop évidente.

— Voyons Anaïs, fit-il semblant de la gronder, je te connais, qu'est-ce qu'il se passe, demanda-t-il sérieusement.

C'en était trop pour Anaïs, elle ne pouvait plus garder pour elle ce qu'elle avait en tête. Elle avait bien cherché à lutter pour ne pas aborder le sujet à peine Bastien rentré, mais il fallait qu'elle lui dise. Elle se retourna vers lui et le regarda.

Enfin, se dit-il, elle va lâcher le morceau. Puis il continua intérieurement. Et vu la tête qu'elle a, ça semble sérieux. Il sourit autant pour la détendre que pour se moquer intérieurement gentiment d'elle. Il avait vite compris qu'il n'y avait strictement rien de grave, mais il savait, par expérience, qu'il devait présenter un visage tout à fait sérieux lorsqu'elle voulait lui parler ainsi. Dans le cas contraire, elle était capable de se vexer terriblement, préalable à une soirée d'explication et de disputes plus ou moins graves.

Anaïs prit une profonde inspiration.

— Bon, commença-t-elle, tu sais que Nathalie doit venir dîner demain soir à la maison.

Bastien fit oui de la tête, très sérieusement. Il avait totalement oublié ce dîner, mais maintenant qu'elle lui en reparlait, c'est vrai que c'était prévu. Elle lui avait dit la semaine dernière déjà. Il l'invita à poursuivre.

— Oui, et donc, dit-il pour relancer la discussion.
— Tu sais aussi que si elle vient dîner, à la base, c'était pour lui tenir compagnie, qu'elle ne soit pas seule après sa rupture avec Cédric.

Ça, par contre, Bastien ne l'avait pas oublié. Leur rupture avait provoqué un tel cataclysme ces dernières semaines dans leur groupe d'amis qu'il était difficile de l'oublier. Les relations étaient encore plutôt compliquées, mais les choses s'étaient apaisées et ils avaient réussi à se quitter finalement en bons termes, à savoir que ni l'un, ni l'autre ne paraissaient trop affectés par leur séparation.

— Oui, je sais, répondit alors Bastien. Et donc, je ne vois toujours pas ce qui t'inquiète.
— Et bien, je l'ai eu au téléphone tout à l'heure. Elle baissa le ton, comme pour faire une confidence. Elle m'a demandé si cela posait un problème qu'elle vienne avec un ami comme elle m'a dit.

Anaïs avait levé les doigts pour signifier les guillemets à mettre au terme ami. Bastien la regarda, cherchant à comprendre où elle voulait en venir et montrant l'étendue de son incompréhension.

— Ben enfin, Bastien, fit-elle légèrement exaspérée. Un ami ! Anaïs remit les guillemets avec ses doigts en les accentuant par une moue entendue. Tu ne vois pas ce que ça signifie, lui demanda-t-elle d'un air excédé. Ça signifie que c'est son nouveau copain.

Bastien se détendit. Ce n'était que ça, pensa-t-il. Pas de quoi fouetter un chat. Cependant, il ne quitta pas son air sérieux et attentif. Il ne connaissait que trop la susceptibilité d'Anaïs quand elle faisait des confidences de ce genre sur ces copines.

Sans avoir besoin de la relancer, elle continua.

— Bon alors en fait, reprit-elle d'un ton beaucoup plus normal, on a discuté un peu et tu imagines bien qu'elle m'en a dit plus.

— Oui, j'imagine, dit Bastien, comprenant qu'il allait avoir le récit dans les détails de ce que s'étaient dit les copines au téléphone.

— En fait, elle m'a dit que c'était un pur plan cul, rien de sérieux.

Bastien marqua son étonnement. Cela ne ressemblait pas du tout à Nathalie. Anaïs se sentit obligée de justifier la conduite de son amie.

— Oui ben tu crois quoi, lui demanda-t-elle. Elle n'allait quand même pas se morfondre pendant des semaines et rentrer dans les ordres. Elle avait besoin de s'amuser, elle a trouvé un crunch…

— Un quoi ? l'arrêta Bastien.

— Un crunch mon chéri, répondit Anaïs mi-confuse, mi-amusée.

Elle venait de faire une gaffe et d'employer un mot que les filles n'utilisent généralement qu'entre elles. Elle reprit immédiatement pour noyer le poisson.

— T'inquiète pas, c'est une expression de filles, c'est un coup d'un soir, un type qu'on n'est pas censée revoir. Bref, c'est pas ça qui est important conclut-elle maintenant visiblement gênée. Donc, c'est son copain, ça ne va pas durer, et il s'appelle Soini, c'est la version finlandaise de Sven. Il repart en Finlande dans trois jours et elle n'en entendra plus jamais parler.

Bastien écoutait religieusement. Tout ceci l'étonnait beaucoup de la part de Nathalie, mais pourquoi pas. Finalement, se dit-il, elle a effectivement bien le droit de s'amuser. Anaïs continuait.

— Elle m'a dit que c'était un dieu vivant, qu'elle n'avait jamais couché avec un homme aussi beau. Bastien sentait de l'excitation dans la voix de la jeune femme, cela l'amusait beaucoup. Et en plus, elle m'a dit, Anaïs avait baissé le ton avant de poursuivre, que c'était une vraie bête au lit. Elle laissa traîner un peu sa phrase avant de reprendre. Nathalie m'a confié qu'il lui avait fait l'amour magnifiquement, que c'était… ouh la la !

Anaïs adopta une expression de contentement extrême en fouettant sa main rapidement de bas en haut devant elle. Nul doute que le dénommé Soini avait réussi à la faire jouir intensément d'après Bastien. Pour qu'elle en parle comme ça à sa copine, cela avait dû être marquant.

Bastien savait aussi l'attirance que pouvait avoir Anaïs pour les stéréotypes masculins nordiques. Elle lui avait signifié à plusieurs reprises qu'elle était capable de fantasmer de manière totalement irrationnelle sur l'homme du nord de l'imaginaire collectif : le bucheron musclé, grand, fort, blonds aux yeux clairs.

— Bon, ben très bien répondit Bastien pour clore la discussion. Où est le problème lui demanda-t-il sans attendre de réponse. Nathalie vient dîner avec son plan cul, no problemo pour moi conclut-il sans attendre. Un problème pour toi, lui demanda-t-il vraiment, sous-entendant qu'il ne voyait pas pour quelles raisons elle pourrait être gênée de quoi que ce soit.

La réponse dut apaiser Anaïs, car elle ne trouva rien à rétorquer excepté une dénégation de la tête. Bastien en fut ravi, se leva et décida de la provoquer un petit peu.

— Et puis comme ça, ajouta-t-il en allant se dirigeant vers la cuisine, je pourrai constater si le fantasme du grand blond aux yeux bleus te fait toujours autant d'effet. Il laissa traîner sa phrase, n'attendant pas de réponse.

Anaïs, gentiment vexée, lui tira la langue en plissant les yeux, puis jura tout bas.

— Celle-là, mon vieux tu ne l'emporteras pas au paradis ! dit-elle tout bas.
— Qu'est-ce que tu dis ma chérie, lança Bastien qui était déjà loin.
— Non, non, rien mon chéri, dit-elle obséquieusement. Elle ne résista cependant pas à lui lancer une pique pour avoir le dernier mot. En tout cas, dit-elle beaucoup plus fort, je ne vois pas pourquoi je ne fantasmerais pas

sur les grands blonds musclés aux yeux bleus dès lors que tu n'as d'yeux, dans la rue, que pour les blondes aux seins surdimensionnés et aux jambes interminables. Et toc pensa-t-elle, mouché !

— Tu sais bien que je n'ai d'yeux que pour toi mon amour, lui fit-il avec humour, la tête dans le frigo. Puis il changea de sujet instantanément pour couper court à la discussion. Tu as racheté des yaourts, lui demanda-t-il.

Anaïs avait déjà disparu à l'autre bout du salon en souriant et surtout, en se demandant ce qu'ils allaient bien pouvoir préparer à manger demain soir pour Nathalie et son Soini.

*
* *

Le lendemain soir, Anaïs et Bastien ne mirent pas les petits plats dans les grands. Ils préparèrent deux salades composées consistantes, auxquelles ils ajoutèrent une tarte salée classique pour se faciliter la vie.

Nathalie et son petit ami arrivèrent à l'heure dite et tous s'installèrent dans le salon pour prendre un verre agrémenté d'amuse-bouches divers. Soini parlant un très mauvais français, ils alternaient avec l'anglais qu'il comprenait parfaitement.

Anaïs et Bastien découvrirent à cette occasion une facette de la personnalité de Nathalie qu'ils ne connaissaient pas. Ils étaient en face d'un très jeune couple, puisqu'ils ne se connaissaient que depuis une semaine grand maximum, avec toute la fougue et la tension sexuelle qui peut exister dans ce genre de situation.

Ils ne cessaient de se toucher, de se caresser, de s'embrasser même. Loin d'être gênante, la situation était touchante et il faut croire qu'elle était communicative puisque Bastien surprit Anaïs à plusieurs reprises en train de lui passer la main dans le cou, ou de l'embrasser plus tendrement que d'habitude.

De son côté, Anaïs était proprement subjuguée. Et à plus d'un titre d'ailleurs.

D'une part, voir son amie heureuse lui faisait extrêmement plaisir. Cela faisait plusieurs mois maintenant qu'elle l'avait régulièrement au téléphone. Elle lui remontait le moral plus souvent qu'elles ne riaient ensemble. Ce soir, Anaïs constatait avec plaisir que l'aventure sexuelle, et probablement sentimentale elle n'en doutait pas, de sa copine lui faisait beaucoup de bien. Cela la réjouissait.

Anaïs avait toujours eu un petit faible pour Nathalie. Y compris physiquement. Il faut dire qu'elle avait vraiment tout pour plaire. De taille légèrement supérieure à la moyenne des filles, Nathalie compensait un visage tout à fait banal par des yeux hyper expressifs et surtout, un corps de rêve. En définitive, elle n'était pas jolie. Elle était même totalement banale, et ressemblait à des dizaines de femmes dans la rue. Les hommes ne se retournaient pas sur son passage. Mais elle bénéficiait d'un corps d'une beauté incroyable. Elle ne savait pas le mettre en valeur et s'habillait avec des vêtements informes ou qui ne lui allaient pas. Toutefois, Anaïs avait déjà eu l'occasion de la voir nue à la piscine, et avait été époustouflée par la beauté de ses courbes. Ses jambes étaient parfaitement dessinées, ses fesses n'avaient pas un gramme de graisse mal placée. Elles étaient fermes et rondes. Ses hanches formaient un arrondi idéal qui venait se resserrer au niveau de sa taille qu'elle complétait par un ventre ultra plat et musclé. Sa poitrine, bien que loin d'être excessive, était absolument parfaite. Ses seins étaient ronds, fermes et magnifiquement beaux. Lorsqu'elle l'avait vu nue, elle ne put s'empêcher d'être une fois de plus étonnée par ses épaules et ses bras, idéalement proportionnés ce qui lui permettait de s'habiller avec n'importe quoi et de ne pas avoir l'air ridicule.

Malheureusement, elle ne savait pas s'habiller. Ou du moins, faisait preuve de trop peu de goût selon Anaïs pour que sa beauté naturelle puisse apparaître aux yeux de tout le monde. Nathalie était une très belle femme.

La surprise de la soirée à ce sujet, c'était qu'elle portait une petite robe qui lui allait parfaitement bien. C'était une robe plutôt près du corps et elle épousait parfaitement sa morphologie. Ses hanches se détachaient parfaitement de sa taille, ses jambes étaient soulignées par des chaussures à petits talons largement suffisants, et sa poitrine était clairement mise en valeur sans pour autant qu'il n'y ait le moindre décolleté.

Anaïs était amicalement envieuse de son amie. Et sa jalousie était largement entretenue par ce qui s'était passé il y a quelques années entre elles, un soir où elles avaient trop bues l'une et l'autre.

Elles étaient rentrées chez l'une qui habitait encore seule à l'époque, après une soirée plus qu'arrosée chez des amis communs. Elles avaient commencé à dangereusement se rapprocher l'une de l'autre dans l'ascenseur. Les caresses et les propositions, étaient devenues clairement franches lorsqu'elles s'étaient retrouvées face à la porte de l'appartement puis ensuite assises côte à côté dans le canapé du salon. Elle n'avait jamais dit précisément à Bastien ce qui s'était passé ensuite. Toujours est-il qu'elle lui avait avoué au minimum des caresses plus ou moins appuyées et des baisers enfiévrés. Avec la langue parfois avait précisé Anaïs un jour où le sujet était revenu sur le tapis, juste avant de se taire, comprenant qu'elle en dirait trop si elle continuait à en parler.

La voir ainsi ce soir réveillait non seulement les souvenirs qu'elle avait de cette soirée si éphémère, mais également sa libido lorsqu'elle les voyait s'embrasser et se caresser presque ouvertement toutes les dix minutes.

Mais ce n'était pas pour autant la seule raison pour laquelle Anaïs était subjuguée. En effet, d'autre part, tous les coups d'œil qu'elle avait pu jeter discrètement sur Soini lui confirmait absolument tout ce que Nathalie lui en avait dit. Et elle lui en avait dit quand même beaucoup.

Surtout, elle n'avait pas tout répété à Bastien.

Soini était simplement et tout bêtement beau. Ses mains étaient larges, son nez saillant au milieu de ses yeux clairs. Il portait un pantalon qui mettait ses fesses et son entrejambe parfaitement en valeur. Et c'était sans parler de son tee-shirt qui moulait ses épaules et ses pectoraux juste assez pour voir ce dont il disposait.

Elle craquait sur lui, littéralement. A plusieurs reprises, Anaïs ne put s'empêcher d'être sottement jalouse de sa copine. Elle avait levé un bloc, un top-modèle version finlandaise, comme elle lui avait dit, et elle n'avait pas menti. Anaïs était totalement sous le charme.

Ils passèrent des canapés du salon à table.

Lorsque tous se levèrent à cet effet, les corps se touchèrent, se frôlèrent même dangereusement. Comme dans un ballet désynchronisé, l'on eut l'impression que chacun n'osait pas se positionner ici ou là, se déplacer par-là plutôt que par ici. Les mains de l'une s'appuyèrent sur les épaules de l'autre pour la laisser passer tandis que Soini avait posé sa main dans le bas du dos de Nathalie. La situation était très troublante.

Bastien s'aperçut très vite de la confusion d'Anaïs et, loin de se vexer ou d'en être jaloux, il s'amusa beaucoup de la situation. Conscient que la tension sexuelle était palpable autour de la table, il s'amusa à faire dériver la discussion sur des sujets pimentés.

Le fait d'être obligé de parler anglais, dans des mots simples pour que tout le monde comprenne, limitait les sujets de discussion. Ils parlèrent donc de sujets légers, déclenchant force rires et gestes câlins divers et variés.

Sous la table, Bastien s'amusait à poser sa main de manière non équivoque sur la cuisse nue d'Anaïs. Elle se laissait faire. D'une part, parce qu'elle aimait ça. Et d'autre part, parce qu'elle était clairement excitée. Elle portait un mini-short avec des sandales et un top léger sans soutien-gorge. Sa poitrine menue lui autorisait ce genre de fantaisie. Malheureusement, à plusieurs reprises, elle regretta de ne pas en porter. Ses seins pointaient coupablement sous son top et il fallait être aveugle pour ne pas s'en apercevoir.

Ce côté légèrement exhibitionniste excitait terriblement Bastien. Il savait bien qu'elle n'avait pas prémédité l'omission de sous-vêtements. Il savait par ailleurs qu'elle ne portait rien sous son short. Anaïs ne portait jamais rien sous ce short en particulier. Par contre, il prenait un malin plaisir à constater à quel point elle regrettait ce choix à certains moments. Son excitation était beaucoup trop visible. Elle détestait être mal à l'aise ainsi. Normalement.

Or, là, Bastien y regarda de plus près à de nombreuses reprises et elle ne paraissait finalement pas si mal à l'aise que ça.

Ses seins pointaient visiblement et pourtant, elle continuait à parler comme si de rien n'était. Ses jambes se décroisaient et se recroisaient sans cesse, ses cuisses bougeaient sur sa chaise pour tenter de diminuer les picotements qu'elle ressentait au creux des jambes. Pour autant, elle semblait s'en accommoder.

Lorsque la discussion dérivait et que les regards se faisaient plus insistants entre les personnes autour de la table, Bastien remarquait immédiatement le bout de seins d'Anaïs se durcir. Et plus ils durcissaient, plus ils ressortaient visiblement de son top satiné. Et plus ils bombaient le fin tissu, plus Anaïs se trémoussait sur sa chaise. L'excitation prenait possession d'elle de manière transparente. Les mouvements de ses épaules faisaient glisser sa poitrine contre le tissu de son vêtement. Bastien savait que cela lui procurait une sensation délicieuse. Elle adorait les légers frottements sur sa peau et particulièrement sur sa poitrine. Ils l'avaient déjà expérimenté avec quelques accessoires tels qu'une plume ou même un simple morceau de tissu.

Nathalie s'en apercevait aussi. C'était incontestable. Elle s'en apercevait d'autant plus qu'elle-même était également en proie à une chaleur intérieure indiscutable. Sa tenue était beaucoup moins révélatrice, mais s'il y avait une chose que Nathalie n'arrivait pas à camoufler, c'était son excitation. Lorsque l'envie prenait possession d'elle, c'était tout son corps qui l'exprimait.

Elle était prise de tics irrépressible qu'Anaïs avait appris à reconnaître au premier coup d'œil. Elle remettait en place ses mèches de cheveux toutes les trente secondes. Elle lissait ses sourcils aux contours pourtant parfaits au même rythme. Anaïs constatait aussi que ses joues se rosissaient irrésistiblement à l'instant même où un sujet de discussion provoquait chez elle la moindre excitation.

L'ambiance était devenue torride autour de la table et personne ne s'y trompait.

Soini, avec son naturel et l'absence de gêne caractéristique d'une personne discutant à table dans un autre pays que le sien, dans une autre langue que la sienne et avec des étrangers, mit le feu aux poudres.

Comprenant parfaitement les liens existants ou supposés entre les invités autour de la table, il demanda innocemment à Nathalie, à voix haute, si Anaïs et elle avait déjà vécu une aventure sexuelle ensemble. La question était posée dans un anglais parfait, mais Nathalie ne la comprit pas immédiatement. Gênée et ne sachant pas trop quoi répondre à une question qu'elle n'avait pas vraiment voulu comprendre, elle reformula ce qu'elle croyait avoir compris. C'est ainsi que Nathalie demanda, presque naturellement à Soini de confirmer qu'il venait bien de lui demander si Anaïs et elle souhaitait avoir une relation sexuelle ensemble ce soir.

Il comprit parfaitement l'équivoque, mais abusa d'un air naïf ne trompant plus que les deux femmes. Lesquelles acceptaient d'ailleurs volontiers de se laisser avoir. Bastien, quant à lui, comprit parfaitement la manœuvre. Soini et lui échangèrent un regard les rendant complices instantanément. Il le soutint silencieusement d'un rapide clin d'œil. Soini décida d'enfoncer le clou.

Non, non, fit-il comprendre à Nathalie tout en regardant également Anaïs. Il ne voulait pas dire tout de suite, mais par le passé expliqua-t-il en anglais avec force geste. Il laissa passer une seconde puis reprit la parole. Pour autant, expliqua-t-il à Nathalie d'un air entendu, si jamais elle souhaitait s'y livrer tout de suite, cela ne lui posait pas le moindre problème non plus.

Un coup d'œil à Bastien pour recueillir son assentiment et l'affaire était entendue. Il venait de réveiller les pulsions des deux femmes.

Les quelques verres bus jusque-là firent tomber les dernières inhibitions subsistant chez l'une et l'autre. C'est même Anaïs qui relança la première.

Elle regarda Nathalie le cœur serré et la respiration suspendue. En définitive, elle avait toujours ressenti une attirance physique pour son amie Nathalie. Elle avait camouflé ce sentiment sous un habillage d'amicale jalousie pour son corps parfait. Elle entretenait d'autant plus ce sentiment, car rares étaient les personnes à s'en être aperçues. Nathalie était une femme suffisamment discrète, passablement effacée ou du moins, loin d'être exubérante. Ainsi, elle ne se permettait jamais d'extravagances vestimentaires. Ceci expliquant aussi probablement son goût discutable pour l'accord de ses vêtements au quotidien, très peu de personnes savaient à quel point elle avait un corps académique et sans le moindre défaut. Le simple fait qu'Anaïs fasse partie de ces personnes, l'ayant déjà vu dans le plus simple appareil, rajoutait au caractère sélectif de cette connaissance. Comme si cela accordait un élément supplémentaire dans la relation entre elle et Nathalie. Cette complicité, cet élément partagé réservé à Anaïs alimentait ainsi d'autant à la fois sa douce jalousie, mais également son désir charnel clandestin.

Toutefois, la situation présente lui mettait la vérité sous les yeux. Elle ressentait une vraie attirance physique pour son corps aux courbes irréprochables. Elle se l'avoua intérieurement. Si depuis le début du repas, elle avait mis son état d'excitation sur le dos des sujets abordés et sur la présence clairement érotique de Soini, elle comprit en un instant que tout concourait à la prise de conscience de l'attirance qu'elle ressentait pour Nathalie. Elle décida de ne pas laisser passer l'occasion et reprit la balle au bond.

— Mais je ne suis absolument pas contre, dit-elle en français avec un air de défi en regardant Nathalie bien droit dans les yeux. Bien au contraire même.

La provocation fit un effet inimaginable autour de la table. Elle prononça la fin de la phrase en se levant et en contournant la table. Les deux femmes ne se quittaient pas des yeux. Nathalie redoutait autant qu'elle appelait la suite des événements.

Enfin se dit-elle, Anaïs allait se décider à entendre tous les signaux qu'elle lui avait envoyé depuis tant d'années. Toutes les ambiguïtés, tous les sous-entendus entre elles deux depuis des années remontaient à la surface de manière évidente.

Ayant retrouvé sa vie de célibataire depuis quelques temps, elle avait appris à laisser libre cours à ses envies, à ses pulsions et laisser ses interdits de côté pour vivre une vie tant personnelle que sexuelle comme elle l'entendait. Mais là, il était question de quelque chose de plus profond, d'un désir qu'elles s'étaient interdites durant tant de temps et de tant de manières différentes. Peut-être même ressentait-elle une sorte de peur. Or elle ne voulait plus ressentir la moindre peur concernant sa vie. Elle se défia même de dépasser celle-ci.

Arrivée à cette étape de la réflexion, Anaïs s'était déjà physiquement déplacée derrière elle. Parfois, les actes vont plus vite que les pensées. Elle retint sa respiration, incapable de quoi que ce soit d'autre, suspendue aux secondes interminables du moment.

Anaïs tendit les bras en s'approchant d'elle et lui caressa le cou juste après avoir posé ses mains sur ses épaules. Elle posa ses mains bien à plat, resserrant doucement ses doigts et pressant ses paumes contre le haut des omoplates. Elle resta ainsi une seconde, peut-être deux. Elle avait besoin, elle aussi, de se rendre compte que ce qu'elle faisait était bien réel. Qu'elle n'était plus dans le fantasme ressenti de loin en loin au fil des années à côtoyer son amie. Elle venait d'initier un mouvement après lequel il serait difficile de revenir en arrière. Anaïs remonta ses mains dans les cheveux de Nathalie, glissant sur la base du crâne. Cette caresse avait le don de la faire craquer elle-même donc elle n'hésita pas une seconde à la tester sur son amie. De surcroît, elle adorait elle-même passer la main dans les cheveux de Bastien, alors dans les cheveux longs de Nathalie, l'effet en était décuplé.

Anaïs sentit le frisson parcourant le dos de Nathalie. C'était un frisson indécent, un frisson disproportionné, libérateur.

Nathalie inspira profondément. Elle ferma les yeux et mit la tête en arrière.

— Alors là Anaïs, si tu fais ça, la prévint-elle, je ne réponds plus de rien. Elle émit un petit grognement de plaisir. Tu n'as pas la moindre idée de ce que cela provoque chez moi, précisa-t-elle dans un soupir.

Nathalie pencha la tête sur le côté. Elle s'abandonna entièrement aux caresses de son amie sous les yeux de Bastien et de son propre amant du moment. Pendant une fraction de seconde, elle ressentit un moment de doute et quelques réticences. Et si ce n'était pas bien, se demanda-t-elle. Mais Anaïs avait de nouveau replongé ses doigts dans ses cheveux. Toute résistance de la part de Nathalie devenait totalement inutile surtout qu'Anaïs avait agrémenté sa caresse d'un baiser terriblement érotique dans son cou.

Nathalie ne pouvait plus lutter contre ses propres envies. Elle se livrait à présent entièrement, sans la moindre hésitation.

*
* *

Nathalie sentit Anaïs dégrafer le haut de sa robe. Soini l'abaissa pour libérer son buste. Sa poitrine, engoncée dans un soutien-gorge aux broderies affriolantes fut libérée rapidement. Soini put alors, d'abord se pencher, puis finalement, se mettre à genoux devant Nathalie pour embrasser ses globes parfaits.

Bastien regardait tout cela avec le plus grand intérêt. Il mourrait d'excitation de voir Anaïs déclencher une telle excitation chez Nathalie et ce qui se déroulait sous ses yeux assouvissait secrètement ses fantasmes voyeuristes les plus intimes.

La scène avait fait naître, entre ses jambes, une formidable érection depuis plusieurs minutes. Il se demandait ce qui l'excitait à ce point. Etait-ce le fait qu'Anaïs aille caresser, finalement très chastement, leur amie ou bien était-ce de voir Soini, cet éphèbe venu du froid d'un tempérament visiblement bouillant, embrasser et caresser la poitrine parfaite de Nathalie.

Il en était encore à tenter de trouver une réponse tout en réprimant la bosse qui s'était formé dans son pantalon quand son regard croisa celui d'Anaïs.

— Viens, lui chuchota-elle tout en baissant les yeux vers Nathalie ayant déjà signé sa reddition à ses caresses et devenant folle des baisers de Soini sur ses seins.

Bastien interrogea une nouvelle fois Anaïs du regard. Que lui disait-elle, se demanda-t-il. Il n'osait le croire. Elle répéta son invitation, tout aussi silencieusement.

— Viens, fit-elle tout bas en jetant à nouveau un coup d'œil vers son amie assise juste devant elle.

Elle l'invitait effectivement à s'approcher d'eux et à participer à leur étreinte.

Bien que d'un naturel aventureux, Bastien connaissait aussi la jalousie d'Anaïs et se méfia dans un premier temps de son invitation. Il avait à peine bougé quand il vit Anaïs se pencher vers son amie et lui chuchoter quelque chose à l'oreille. Immédiatement après, Nathalie le regarda. Le rose de ses joues était maintenant devenu totalement rouge écarlate. Elle se mordait les lèvres de plaisir et d'embarras. Elle leva les yeux pour regarder Anaïs dont le visage se trouvait au-dessus du sien. Bastien lut sur ses lèvres un " oh oui " prononcé dans un souffle juste avant que les lèvres des deux femmes ne se rejoignent dans un doux baiser.

C'était comme si chacune faisait un cadeau à l'autre. Anaïs offrait son homme à Nathalie, et cette dernière allait lui offrir la réalisation d'un fantasme qu'elle n'aurait jamais osé espérer : que Bastien fasse l'amour à une autre femme sous ses yeux, femme qu'Anaïs désirait secrètement.

Soini relevait la tête et comprit instantanément. Il tourna la tête vers Bastien. D'un signe de tête, il lui confirma son accord formel. Bastien décida alors de contourner la table et de s'approcher.

Anaïs tenait toujours le visage de Nathalie lorsque Soini remonta le sien pour l'embrasser intensément. Bastien, arrivé juste à côté, n'osait rien faire, se trouvant bien emprunté face à cette situation qu'il n'avait jamais imaginée. Anaïs, confirmant concrètement sa sollicitation de quelques secondes auparavant, lui prit la main et la déposa fermement sur l'un des seins de Nathalie.

Celle-ci, emportée par son ardeur, maintenait d'une main le visage de Soini contre le sien pour prolonger autant que faire se peut un baiser devenu à présent presque indécent. Son autre main avait déjà fait le tour d'une des jambes de Bastien. Elle l'a déposa sur ses fesses qu'elle caressait franchement.

Bastien se pencha et entreprit d'embrasser la poitrine de Nathalie. C'est Anaïs qui, se baissant, lui ordonna dans un souffle d'aller se mettre entre les cuisses que Nathalie écartait au même instant.

— Occupe-toi d'elle, lui dit-elle. Tu le fais si bien.

Anaïs avait dit cela en souriant, mais l'ordre ne pouvait être contredit.

Bastien se mit à genoux entre les jambes de Nathalie. Il remonta doucement le bas de sa robe. Pendant ce temps, Soini continuait à embrasser fougueusement la jeune femme tandis qu'elle tentait maladroitement de défaire sa ceinture et de dégrafer son pantalon.

Bastien posa ses mains sur les genoux de Nathalie. Lorsqu'il commença à les remonter lentement, il sentit la jeune femme frémir. Sans approcher son corps, il tendit les bras pour aller chercher la culotte de Nathalie. Il attrapa le côté du morceau de tissu. Nathalie souleva légèrement les fesses de la chaise et Bastien fit glisser la lingerie jusqu'au milieu de ses cuisses. Bastien fit glisser la culotte le long des jambes de la femme dans un mouvement ininterrompu, mais d'une lenteur insoutenable. Ces quelques secondes rendirent Nathalie folle de désir. Sentir glisser délicatement le tissu le long de ses jambes l'excita follement. L'intensité de son désir trouva son expression au creux de ses jambes. Elle sentit son humidité s'épancher. Son sexe, emplit d'une ardeur bouillonnante, scintillait d'humidité. Elle dut se retenir de ne pas passer sa propre main entre ses cuisses pour tenter d'apaiser le feu qui se consumait au creux de son corps.

Bastien savait parfaitement tout cela. Avant d'enfouir sa langue dans le creux de son intimité, il savait qu'une certaine mise en scène était fondamentale. Chacun de ses mouvements n'avait pour seul but que de préparer son explosion à venir. Il n'allait pas s'arrêter là d'ailleurs, il restait encore bon nombre de leviers qu'il pouvait et qu'il allait actionner.

Bastien continua sa réflexion en une fraction de seconde. C'est le grand avantage des relations éphémères se disait-il, de celles qui ne durent que le temps d'une soirée. Les protagonistes peuvent déployer tout l'arsenal dont ils disposent pour faire atteindre le plaisir à l'autre. Personne ne viendra reprocher, lors d'étreintes futures, d'avoir déjà employé certains artifices, donnant ainsi la rédhibitoire impression de déjà vu. Impression entraînant avant même que la relation n'ait le temps de s'éterniser, le sentiment forcément fatal qu'il ne reste plus rien à découvrir de l'autre, y compris et surtout sexuellement. Dans le cas d'une relation non appelée à durer, les interprètes de la pièce qu'ils inventent peuvent tout donner. Ils peuvent même parfois dépasser leurs propres limites et expérimenter des actes inédits. Laisser libre cours à ses désirs les plus enfouis, sans peur du reproche, sans crainte du jugement. Et encore, même si un jugement est émis, même si le comportement de l'un ou de l'autre dépasse les limites, peu importe qu'il le soit, l'on n'en saura rien.

Sans même connaître les pratiques sexuelles acceptées par Nathalie, Bastien savait qu'à circonstances exceptionnelles, il pouvait répondre par des comportements exceptionnels. Il décida de ne pas s'en priver.

Il frotta délicatement sa barbe de trois jours contre l'intérieur de la cuisse de Nathalie. Elle écarta encore un peu plus les jambes. Bastien se demanda l'espace d'un instant si cela signifiait que cela lui déplaisait ou si elle voulait simplement lui laisser un plus libre accès au creux de ses jambes.

Il écarta légèrement le visage de sa peau. Elle rapprocha sa jambe près de sa joue. Cela lui plaisait, elle voulait qu'il continue.

Bastien s'approcha de son sexe plusieurs fois en glissant sa joue délicatement irritante sur l'intérieur de sa cuisse, là où la peau est la plus sensible. Nathalie se liquéfiait.

Chaque fois qu'elle sentait la douce brulure de sa barbe naissante sur l'intérieur de ses jambes, elle priait tous les dieux de l'amour et du plaisir qu'il continue son mouvement. Elle attendait fébrilement qu'il remonte jusqu'à son sexe trempé pour la dévorer. Et à chaque fois, elle réprimait une vague de frustration en sentant son visage repartir vers l'arrière jusqu'à son genoux. Son pouls s'accélérait à chaque centimètre parcouru par sa joue. Sa respiration devenait plus difficile lorsqu'il s'approchait de son antre. Les mains de Soini caressaient ses seins. Sa bouche contre la sienne, bouche qu'elle dévorait langoureusement, ne suffisait plus à transférer son attention ailleurs qu'entre ses cuisses. A ce moment précis, Elle était prête à tout, excepté d'être frustrée.

Une vague de plaisir la submergea littéralement lorsqu'elle s'aperçut que les mains de Bastien étaient remontées à l'orée de son sexe. Ses doigts écartèrent ses lèvres pour libérer son clitoris tendu. Elle eut honte de son excitation libérée lorsqu'il posa délicatement sa langue sur son petit bouton. Ce fut comme une libération. Elle aurait pu jouir à l'instant même où la langue de Bastien se posa sur son clitoris. Mais son orgasme allait être total. Il s'en fallut d'une fraction de seconde. Mais à l'instant précis où il commença à lécher l'entrée toute entière de son sexe, son attention fut détournée. En temps normal, frôler un orgasme ainsi, aussi intense, aussi travaillé, aussi attendu l'aurait mise dans une fureur intérieure noire. Mais c'était tout le contraire.

Sans se concerter, les actions respectives de Soini et Bastien avaient été parfaitement coordonnées. Sentant la langue de Bastien fouiller les plis de l'orée de son sexe, elle fut presque surprise lorsque Soini déposa l'extrémité de son gland devant sa bouche. Elle se souvenait de sa saveur pour l'avoir déjà pris dans sa bouche alors qu'ils avaient intensément fait l'amour chez elle la nuit dernière. Elle avait adoré son sexe dans sa bouche.

Son gland, lisse et soyeux coulissait admirablement bien entre ses lèvres humectées. Elle prit la verge du finlandais dans sa main et commença à le sucer. Elle tentait de coordonner ses mouvements aussi bien que la nuit dernière pour lui procurer autant de plaisir. C'était de toute façon peine perdue, déconcentrée par l'action de Bastien s'activant de plus en plus passionnément entre ses jambes. Elle eut du mal à ne pas perdre la tête. Sentant le sexe de Soini dans sa bouche, gonflé comme jamais, son entrejambe s'embrasait sous la langue de Bastien. Ce dernier s'aidait de ses doigts pour atteindre sans la moindre difficulté la zone la plus érogène du corps de la jeune femme.

Nathalie tentait de se concentrer sur le sexe de Soini. Ses lèvres s'étaient ouvertes pour l'entourer. Sa langue, étalée largement léchait tandis que ses joues se creusaient pour l'envelopper complètement. Elle sentait toujours les mains d'Anaïs plongées dans ses cheveux. C'était impossible à avouer, ni même à exprimer tout simplement. Mais Nathalie aimait l'accompagnement de ses mouvements par les mains de l'autre femme. Elle ne se sentait pas forcée le moins du monde, mais la simple idée d'être guidée pendant qu'elle suçait le sexe de Soini l'excitait. La fellation n'était pas son acte sexuel préféré, mais elle savait en tirer profit pour elle-même vu le niveau de plaisir qu'elle procurait à son partenaire. Elle savait aussi, comme bon nombre de femmes, que les hommes se lâchent parfois de manière inconsidérée pendant cet acte. Le sexe oral constitue l'exemple parfait de toute l'ambiguïté du plaisir sexuel. Alors que certaines femmes considèrent cela comme un don de soi avilissant, d'autres au contraire, adorent se mettre dans une position d'apparente soumission pour mieux profiter de la situation et la tourner à leur avantage. Nathalie faisait partie de la deuxième catégorie. Elle en avait confirmation à l'instant même.

En suçant le sexe d'un homme, elle savait donner l'impression à son partenaire qu'elle s'était elle-même soumise à son plaisir tout en prenant elle-même le pouvoir dans l'acte sexuel. Elle décidait exactement de ce qu'elle faisait, quand elle souhaitait le faire et comment elle souhaitait le faire. C'était pour elle aussi une source de plaisir indescriptible.

Pour autant, parfois, elle aimait se sentir contrainte. Elle aimait que l'homme, s'il lui plaisait beaucoup et qu'elle lui faisait encore plus confiance que ça, prenne les choses en main pour ainsi dire. L'image lui plaisait beaucoup, car c'était exactement ça dont il était question dans l'esprit et dans la lettre. Elle se souvenait qu'à certaines occasions, elle avait ressenti un plaisir totalement nouveau en sentant la main de son partenaire glisser dans ses cheveux et accentuer les mouvements de son visage. La fois où cela avait eu le plus d'effet avait été exceptionnelle. Elle était tombée sur un homme extrêmement sûr de lui, dans les bras duquel elle se sentait en parfaite sécurité. Elle avait été surprise lorsqu'il lui avait demandé d'enlever sa main de son sexe pendant qu'elle le faisait glisser entre ses lèvres. Les rares films pornographiques qu'elle avait vus lui faisaient craindre le pire. Elle dut s'enlever de la tête des souvenirs de scènes où des femmes s'enfoncent dans la gorge des sexes d'hommes totalement disproportionnés, jusqu'au bord du vomissement. Elle s'était détendue en s'apercevant que c'était lui-même qui prenait son sexe dans sa main et se caressait tandis que de l'autre, il accompagnait les mouvements de sa tête d'avant en arrière tout en prenant garde de ne pas l'indisposer en s'enfonçant trop profondément dans sa bouche, justement par la largeur de sa main continuant à se branler lui-même.

Elle ne l'avait jamais avoué à personne, pas même à son amie Anaïs, mais elle avait adoré.

Dans la situation présente, les choses étaient légèrement différentes, mais le résultat était le même. Là, c'était Anaïs qui accompagnait les mouvements de son visage d'avant en arrière pour faire plonger le sexe gonflé de Soini dans sa bouche dégoulinante de salive. Quant à ce dernier, comme ayant lu dans les pensées de Nathalie, il tenait lui-même son sexe pour qu'il coulisse sans le moindre à-coup dans la bouche offerte devant lui. D'une main, Nathalie avait enveloppé les testicules devant elle et les massait avec douceur. Elle n'avait pas pu retenir son autre main. Elle avait glissé entre ses jambes et s'était enfoncée dans les cheveux de Bastien se délectant de son excitation abondante entre ses cuisses.

Il la léchait fabuleusement. Elle était à présent totalement incapable de penser à quoi que ce soit d'autre qu'à son plaisir, ou plutôt, à ses plaisirs. Ils étaient tellement multiples, tellement incontrôlés, tellement puissants. A l'instant où elle jouissait de sentir le sexe de Soini s'enfoncer entre ses lèvres et où elle aurait pu se délecter des perles d'excitation qui sortaient de son extrémité, elle était rattrapée l'instant d'après par la volupté d'une caresse linguale soigneusement dosée par Bastien sur son clitoris en fusion.

Comment allait-elle pouvoir se retenir se dit-elle. Comment allait-elle pouvoir résister plus longtemps à leurs assauts conjugués se demanda-t-elle dans un souffle alors que l'instant d'après, son esprit se perdait dans un délice de bien-être en sentant glisser au même moment la langue de Bastien et le sexe de Soini dans son corps.

Bastien s'amusait énormément à lécher le sexe de Nathalie. Il était exactement comme il l'avait imaginé dans ses rêves les plus débridés. Son sexe était un pur délice au goût exquis. Bastien adorait le goût de son excitation intime. Il s'en délectait. Il buvait un concentré de désir extrême. Ses lèvres se posaient au bord d'un calice aux fragrances subtiles et délicates. Sa langue se plaisait à déborder des chemins tracés. Elle glissait au bord de sa vulve pour s'enfoncer de quelques millimètres dedans. Puis elle ressortait doucement en caressant chaque endroit qu'elle pouvait toucher. Sans remonter immédiatement sur son bouton surexcité dont ses doigts s'occupaient, il baissait un tout petit peu la tête et allait lécher jusqu'au trésor caché entre ses fesses parfaites. Il survolait son périnée en s'y attardant quelques instants jusqu'à aller titiller le calice de son intimité rectale. Puis, sa langue repartait immédiatement là d'où elle venait pour s'enfouir de nouveau voluptueusement dans son sexe trempé et finir sa course sur son clitoris.

Il s'amusait à faire naître des sensations exquises à Nathalie et celle-ci l'encourageait silencieusement par les caresses qu'elle prodiguait à la base de son crâne. Chaque caresse buccale était accompagnée par la main de Nathalie dans ses cheveux. Elle les attrapait fougueusement parfois lorsqu'il s'attardait un peu trop à un endroit pour lui intimer l'ordre tacite de continuer à la faire jouir de mille façons. Cela avait pour conséquence d'exciter Bastien à un niveau totalement inouï. L'excitation se transformait même en douleur tellement son sexe était gonflé dans son pantalon.

N'y tenant plus, il le libéra lui-même en dégrafant son pantalon et en l'enlevant avec son caleçon tant bien que mal sans pour autant arrêter de s'occuper de l'entrejambe de Nathalie, ce qu'elle n'aurait pas accepté d'ailleurs.

Sans même qu'elle s'en aperçoive, il avait réussi à se mettre intégralement nu, agenouillé entre ses cuisses ouvertes.

Lorsque le sexe de Soini lui laissa quelques secondes de repos, elle regarda devant elle vers le bas et voir Bastien nu entre ses jambes en train de la lécher consciencieusement lui arracha un cri de plaisir soudain. Elle ne put s'empêcher d'embrasser à pleine bouche Anaïs qui s'approchait de son visage pour l'embrasser timidement. Quelle ne fut pas sa surprise de constater que son amie se jeta sur sa bouche pour l'embrasser comme une dévergondée surexcitée. Nathalie plongea sa langue entre les lèvres d'Anaïs pour l'embrasser de manière totalement irrationnelle. Seul le désir débordant était capable d'expliquer l'impudeur et la frénésie du baiser entre les deux femmes. Néanmoins, force fut de constater que l'ardeur dépravée du baiser de Nathalie fut communicative. Les barrières d'Anaïs tombèrent.

Elle fondit sur Bastien et l'embrassa à pleine bouche. Ce dernier, les lèvres scintillantes de l'excitation de Nathalie qu'il léchait l'instant précédent, fut trahit par son sexe. Sa raideur s'en trouva augmentée instantanément. Anaïs lui mangeait les lèvres pour goûter elle-aussi le suc intime de son amie. Sans attendre, elle posa sa main dans les cheveux de Bastien, juste au-dessus de celle de Nathalie qui n'avait pas bougé. D'un geste, elle l'encouragea à continuer à le lécher. Puis, elle s'allongea par terre et engloutit le sexe de Bastien dans sa bouche trempée de la mouille de Nathalie.

Cette dernière ne put réprimer un gémissement de jouissance en prenant conscience de la situation et des plaisirs qu'elle entraînait.

Quelques secondes auparavant, son amie l'aidait à sucer le sexe de son nouvel amant et maintenant, elle suçait elle-même le sexe de Bastien. Lui-même avait repris de plus belle son ouvrage entre ses cuisses, ouvrage dont il s'acquittait d'ailleurs de fort belle manière. Soini, quant à lui, par d'amples et lents mouvements de bassin, continuait les va-et-vient de son sexe gonflé dans sa bouche offerte.

A quatre pattes, Anaïs se trouvait juste à côté de Nathalie et intensifiait ses mouvements. Une envie folle passa dans la tête de cette dernière. Assaillie par un plaisir aux multiples facettes, elle ne se rendit compte qu'après-coup de son geste. Elle étendit le bras et posa sa main sur les fesses relevées d'Anaïs.

Le contact de sa peau douce lui fit prendre conscience de son audace. Sans même se poser la question de savoir comment cette caresse serait acceptée par Anaïs, ses doigts glissaient déjà entre ses fesses. Leur extrémité atteignit sans mal l'intérieur des cuisses de la jeune femme. Elle frôla les lèvres intimes d'Anaïs et constata à quel point sa caresse était la bienvenue. Anaïs était littéralement trempée. Son corps débordait d'excitation. L'une et l'autre savaient parfaitement ce qui était en train de se passer entre elles. Des dizaines de sentiments auraient pu les parcourir à cet instant précis. Pourtant, celui prédominant pour l'une comme pour l'autre était la surprise de la douceur. Nathalie, en laissant glisser la paume de sa main sur les fesses d'Anaïs et ses doigts effleurant son sexe humide, retrouvait les sensations qu'elle pouvait ressentir lorsqu'elle se caressait elle-même avec l'excitation supplémentaire de donner du plaisir à une autre personne. Une autre femme.

Anaïs, de son côté, se surprenait à accueillir les caresses de son amie en en distinguant les caractéristiques les plus féminines. Le contact des mains était plus doux que ce qu'elle connaissait, plus délicat. Bien sûr, elle-même se caressait de temps en temps. Elle savait parfaitement ce qui la faisait réagir. Le revers de la médaille était qu'elle se cantonnait souvent à des caresses pour ainsi dire " utiles ", c'est-à-dire dont elle connaissait l'effet. Finalement, elle ne s'autorisait quasi jamais à explorer son corps de manière plus aventureuse. Lorsqu'elle se caressait, son but était l'orgasme et elle ne prenait jamais le temps, ou n'avait jamais l'envie, de sortir des sentiers connus de son plaisir. Sentir une main féminine caresser son intimité d'une manière différente de ce qu'elle faisait elle-même la plupart du temps la surprenait et l'excitait. Tout simplement.

Son ardeur autour du sexe de Bastien n'en fut que plus visible. Sa main enserrait le membre et elle glissait de bas en haut sans la moindre difficulté. Le sexe était entièrement humidifié par une humidité abondante. Anaïs n'arrivait pas à retenir la salive qui s'écoulait entre ses lèvres à chaque fois que ces dernières s'ouvraient légèrement plus pour laisser passer dans sa bouche le pourtour du gland de Bastien. Sa langue appuyait avec douceur sur la partie basse de son sexe. Elle glissait sur le frein et s'amusait parfois à titiller l'extrémité de son sexe, le tout petit orifice d'où allait jaillir la jouissance physique de son homme. Son visage coulissait de haut en bas au même rythme que sa main. Le sexe de Bastien glissait voluptueusement dans sa bouche chaude et accueillante. Anaïs adorait sucer son homme et elle savait qu'elle le faisait bien. Il adorait ça.

Il adorait ça et lui signifiait habilement. En même temps, sa langue parcourait tous les recoins les plus érogènes du sexe bouillant de Nathalie, et les doigts de l'une de ses mains s'enfoncèrent dans tous les orifices de Nathalie. Elle avait depuis longtemps dépassé ses inhibitions et était prête à accepter n'importe quelles caresses. Bastien, à qui aucun détail de la situation n'avait échappé, avait parfaitement compris que depuis que Nathalie avait posé sa main sur les fesses d'Anaïs, absolument tout était possible. Il n'avait pas hésité longtemps pour s'aider de ses doigts.

Sa langue caressait délicatement son clitoris. Il jouait avec, il tournait autour. Il le titillait parfois vicieusement même pour la faire languir inconsciemment et s'abandonner totalement. Il caressa d'abord l'intérieur de sa cuisse, juste pour lui faire prendre conscience de la présence de sa main. Son majeur pointa alternativement sur l'entrée de son sexe, juste en dessous de sa bouche et remplaçait parfois sa langue à l'orée de son sexe. Il glissa ensuite sur son périnée, puis vint chatouiller son petit orifice. Ce test s'avéra concluant puisqu'il sentit Nathalie se déplacer sur sa chaise de quelques centimètres. Elle souleva les fesses pour s'approcher un peu plus du bord. Puis elle écarta les cuisses en signe d'acceptation finale.

Bastien comprit qu'elle se mettait à sa merci. Quelques caresses de sa langue agile suffirent et il entendit un long soupir étouffé lorsque son index et son majeur pénétrèrent dans son sexe sans la moindre difficulté. Bastien ne sentit pas plus de résistance lorsque quelques secondes plus tard, c'est son annulaire qui se présenta à l'orée de son anus. Il appuya plus distinctement la langue sur son clitoris pour déclencher une petite vague de plaisir plus intense que les autres et son doigt s'enfonça dans son dernier orifice libre.

Nathalie essaya à ce moment-là de suivre mentalement tout ce que Bastien déployait comme efforts entre ses cuisses, mais elle se rendit à l'évidence. Toujours avec le sexe de Soini dans sa bouche et caressant d'une main l'entrejambe d'Anaïs à quatre pattes à ses pieds, elle ne pouvait libérer suffisamment d'attention consciente à ce que faisait Bastien pour la faire mourir de plaisir. Elle ressentit une sensation très particulière lorsqu'il prit possession de tout le bas de son corps. Elle n'arriva à la qualifier qu'à la grâce d'une lueur de lucidité dans l'océan de plaisir dans lequel elle baignait. Elle se sentait littéralement emplie, contentée. Tous ces désirs étaient assouvis, l'ensemble de ses sens étaient en éveil et la quasi-totalité de ses zones érogènes étaient sollicitées. Tout en suçant et caressant d'une main le sexe de Soini, elle doigtait de l'autre Anaïs. Sentant les doigts de Bastien prendre possession d'elle, passée la vague de plaisir qui déferla immanquablement dans chaque artère de son corps, elle se fit la réflexion qu'il ne manquait plus que quelqu'un prenne possession de sa poitrine pour que son plaisir soit total et inédit.

Comme s'il avait lu dans ses pensées, au même moment, Soini plaqua sa large main sur l'un des seins de Nathalie. Ce fut un véritable enchantement pour Nathalie qui ne put contenir un gémissement, toujours étouffé par son sexe emplissant sa bouche. Elle jouissait intensément. Tous autour d'elle le savait et attendait le moment où elle exploserait.

Fut-ce l'action conjuguée plus coordonnée qu'auparavant des doigts de Bastien et de sa langue, fut-ce la main d'Anaïs qui vint se plaquer contre la sienne alors qu'elle enfonçait deux de ses doigts dans son sexe et qu'un troisième lui caressait le clitoris, était-ce un pincement des doigts de Soini sur son téton plus appuyé qu'un autre. Ou bien encore, peut-être fut-ce les ultimes gonflements du sexe de ce dernier dans sa bouche, annonçant son éjaculation imminente… En tout état de cause, Nathalie explosa.

Elle ne se rendit pas immédiatement compte de la nature de l'orgasme qui prit possession d'elle. Il lui aurait été totalement impossible d'imaginer qu'elle pouvait ressentir un tel multi-orgasme comme celui-ci. Il se déclencha d'abord au niveau de son ventre puis irradia tout son être. Il fut si intense qu'elle en ressentit presque de la douleur au niveau du pubis et ne put s'empêcher de repousser le visage de Bastien qui continuait à la lécher. Tout contact au niveau de son clitoris était subitement devenu totalement insupportable. Il le comprit et cessa immédiatement toute activité en prenant soin de ne plus bouger ses doigts toujours enfoncés dans son corps.

Nathalie dut faire sortir le sexe de Soini de sa bouche, elle était à ce moment précis, totalement incapable de continuer quoi que ce soit avec sa bouche et sa langue. La main occupée à doigter et à caresser le sexe d'Anaïs se crispa violemment et il fallut qu'Anaïs la repousse tendrement pour que Nathalie s'aperçoive qu'elle était probablement en train de lui faire mal tellement ses doigts s'étaient figés de manière incohérente.

Sa respiration se coupa, elle sentit plusieurs bouffées de chaleur lui monter au visage et faire rosir sa gorge et son visage. La bouche ouverte, les yeux fermés, elle tentait de reprendre son souffle quand elle s'aperçut de ce qui se passait autour d'elle.

Soini éjaculait sur sa poitrine tandis que Bastien caressait d'une main le visage d'Anaïs qui s'activait autour de son sexe pour le faire venir dans sa bouche. Cette dernière avait prit le relais de la main de Nathalie entre ses propres cuisses et se caressait avec ardeur pour mettre un point final à la montée de sa jouissance qui ne tarda pas à l'envahir. Se connaissant sur le bout des doigts, Bastien et elle jouirent au même moment. Elle ouvrit la bouche juste devant son gland pour que le sperme échoue sur sa langue et son palais juste avant de retomber sur sa main continuant toujours à le caresser doucement.

Soini de son côté, continuait à caresser la poitrine de Nathalie, jouant avec les courbes dessinées par sa semence sur les globes parfaits de la femme.

Quelques secondes plus tard, il trouva une chaise juste derrière lui pour s'y asseoir et se remettre de son plaisir tout en réalisant à peine ce à quoi il venait de participer. Une séance de plaisir orgasmique unique destinée à faire jouir avec une intensité inégalée sa partenaire comblée. Un moment où chaque participant avait réussi à jouir dans une communion et une osmose difficilement compréhensible pour une personne n'y ayant pas assisté.

De longues minutes furent nécessaires pour que Nathalie reprenne ses esprits. Soini picorait quelques morceaux de nourriture encore présents à table avec un sourire béat tandis qu'Anaïs et Bastien s'enlaçaient tendrement sur le tapis du salon tout en regardant Nathalie redescendre de son nuage doucement.

Lorsqu'elle les regarda, ils sourirent tous les quatre de concert, heureux et conscients de leur chance.

Les présentations avaient été faites de fort belle manière.

*
* *

Dîner entre amis

Anaïs et Bastien recevaient deux couples d'amis à dîner ce soir. Un bon repas avait été préparé, accompagné de bons vins. Après avoir pris un apéritif dans le salon, ils se mirent à table et commencèrent à manger.

Pendant l'apéritif, et ensuite pendant le début du repas, les regards d'Anaïs vers son homme ne laissaient absolument pas la place à la moindre équivoque sur ses intentions à son égard. Il l'avait parfaitement remarqué et il la trouvait même sacrément aventureuse sachant qu'ils commençaient à peine la soirée en compagnie de leurs invités. Et elle risquait d'être longue.

Bastien se demandait bien où elle voulait en venir. Il ne réagissait pas trop aux légères caresses adressées sous la table. Il sentait son pied ôté de sa chaussure, glisser sur son mollet. Puis, à plusieurs reprises, il sentit sa main se poser sur sa cuisse et se presser fermement pour remonter vers son entrejambe.

Néanmoins, même si elle le provoquait scandaleusement, leurs invités ne s'apercevaient de rien. Tout le monde semblait passer une bonne soirée. Bastien avait pourtant du mal à soutenir une conversation suivie étant donné l'insistance mise par Anaïs à le déstabiliser par ses appels répétés. Cela ne l'énervait absolument pas, mais il se demandait bien ce qu'elle pouvait avoir en tête, partant du principe qu'ils ne seraient vraisemblablement pas tranquilles avant plusieurs heures.

À un moment donné, la discussion était bien lancée entre les personnes qui sont autour de la table. Cela faisait d'ailleurs plusieurs minutes que ni elle ni lui n'avaient dit le moindre mot. Bien que ce n'était pas gagné d'avance, finalement les gens s'accordaient plutôt bien et ils n'avaient déjà plus besoin d'eux pour relancer les sujets de discussion. Il en profita alors pour répondre à ses appels du pied.

Mais d'une autre manière.

Elle avait mis une petite robe toute légère descendant juste au-dessus du genou, une petite robe fluide noire à fines bretelles. Elle portait des chaussures à talons assez élevés et des bas noirs. La température ambiante et les deux verres de vin de l'apéritif aidant, elle avait enlevé le petit gilet lui couvrant les épaules. Ainsi, elle ne portait plus rien ou presque sur le haut du corps. Rien que les fines bretelles de sa robe avec un soutien-gorge noir finement brodé soutenant ses seins parfaits.

Il l'avait vue s'habiller un peu plus tôt et il savait qu'elle portait en dessous un petit string noir mettant ses fesses formidablement en valeur. Après avoir laissé traîner sa main sous la table pendant quelques secondes, il la posa sur sa jambe et sentit la douceur de ses bas sous ses doigts. Remontant la main le long de sa cuisse, il arriva à la couture et fut surpris par la chaleur de sa peau. Sans plus s'attarder, il posa l'extrémité de ses doigts directement entre ses jambes, juste sur son sexe. Il sentait la chaleur de son humidité au travers du fin tissu de son string. Posant sa main à plat sur le haut de sa cuisse nue, juste au niveau du plissement de ta peau, il passa doucement le bord de son index entre ses cuisses pour lui faire sentir précisément son doigt sur son sexe. Il sentait toute la chaleur, la douceur et la tiédeur de cet endroit si particulier. Il ne faisait aucun doute que son envie était déjà montée fortement jusqu'à lui faire ressentir ses caresses au plus profond de son ventre. En un petit geste habile, il écarta le petit bout de tissu pour laisser son doigt glisser sur son sexe en partie dénudé, délivrant la chaleur de son envie et la moiteur de son désir.

Tout à coup, l'un des invités lui adressa la parole. Alors qu'il était en train de la caresser doucement, il dut lui répondre le plus sérieusement du monde. Disserter sur un sujet quelconque, il continua à la caresser et lorsqu'il jeta un petit regard vers elle, il la vit se mordre les lèvres de plaisir, incapable de prononcer le moindre mot à ce moment précis.

Laissant glisser son doigt entre ses lèvres, il en profitait pour recueillir toute son humidité et caresser plus facilement l'intégralité de son sexe. Le sien grossissait depuis longtemps et il avait beaucoup de mal à se tenir tranquille sur son siège. Par chance, il arriva à détourner la conversation sur un sujet un peu plus léger que celui évoqué initialement sinon il n'aurait pu continuer à la caresser longtemps. Les personnes autour de la table reprirent leur conversation sans leurs hôtes et il put alors recommencer à s'occuper d'elle. N'étant plus obligé de parler, il se concentra uniquement sur ce les possibilités offertes et son plaisir. Tout en imaginant son doigt parcourir l'intégralité de son sexe humide, il sentit son clitoris rouler sous ses doigts et écartant un peu plus ses lèvres, il sentit la chaleur de son humidité s'échappant de son corps. Il savait qu'elle mourrait d'envie de lui. Et si tu savais à quel point je meurs d'envie également de toi, de ton corps, de tes caresses, de tes baisers, tu n'arriverais plus à te retenir, pensa-t-il au même instant.

Lorsqu'il put glisser son doigt entre ses lèvres, il le posa à l'entrée de son sexe et, en un geste habile, entra la première phalange, provoquant une réaction inattendue. Elle sursauta littéralement sur son siège tout en poussant un petit cri étouffé. Heureusement qu'il fut le seul à y faire attention. Personne n'entendit quoi que ce soit, ou aucun des convives ne releva, sinon ils auraient pu légitimement se poser des questions. Anaïs avait pris soin d'ailleurs de jouer avec sa fourchette pour occuper ses mains et se donner une contenance. Malheureusement, même cet artifice n'arrivait plus à tromper personne, les mouvements d'Anaïs se faisant de plus en plus désordonnés…

Bastien retira alors son doigt et décida de le laisser reposer tranquillement sur son sexe. En poussant un peu, il arrivait à le laisser glisser entre tes fesses. Remontant ensuite vers son clitoris, il le remontait sans aucun mal entre ses lèvres humides. Puis redescendant à l'orée de son sexe, pour revenir entre ses fesses, il exerça une légère pression sur son périnée. Anaïs luttait intensément pour ne pas soupirer. Ce type de soupir si particulier ne laissant aucune équivoque sur ce qu'elle ressentait en ce moment même sous les yeux de leurs invités. Bastien comprit alors qu'il fallait mieux arrêter assez rapidement de la provoquer ainsi au risque de mal finir. Anaïs allait le violer littéralement sur la table, devant toutes les personnes présentes, entre les verres, les assiettes et l'entrée, bientôt finie. Il retira donc sa main, abandonna son sexe et lui fit comprendre qu'elle ne perdait rien pour attendre et que ce n'était que partie remise. Discrètement, il porta son doigt à sa bouche et suça délicatement toute son humidité recueillie.

Bastien adorait ce goût. Il adorait le goût de son sexe et profitait au maximum de tout ce qu'il avait pu lui voler sous la nappe. Cet abandon la désolait au plus haut point, mais elle dut s'y résoudre. Il n'était définitivement pas convenable de continuer à tenter le diable ainsi devant tout le monde.

Pendant ce temps, la bouteille de vin ouverte lors de l'apéritif se trouva déjà terminée et Bastien s'aperçut de la nécessité d'en aller chercher une autre dans la cuisine. Il se leva pour aller en chercher une autre, se disant intérieurement qu'il en profiterait pour pousser un long soupir de soulagement pour ne plus à avoir à retenir ses envies devant les gens à table tout en imaginant comment allait se terminer la soirée, les invités enfin partis.

Anaïs n'avait pas attendu autant et apportait déjà le plat de résistance de la cuisine. Arrivant dans la cuisine, Bastien cherchait la bouteille s'accordant le mieux avec le plat, et l'entendit inviter les convives à se servir.

— Je dois juste préparer la sauce qui va avec le plat, s'excusa-t-elle. Il faut que celle-ci soit chaude pour que cela soit bon, dit-elle en se relevant. Bastien l'entendit revenir vers la cuisine au moment où il était près d'en sortir.

Ses talons battaient le sol et venir vers lui. Ils se croisèrent dans l'entrebâillement de la porte de la cuisine, dans le tout petit espace en coin les séparant du salon où nos convives, sans forcément attendre la sauce presque inutile, étaient en train d'attaquer le plat de résistance.

Il renonça à lui opposer la moindre résistance lorsqu'elle lui prit la main et l'invita à poser, sur la petite table à côté, la bouteille pleine.

Son regard était sans équivoque. Elle mourait d'envie de lui. Ses yeux le fixaient et sans dire un seul mot, elle lui fit comprendre que c'était là, tout de suite et que ça ne pouvait pas attendre. Anaïs voulait se venger, et Bastien savait à quel point sa vengeance pouvait être terrible même s'il ne réalisait pas immédiatement de quoi elle était capable à ce moment précis.

Étonné et surpris par tant de hardiesse de sa part, il n'eut pas le temps de réagir qu'elle l'embrassait fougueusement. Instinctivement, ses mains se posèrent sur ses hanches, la caressant doucement au travers de sa robe fine et douce. En posant ses mains sur ses cuisses, il chercha l'élastique des bas, élastique qu'à son grand étonnement, il n'avait pas senti tout à l'heure. Surpris de ne pas le sentir, il se rendit compte qu'au contraire de sentir la démarcation entre tes bas et ta peau, c'est quelque chose d'inattendu qu'il trouve sous ses doigts. Il se souvint que lorsqu'il la vit s'habiller tout à l'heure, il n'était pas resté jusqu'à la fin. Il l'avait laissée alors qu'elle n'avait enfilé que ses sous-vêtements.

Ce qu'il ne savait pas – et Anaïs s'était bien gardée d'en faire la moindre publicité –, c'est qu'elle lui réservait une surprise. Elle avait mis des bas classiques et donc un porte-jarretelles pour les tenir. Elle n'avait pas mis les dim-up portés traditionnellement sous ses robes. Loin de lui déplaire, Bastien n'en était pas moins extrêmement surpris de cette innovation. Anaïs le sentit immédiatement en plaquant sa main contre la bosse de son entrejambes. Il souleva un petit peu sa robe et constata que tes bas noirs étaient soutenus par un magnifique porte-jarretelles noir à motifs discrets. Sans lui laisser le temps d'en profiter, Anaïs reprit sa tête entre ses mains pour l'embrasser fougueusement.

Elle prit alors les choses en main et ouvrit sa braguette rapidement, extrayant son sexe de son boxer puis de son pantalon tout en l'embrassant de plus en plus fort. Sans plus de préliminaires, elle s'agenouilla devant lui et prit son sexe entre ses lèvres. Elle les ouvrit et approcha son gland tout en entourant son sexe de sa main. Elle caressa un instant puis fit glisser son membre profondément en écartant bien ses lèvres et en le déposant sur sa langue.

Bastien avait du mal à réaliser. Elle était accroupie devant lui, sa robe remontée sur ses hanches, le laissant entrevoir le haut de ses cuisses avec ses bas noirs et ce magnifique porte-jarretelles. Anaïs le suçait à quelques mètres de leurs invités qui continuaient à discuter. Ils auraient pu se lever à tout instant pour venir voir s'ils avaient besoin d'aide, et Anaïs décide tout à coup de sauter sur Bastien. Avant de se laisser emporter par ce qu'elle sait si bien lui faire ressentir, Bastien réalisa pourquoi elle était si excitée ce soir et pendant le début du dîner. Il réalisait à quel point ce nouvel élément de sa lingerie, non content de l'exciter follement, réveillait en elle des fantasmes et des envies inassouvies.

Doucement, mais fermement, elle enserrait son sexe à l'intérieur de ta bouche en lui faisant faire d'amples va-et-vient. Elle le caressait au même rythme et ce n'est qu'au prix d'un effort incroyable qu'il retenait de profonds soupirs. Bastien était à présent parti bien loin de toute considération et le sort de leurs invités lui importait vraiment très très peu. Tout ce qui comptait à présent était ce qu'il ressentait.

Tout en le suçant, elle relevait un peu la tête pour le regarder fixement et langoureusement, constatant le plaisir à son paroxysme sur son visage. Anaïs était très fière d'elle et cela renforça son envie de le sucer encore plus loin et encore plus fort. Elle avait ce regard si caractéristique de femme prenant du plaisir et en prenant encore plus en en donnant.

Elle était fière de son effet et contente de l'avoir piégé ainsi.

Après quelques instants et pour éviter que cela ne dure trop longtemps, elle se releva, approcha de son visage et vint l'embrasser tendrement.

— J'adore ça, lui souffla-t-elle à l'oreille. J'adore que tu adores ça. J'ai tellement envie de toi. Ma surprise te fait-elle plaisir ?

— Tu es complètement folle. Bien sûr que j'aime ça. Je trouve ça absolument magnifique. Je ne m'attendais pas ça de toi. Pas que tu portes un porte-jarretelles. Pas qu'il soit aussi joli. Et pas que tu te livres à ce genre d'exercice. Pas tout de suite, pas maintenant en tout cas.

— Et ce n'est que le début. J'ai envie d'aller plus loin malgré le danger. J'avais envie depuis longtemps de voir ce que faisait comme effet de porter une telle lingerie. Cela a réveillé chez moi des envies très fortes. Je suis surexcitée, au-delà de tout ce que je pouvais imaginer… Et là, tu vois, j'ai envie que tu me prennes là, comme ça. Tout de suite. Debout, à quelques mètres de nos invités.

Sans plus attendre, Anaïs se retourna, lui présentant son dos et enleva son string. Elle le glissa dans la poche de la veste de Bastien, et releva sa robe sur ses hanches.

— Prends-moi là, tout de suite, lui susurra-t-elle à l'oreille.

L'espace d'un instant, Bastien contempla une pure vision de bonheur. Il voyait ses fesses devant lui, encadrée par les fines bretelles de tissu maintenant ses bas et il dut se retenir de ne pas se baisser à son tour pour la lécher. Cependant, vu la situation et vu le ton employé par Anaïs, il ne chercha pas à discuter son ordre. Il colla son bassin contre le sien et fit glisser son sexe entre ses jambes.

Elle était trempée.

Il posa sa main sur son clitoris, la caressant doucement tandis son membre passait et repassait entre ses cuisses.

N'y tenant plus, elle pencha la tête en arrière pour la rapprocher de la sienne.

— Vas-y, prends-moi.

Il n'en fallait pas plus. Se baissant légèrement, il fit pointer son sexe entre ses lèvres, les écarta délicatement avec sa main posée devant sur son pubis et la pénétra sans à-coups. Il s'enfonça totalement et Anaïs dut se retenir de ne pas crier tellement sentir son membre entrer dans son corps lui donna du plaisir. Son gland puis l'ensemble de son sexe la pénétrèrent doucement. Il avança jusqu'à ce qu'il ne puisse plus aller plus loin. Reprenant un peu ses esprits, Anaïs commença à bouger doucement le bassin.

Bastien écarta ses fesses et les maintint fermement, commençant à l'accompagner d'avant en arrière. Anaïs déployait de monstrueux efforts pour ne pas attirer l'attention des autres sur eux. Bastien, quant à lui, savait qu'il n'allait pas pouvoir tenir très longtemps.

— Caresse-toi, lui ordonna-t-il.

Ils avaient tous les deux perdu la tête. Pendant qu'il se balançait d'avant en arrière pour faire pénétrer son sexe profondément dans son corps, elle s'était penchée en avant, formant un angle droit. Ses cheveux tombaient sur le côté de son visage et chaque avancée de Bastien entraînait un mouvement du corps d'Anaïs tout entier. Elle relevait le visage, le baissant à nouveau immédiatement, elle perdait totalement pied pendant que sa main caressait son entrejambe frénétiquement.

Elle ne savait plus du tout comment contenir le plaisir l'envahissant. Elle jouissait intensément.

Bastien n'allait pas tarder à jouir également. Il faisait l'amour depuis quelques minutes à peine, mais le moment était tellement intense qu'il avait du mal à garder son sang-froid. Il n'arrivait plus à se retenir.

— Je vais jouir, lui dit-il dans un souffle.

— Je ne veux pas que tu viennes comme ça. Viens dans ma bouche.

À peine avait-elle fini sa phrase, Anaïs se redressa, expulsa son sexe du sien, se retourna dans un geste et s'accroupit.

Elle attrapa son membre de la main, et l'introduisit dans sa bouche immédiatement, le suçant de manière indécente, à pleine bouche, goulûment. Sa main en avait saisi la base et le branlait rapidement, vite et fort pour qu'il vienne le plus vite possible. Son autre main glissa entre les jambes de son homme. Elle la posa sur ses fesses et le fit aller d'avant en arrière, de plus en plus vite et de plus en plus fort. Après quelques instants, elle la ramena devant, et posa ses bourses au creux de sa paume. Elle les caressait doucement pour le faire venir encore plus vite et que cela soit encore plus doux. Bastien ne résista pas longtemps. Il éjacula rapidement en trois ou quatre secousses, Anaïs resserrant alors ses lèvres autour de son sexe. Elle recueillit sa semence chaude dans sa bouche, l'avala en plusieurs gorgées et recueillit sur sa langue les dernières gouttes de jouissance.

Bastien sentit ses jambes flageller, sa tête tournait, le plaisir l'anéantissait. Elle ne relâcha son membre que lorsqu'elle le sentit devenir moins dur. Ce ne fut pourtant que pour mieux le remettre doucement entre ses lèvres et donner encore quelques petits coups de langue, faisant définitivement monter Bastien au septième ciel…

Lorsqu'elle se redressa devant Bastien, elle s'approcha de son oreille.

— C'est extrêmement bon. J'adore que tu me prennes comme ça à l'improviste me glisses-tu. Et puis…, j'adore le goût de ton sperme, ajouta-t-elle malicieusement. Et je n'imaginais pas que porter un porte-jarretelles te ferait autant d'effet… Et encore moins celui que ça aurait sur moi… Je pensais que porter cet élément de lingerie allait être beaucoup plus désagréable que ça. Mais finalement, je le supporte parfaitement bien et cela ne fait que te faire découvrir encore et encore des facettes de ma personnalité que tu ne soupçonnais pas.

— Tu es incroyable, unique. C'est vraiment…, vraiment trop bon ! Et puis l'avantage, c'est que je vais maintenant pouvoir t'offrir des parures de lingeries complètes et plus seulement l'imaginer…

Avec un petit sourire, Anaïs le regarda et déposa un baiser sur ses lèvres.

— C'est pas le tout, reprit-elle sérieusement, mais maintenant, il va falloir retrouver nos invités sinon ils vont vraiment se poser des questions. Reprends la bouteille de vin là où tu l'as laissée.

Bastien s'exécuta tandis qu'elle alla réchauffer ce qu'elle avait déjà préparé il y a bien longtemps dans la cuisine.

Tout en se rhabillant, sans être capable de réfléchir à quoi que ce soit, Bastien essayait de reprendre ses esprits. Il entendait Anaïs filer dans la cuisine. Leurs regards se croisèrent une dernière fois avant qu'il aille retrouver leurs invités.

Il réalisait alors seulement ce qui venait de se passer, et s'avoua intérieurement qu'il n'aurait jamais pu imaginer ça. Anaïs l'avait rejoint à table et lui sourit tendrement.

— Décidément, pensa-t-il, je vais avoir beaucoup de mal à suivre la conversation maintenant.

Surtout lorsque, mettant sa main dans sa poche, il sentit la fine dentelle de son string s'y trouvant toujours…

*
* *

Une petite robe toute simple

Durant cette chaude journée d'été, c'est en tenue de plage que Bastien vit arriver Anaïs. Enfin, de plage... selon lui.

Anaïs portait une robe assez longue descendant aux chevilles. Elle laissait juste voir ses pieds et ses mules à talons. Ceux-ci étaient suffisamment hauts pour lui donner cette démarche si caractéristique, calme, posée, et élégante jusqu'au bout des orteils, relevant également la finesse de ses jambes et de ses mollets que Bastien devinait à chaque pas.

La robe était en lycra, à dominante noire avec des motifs très colorés. Plutôt près du corps même si elle s'évasait légèrement sous la ceinture.

La matière et la coupe soulignaient parfaitement les courbes d'Anaïs. Bastien percevait l'ensemble de son corps sous le mince tissu. Elle était finalement très simple, mais la sobriété de la robe rendait Anaïs encore plus magnifique que d'habitude.

Attachée par un tour de cou, le décolleté était plongeant et laissait apparaître un dos nu quasi intégral derrière.

Anaïs ne portait rien d'autre que ses chaussures, cette robe et un collier ras de cou discret. En un mot, elle était superbe.

Compte tenu de la finesse du tissu et de sa texture si particulière se plaquant littéralement sur son corps, Bastien devinait sans mal qu'elle ne portait rien d'autre. Cela aurait pu être une robe de soirée si elle n'était pas si simple. Ce n'était qu'une robe de détente, une robe facile à mettre, agréable à porter, suffisamment sexy sans pour autant être provocatrice. C'était une magnifique robe d'été.

En arrivant devant lui, il put voir d'un peu plus près ce qu'il admirait quelques secondes auparavant. Ce vêtement galbait parfaitement bien ses jambes, ses hanches, sa taille et sa poitrine. Ses bras nus bronzés et son cou dégagé laissaient ressortir d'une manière encore plus franche l'éclat de son collier. Ses cheveux longs détachés glissaient sur ses épaules et soulignaient la brillance de ses yeux.

Il l'enlaça pour l'embrasser doucement.

— Bonjour mademoiselle. Que tu es belle !
— Bonjour toi, merci beaucoup, ça fait plaisir d'être accueilli ainsi. C'est une nouvelle petite robe, elle te plait ?
— Bien sûr ! Évidemment qu'elle me plait, tu le sais parfaitement et je te soupçonne fortement de l'avoir achetée dans le seul but de me faire une fois de plus perdre la tête.

Anaïs força le trait et s'éloigna de quelques pas pour tourner sur elle-même et la montrer virevoltante à Bastien.

— Je savais qu'elle te plairait. Elle est très jolie je trouve aussi et je trouve qu'elle me va plutôt pas mal.

En effet, elle lui allait " plutôt pas mal ", Anaïs avait parfaitement raison.
La faisant voler en l'air devant lui, il pouvait constater à quel point son corps associé à un vêtement de cette forme et de cette matière le bouleversait. Il voyait ses jambes glisser sous le tissu, son dos nu superbement cui-

vré, et il devinait, du fait de l'échancrure de la robe, le début du côté de ses seins. C'était un pur régal.

Surtout, là où Anaïs savait qu'elle le rendait fou, c'est qu'elle lui laissait entrevoir ses fesses, ses petites fesses chaloupant tranquillement sous la fibre élastique de sa robe. Il constata rapidement qu'elle ne portait absolument rien en dessous. Il savait, d'une part, qu'elle appréciait d'être " à l'aise " sous ce genre de robe, mais, d'autre part, elle savait elle-même parfaitement à quel point cela l'excitait et à quel point il aimait savoir qu'elle ne portait rien d'autre. Enfin, de surcroît, ses seins et ses fesses étaient tellement beaux qu'il aurait été cruel et idiot de les enfermer dans des sous-vêtements laissant des marques au travers du tissu trop fin de la robe.

Il n'en fallut pas plus pour le déchaîner et en quelques pas, il était auprès d'elle.

— Oh que oui elle te va plutôt pas mal cette robe et je peux te dire que tu es craquante comme ça et que ça ne fait qu'augmenter mon désir naturel de poser mes mains sur toi.

Il l'étreignit et caressa ses hanches, rapprochant son corps du sien pour la plaquer tout contre lui. Compte tenu de la finesse de sa robe, il sentit immédiatement sa peau en dessous. Cela déclencha une érection phénoménale. Anaïs la percevait évidemment. Et pas peu fière de l'effet provoqué, elle décida de l'attiser un peu plus en bougeant lentement son bassin contre le sien. La sentir onduler son corps ainsi ne fit que décupler son envie.

La prenant par les épaules, il lui fit faire un demi-tour. Elle vint se positionner dos à lui, tout contre son corps. Leurs jambes s'imbriquaient l'une dans l'autre. Leurs hanches se soudaient et Anaïs sentait son sexe gonflé se frotter contre ses fesses. Son torse se plaqua contre son dos, et sa main droite vint se poser sur le bas de son ventre, tandis que la gauche remontait sur sa poitrine. S'approchant de son oreille il lui glissa quelques mots.

— J'ai envie de toi, tu sais ? Je meurs d'envie de toi. Tu es magnifique dans cette robe et tu es capable de déclencher une envie irrésistible, dit-il accompagnant sa phrase d'un petit grognement d'excitation tandis que ses mains s'agitaient sur son corps.

Sa main droite descendit entre ses cuisses. Il la plaqua de manière à lui faire sentir clairement que ses doigts se trouvaient à proximité de son clitoris. Elle reçut le message parfaitement, même avec sa robe…

Anaïs tourna légèrement la tête, et la bascula en arrière pour pouvoir l'embrasser doucement. Terminant son baiser, elle bougea les hanches de manière à ce que ses fesses l'affolent encore un peu plus.

— Bien sûr que je le sais que tu as envie de moi. Et c'est ce que je veux d'ailleurs ! Je veux que tu aies envie de moi, je veux te faire envie, je veux que tu me désires. Anaïs laissa passer quelques secondes avant de reprendre. Et si je veux tout ça, c'est simplement parce que moi aussi j'ai envie de toi. J'ai envie que tu me lèches, j'ai envie de te sucer, j'ai envie que tu passes ta langue tout doucement entre mes cuisses. J'ai envie de sentir tes mains sur mes seins, et sur mon corps tout entier. Sur mon corps, et à l'intérieur de mon corps. Je veux sentir tes doigts me pénétrer, tu te débrouilles tellement bien. J'ai envie que tu me doigtes.

Elle continuait à bouger les hanches de manière un peu plus appuyée. Ses bras les entourèrent et ses mains se plaquèrent contre ses fesses, le ramenant contre elle.

Elle recommença à lui parler tout bas, presque honteuse de lui avouer ce dont elle avait envie.

— J'ai envie que tu me prennes. J'ai envie que tu me fasses jouir comme tu sais si bien le faire parce que j'adore ton corps, et tout particulièrement j'adore ton sexe. Il me fait un effet fabuleux... Si tu savais comme je suis excitée là tout de suite, tu serais effrayé !

— Ah, il ne faut pas m'en dire plus ma chérie, je vais aller vérifier ça immédiatement. Tu sais à quel point j'adore ça et à quel point j'adore goûter ton humidité la plus intime.

Joignant le geste à la parole, la main de Bastien délaissa sa poitrine et vint rejoindre l'autre au niveau de ses hanches. Il s'abaissa pour se mettre accroupi derrière elle. Il releva sa robe lentement. Ses mains remontaient le tissu de sa robe le long de ses jambes puis de ses cuisses pour découvrir intégralement tout le bas de son corps. Son visage suivit doucement le mouvement de l'étoffe, juste avant de s'enfouir entre ses fesses.

Anaïs se pencha en avant, se cambra autant que possible. Puis, elle ferma les yeux et se concentra sur la sensation que le souffle de Bastien produisait entre tes cuisses. Se mettre dans cette position lui fut d'autant plus facile qu'elle n'avait pas quitté ses talons. Cela lui permit de s'installer confortablement devant Bastien.

Anaïs était terriblement excitée. Elle sentait son entrejambe bouillir. Elle se frottait les cuisses l'une contre l'autre, plus du tout pour exciter Bastien comme tout à l'heure, mais pour tenter de supprimer cette sensation exquise, ce chatouillement délicieux de son humidité s'écoulant de son corps. Bastien posa ses deux mains sur ses fesses et les écarta délicatement, faisant apparaître l'orée de son sexe. Il y enfonça son visage pour y plaquer sa bouche. Il lécha ses lèvres vaginales imberbes. Il recueillit sur sa langue toute l'excitation que son corps voulut bien laisser s'échapper et il en profita pour remonter sa langue entre ses fesses et lubrifier l'intégralité de son intimité.

Léchant doucement son sexe et sentant son excitation grandir, il entendit Anaïs soupirer de satisfaction. Son humidité devenait de plus en plus abondante et Bastien prit conscience du plaisir qu'il lui offrait. Il la lécha avec application ainsi pendant de longues minutes et fit monter encore plus haut son désir, commençant à parcourir tout le corps de la jeune femme. Afin de reprendre pied un petit peu, Anaïs avait posé une main dans les cheveux de Bastien et elle appuyait sur son visage à chaque fois que sa langue glissait à l'orée de son sexe. Accompagnant les mouvements de son visage à la fois avec sa main et ses hanches auxquelles elle imprimait un léger va-et-vient, Bastien l'entendit lui demander quelque chose entre deux soupirs.

— Oh oui ! Continue à me lécher comme ça. Tu vois comme je mouille, j'adore quand tu me lèches, c'est tellement bon.

De son point de vue, Bastien bénéficiait d'une vision absolument parfaite. Il la voyait, par-derrière, les jambes bien droites et écartées. Sa robe remontée sur ses hanches, ses reins cambrés au maximum, sa main lâcha son crâne. Elle la posa comme l'autre, sur la table devant elle. La tête en arrière, ses cheveux longs s'étalaient dans son dos nu.

Bastien imaginait ses seins tenir bien droit. Surtout, il voyait ses fesses, ses deux globes doux et chauds s'ouvrant devant lui et le laissant sentir, goûter et toucher son intimité la plus délicate et la plus brulante.

D'un seul coup, Anaïs s'excita et se retourna brutalement. Elle le fit se relever, et l'embrassa à pleine bouche, mélangeant sa salive à la sienne au goût de son désir, tout en le déshabillant frénétiquement.

— Je veux sentir ta queue dans ma bouche. Je veux te sucer comme j'aime le faire.

Bastien n'eut pas le temps de réagir, elle lui enleva sa ceinture, dégrafa son pantalon et sorti son sexe dressé. Il eut alors une nouvelle vision magnifique de sa femme accroupie devant lui. Sa robe légèrement retombée sur ses cuisses, cela ne l'empêchait pas pour autant de les écarter pour ouvrir son sexe aux doigts de l'une de ses mains. L'autre agrippa son membre pour commencer à le caresser. Ses lèvres approchaient pour l'avaler avec férocité.

D'une main, Bastien attrapa les cheveux qui glissaient près de sa bouche. Il les tira vers arrière et les maintint en queue de cheval avec les autres, autant pour qu'ils restent en arrière que pour satisfaire son envie d'accompagner les mouvements de son visage. Son autre main s'immisça au niveau de sa poitrine et libéra ses seins de sa robe. Il l'écarta doucement pour pouvoir les caresser.

Il ne fallut que quelques secondes à Anaïs pour sentir toute la vigueur de son érection. Ses lèvres enserraient complètement le gland et sa main faisait des va-et-vient de haut en bas tandis que son visage enfonçait son membre. Les mouvements de succion arrachaient à Bastien de profonds râles de plaisir.

Néanmoins, aussi agréable soit le moment et aussi parfaite soit la vision offerte à ses yeux, il décida d'y mettre fin. Il avait envie de la faire jouir. Autant qu'elle le faisait jouir lui-même.

Il la redressa, la prit dans ses bras et l'allongea sans la moindre difficulté sur la table devant eux. Il écarta les pans de son décolleté et libéra son buste pour caresser sa poitrine. Sa robe totalement remontée sur ses hanches, Anaïs était allongée devant lui, les jambes repliées, les talons de ses chaussures posés sur la table, les cuisses grandes ouvertes, les seins dénudés. Il se positionna du côté de son visage, présentant son sexe au niveau de sa bouche. Anaïs n'attendit pas pour le reprendre entre ses lèvres. Ses mouvements devinrent désordonnés lorsqu'elle sentit ses mains écarter ses cuisses. Bastien savait décupler son plaisir en la caressant lorsqu'elle s'occupait de lui.

— Caresse-toi, lui glissa-t-il à l'oreille en se baissant légèrement. Je veux te doigter.

Obéissante, Anaïs glissa une de ses mains entre ses cuisses. À partir de ce moment, se caressant et s'activant en même temps autour de son membre, Anaïs connaissait d'expérience la rapidité avec laquelle elle pouvait jouir. Son intimité débordait d'excitation et la pression exercée sur le membre de Bastien s'intensifiait. Elle serait de plus en plus fort son sexe. Bastien savait qu'elle allait jouir dans un instant et ne se retint pas outre mesure. Il récupéra lubrifia l'intégralité de son entrejambe avec son excitation abondante.

Deux de ses doigts glissèrent à l'entrée de son sexe, et ouvrirent légèrement ses lèvres vaginales. Un simple mouvement de main lui permit d'insérer son index et son majeur sans le moindre mal dans son corps. Au moment précis où ses doigts la pénétrèrent, le bassin d'Anaïs se souleva. La coordination de leurs mouvements lui arracha un gémissement étouffé.

Le plaisir ressenti augmentait la pression exercée par ses lèvres et sa langue. Sa main le serrant un peu plus fort, les mouvements de va-et-vient de plus en plus amples, sa bouche se fermant complètement, Anaïs avalait complètement son membre. Elle perdait pied totalement. Bastien attrapa ses cheveux et retint ainsi son visage. Il allait et venait d'avant en arrière pour l'aider à s'abandonner totalement, tandis que ses doigts fouillent son sexe.

Le plaisir ressenti par Anaïs se fit intense, absolu. Mais elle en voulait plus. Un court instant, elle relâcha le sexe de Bastien.

— Enfonce-moi un doigt par-derrière, lui dit-elle dans un souffle avant de reprendre son membre dans sa bouche et de recommencer à le sucer avidement.

Son index et son majeur enfouis dans son sexe, Bastien présenta son annulaire à l'orée de son orifice le plus étroit. Compte tenu de l'excitation de la jeune femme, un seul mouvement plus ample que les autres le fit pénétrer dans son corps. À la succion plus prononcée sur son sexe et au gémissement de plaisir poussé à ce moment précis, Bastien comprit que l'objectif était atteint. Il n'avait même plus besoin de bouger les doigts, encore moins d'aller plus loin dans son corps. La simple présence de ses doigts augmentait considérablement l'étendue de la zone de plaisir ressenti par Anaïs. Celle-ci stimulait frénétiquement son clitoris, gémissant de manière à présent ininterrompue.

Au bord de la rupture, Bastien n'allait pas tarder à exploser. Sentant les muscles de ses cuisses et de ses fesses se contracter de plus en plus, il allait rendre les armes sans tarder.

Il lui suffit de bouger légèrement ses doigts pour sentir le plaisir envahir la jeune femme. Ses seins se dressèrent d'un seul coup. Il eut même l'impression de les voir se gonfler. Elle se cambra, sa main sur son clitoris se bloqua. Elle jouissait.

Sa main et ses lèvres devenues incontrôlables, elle aspirait littéralement son sexe. Sa main le serrait très fort et sa bouche tout entière l'avalait. Ce fut le coup de grâce pour Bastien. Il ne lui était plus possible de se retenir.

Il se retira rapidement, Anaïs le garda dans sa main et le présenta vers sa poitrine. Il explosa.

En quelques jets, toute ma semence vint se déverser sur son ventre et sur ses seins.

Il tremblait de partout tandis qu'Anaïs continuait à caresser son sexe devenu extrêmement sensible. Sans lui laisser le temps de reprendre ses esprits, elle porta de nouveau son sexe à sa bouche et recommença à le sucer tout doucement une fois l'intégralité de son liquide blanc et chaud déposé sur sa peau.

En quelques succions, elle finit de le renverser, et lui fit définitivement quitter terre. La chaleur de sa bouche, la douceur de ces caresses le transportèrent au septième ciel.

N'y tenant plus, il lui demanda d'arrêter et vint immédiatement l'embrasser. Il déposa sur ses lèvres un baiser langoureux, amoureux et tendre, ayant du mal à réaliser comment un tel bonheur était possible. Après quelques instants, incapables de bouger ni l'un, ni l'autre, il trouva un endroit pour d'asseoir, la laissant allongée et lascive sur la table. Anaïs avait fermé les yeux. Il lui caressa les cheveux, posa sa tête contre la sienne et leurs mains se joignirent.

Ils les serrèrent bien fort et partagèrent ensemble ce pur moment de délice et de bonheur, ce vrai moment d'amour.

*
* *

Tenue de soirée exigée

J'avais réussi à partir un peu plus tôt que d'habitude, car nous devions sortir ce soir. Depuis plusieurs semaines, tu avais acheté ces billets de concert pour la représentation exceptionnelle de l'orchestre et il était hors de question de le manquer ou même d'être en retard. Je me faisais une joie d'y aller et pour preuve, j'avais prévu, non pas de t'y retrouver là-bas, mais bien de repasser à la maison, de me changer, de mettre une cravate et d'y aller ensemble avec l'objectif de passer un excellent moment.

À peine arrivé, je ne te vois pas, mais lorsque tu m'entends, tu me cries de rester dans le salon, tu arrives.

Et en effet, quelques secondes plus tard, tu apparais dans une robe de soirée. Le soin que tu as mis à te préparer me coupe le souffle et il est très difficile de dire à quel point je te trouve magnifique.

Tu portes une robe sombre bleu marine, de soirée toute simple. Elle est droite et ample au niveau des jambes, fendue juste ce qu'il faut pour que tu puisses marcher sans problème. Elle se resserre au-dessus pour apparaître cintrée et épouser ta taille minuscule. Elle remonte légèrement sur le ventre en étant plus près du corps et ensuite, deux bandes de tissu partent du haut de ton buste pour aller se rejoindre autour du cou. Elle laisse donc voir ton dos nu et un décolleté magnifique.

Tu portes quelques bijoux en or blanc qui font ressortir de manière encore plus resplendissante ta beauté. Deux bagues, un bracelet large, un collier droit, presque rigide, qui descend sur ta gorge et des boucles d'oreilles qui pourraient être de grandes créoles si elles n'étaient pas comme brodées de motifs en leur centre. Petite originalité qui te va si bien, tu as collé des petits brillants adhésifs sur le haut de l'un de tes seins en dessinant un motif très discret rappelant une petite vague et tu as poussé la fantaisie jusqu'à mettre également un tout petit brillant sur le côté d'une narine, te donnant ainsi un petit air non conformiste. Cela te va parfaitement bien. Ta coiffure est simple, bien que travaillée, ce qui se remarque au premier coup d'œil. Enfin, ton maquillage est parfait, subtil, comme tu sais si bien le faire. Il est à la fois doux, mais se remarque. Tu arrives à faire ressortir tes yeux et à y associer le charme de ton regard. Tu portes un fond de teint très léger illuminant ton visage encore plus que d'habitude, et tu as souligné tes lèvres avec un gloss remplit de paillettes d'une couleur qui rappelle la teinte du vernis qui orne tes ongles parfaitement manucurés.

Tu es en un mot absolument irréelle, fascinante et totalement irradiante.

Le simple fait de te voir ainsi provoque dans tout mon corps une bouffée de chaleur que tu constates aisément d'ailleurs.

J'essaie de balbutier deux ou trois mots, mais rien ne sort, tu es trop belle. Tu es absolument sublime.

Ne comptant certainement pas t'arrêter là et absolument ravie de ton effet, tu t'approches de moi lentement. Je remarque ta démarche toujours aussi douce et féline. Tu ne marches pas, tu flottes dans l'air. Je vois que tu portes des chaussures à talons d'une hauteur vertigineuse. Elles ne sont pas noires, mais de la même teinte que ta robe. Elles scintillent cependant de mille feux grâce à de petits brillants sur les brides. Et je remarque, lors d'un de tes pas, que tu portes des bas noirs

Lorsque je t'enlace et essaie tant bien que mal de te dire à quel point je te trouve belle, ton visage s'éclaire de la surprise que tu viens de me faire et tu décides de ne pas en rester là.

Tu t'échappes de mon étreinte et recules légèrement pour te retrouver face à moi.

— Ah bon ? me demandes-tu ingénument, je te plais comme ça ? Puis tu continues sans me laisser le temps de répondre. Et bien tu vois mon chéri, c'est pour toi que je me suis préparée ainsi. Pour toi et rien que pour toi. J'ai envie de te plaire et rien ne me fait autant plaisir que le fait de voir à quel point tu es touché par le soin que j'ai mis à me préparer.

Alors que tu es en train de me parler, tu as déjà enlevé ma veste de costume et tu déboutonnes lentement un à un les boutons de ma chemise.

— Je veux sentir ta peau, continues-tu comme une confidence inavouable.

Et ce faisant, tu la laisses tomber par terre et viens m'enlacer en posant ton visage sur mon épaule. Tu sens mon torse sur la peau laissée découverte au milieu de ta poitrine. Puis tu te retournes pour venir plaquer ton dos nu contre moi. Tes mains prennent les miennes et tu les poses sur tes hanches. Je comprends immédiatement pourquoi.

Il me suffit d'un instant pour me rendre compte que ces bas tiennent grâce à un porte-jarretelles. Ce n'est d'ailleurs probablement pas une coïncidence si tu as posé mes mains contre ton bassin. Tu le sais parfaitement et c'est pour cela que tu renverses ton visage en arrière pour venir m'embrasser tendrement. Après avoir décollé tes lèvres des miennes, tu me demandes avec une intonation toute ingénue :

— Alors, je te plais ainsi ?

Ma réponse ne peut pas sortir tellement j'ai le souffle coupé et tu en profites pour continuer.

Ta main sur la mienne, tu masses tout doucement ta hanche tandis que ton autre main emmène la mienne pour la poser sur l'un de tes seins forcément nus sous le tissu de ta robe.

— Je te plais ? me demandes-tu encore. Et est-ce que ce que je porte te convient ?

Je reprends un peu mes esprits et arrive à te répondre.

— Oh oui, tu me plais énormément et j'aime beaucoup ce que tu portes. J'aimerais d'ailleurs beaucoup en profiter un peu plus, car j'adore ce genre de surprise.
— Très bien, faisons comme tu veux me réponds-tu sans ciller. Nous avons encore le temps, nous ne devons pas partir avant au moins une heure.

Tu fais quelques pas en avant, t'échappant de mon étreinte et attrape la télécommande de la chaine hi-fi pour enclencher un disque que tu avais manifestement préparé. C'est une musique très lounge, avec pas mal de basses et des rythmes réguliers. Juste ce qu'il faut pour t'entraîner rapidement. Tu me le confirmes immédiatement en revenant vers moi jouant avec les pans de ta robe. Tu danses en marchant, tout doucement. Tu bouges de manière lascive tandis que tu te diriges vers la table du salon. Tu me regardes fixement. Tu recules pour t'asseoir sur la table. Tu me défies. Tu poses l'un de tes pieds sur la chaise juste à côté et tu en profites pour remonter et écarter ta robe, dévoilant tes jambes gainées de nylon noir. Les regards lascifs que tu me jettes deviennent totalement sexuels au rythme de la musique. Je n'ai pas bougé d'un pouce et je reste là à t'admirer torse nu pendant que tu te penches en arrière et me dévoiles l'intérieur de tes cuisses.

Tu relèves une dernière fois ta robe un peu plus haut, découvres ton pubis et me prouves que tu ne portes rien à part un magnifique porte-jarretelles bleu nuit.

Pas de string, pas de shorty, rien.

Mes yeux ne te trompent pas et tu te régales de la surprise que tu viens de me faire. En adoptant ton air le plus mutin, tu me regardes, joues la jeune fille ingénue et me dis :

— Oh ! Je crois que j'ai oublié quelque chose…

L'une de tes mains remonte doucement le long de ton bas, arrive sur le haut de ta cuisse nue puis tu poses délicatement l'un de tes doigts sur le bas de ton pubis, quelques millimètres au-dessus de ton sexe soigneusement épilé.

— Je crois que j'ai oublié ma petite culotte. Tu ne veux pas venir vérifier, me dis-tu en souriant.

Alors que j'effectue les quelques pas qui me séparent de toi, ton doigt posé sur ton entrejambe fait de tout petits mouvements, entraîné par le rythme de la musique douce et forte à la fois. En une fraction seconde, le temps que j'arrive devant toi, tu as réussi le tour de force de t'exciter terriblement. Ton sexe luit de ton excitation humide.

Il suffit de m'agenouiller pour y déposer ma langue. En un quart de seconde, tu t'oublies totalement. Ma langue se pose sur tes lèvres vaginales puis, elle débusque ton clitoris gonflé par le désir. Tu enfouis ta main libre dans mes cheveux et pendant que je te lèche le sexe, le clitoris et le doigt que tu as laissé à sa place, tu me caresses les cheveux et entraines mon visage tout entier dans les mouvements qui te font un maximum d'effet.

Nous restons ainsi pendant quelques minutes. Ma langue fouille ton sexe intensément. Tu as délaissé ton clitoris pour te retenir en arrière et ta main, plaquée contre le bois de la table y laisse une empreinte humide.

Tu jouis à l'instant où l'un de mes doigts s'enfonce dans ton sexe dégoulinant. Ma langue l'ayant lubrifié plus que de raison en lapant ton nectar délicieux au goût de miel, mon majeur s'enfonce dans un seul mouvement et la sensation de mon doigt en toi avec l'action conjuguée de ma langue sur ton clitoris déclenche un orgasme te trans-perçant le corps.

Dans un souffle, tu m'implores de ralentir.

— Doucement mon amour. Doucement, tu m'as fait jouir.

Tirant sur mes cheveux, tu recules mon visage. Je laisse ton sexe brûlant et ultrasensible à regret non sans y donner encore quelques petits coups de langue provoquant un mélange de sensations qui vont de l'excitation aux chatouillements en passant par l'accentuation de la dé-charge électrique que tu viens de ressentir.

Nous nous redressons tous les deux et sans un mot, tu me pousses presque violemment sur le canapé un peu plus loin. La musique se fait plus entraînante par un heureux concours de circonstances et en un quart de secondes, tu as enlevé ma ceinture, mon pantalon et mon boxer pour découvrir mon sexe gonflé qui se dresse instantanément devant toi.

Avec un regard de chatte, tu le prends dans ta main et embrasses mon torse. Tes ongles griffent doucement mon corps. Je ressens ton envie qui transpire par chacun des pores et tu ne t'attardes que quelques secondes sur ma poitrine et mon ventre pour faire glisser mon sexe entre tes lèvres brillantes.

Voir tes lèvres emplies de petites paillettes et couvertes de gloss accentue l'afflux de sang dans mon membre et tu dois ouvrir grand la bouche pour enfoncer mon gland devenu énorme. La musique a empli tes oreilles et ton corps tout entier. Je sens bien – pour autant que je sois encore capable de ressentir quelque chose à ce moment-là – que tu me suces avec une intensité proportionnelle à celle de cette musique devenue magique.

Ta bouche avale, suce, lèche mon sexe livré à tous les outrages que tu peux lui faire ressentir tandis que l'une de tes mains baisse et remonte la peau de mon sexe dans d'amples mouvements. Plusieurs fois, tu fais sortir intégralement ma queue de ta bouche pour venir la lécher telle une glace de la base au point le plus haut de mon gland. Ta langue lèche mes testicules. Tu joues avec, tu les caresses, tu remontes lentement tout mon sexe pour arriver jusqu'en haut et l'engloutir vigoureusement dans ta bouche offerte. Pendant ce temps, mes mains ont plongé dans tes cheveux que je caresse doucement et j'accompagne tes mouvements en douceur.

N'y tenant plus, je t'arrête, redresse ton visage pour que tu puisses me regarder et te dis simplement :

— Viens ! Viens sur moi.

En un instant, tu te redresses, tu relèves ta robe jusqu'au-dessus de ton porte-jarretelles, poses tes genoux toujours gainés de noir de part et d'autre de mon corps et il te suffit de présenter ton sexe juste au-dessus du mien.

Tu me sens glisser. Je m'enfonce en toi, et tu ne stoppes ton mouvement qu'au moment où mes hanches butent contre tes fesses. Tu laisses passer une éternité pour apprécier au maximum cette sensation de plénitude. Tu as l'impression de sentir mon membre au plus profond de ton ventre et cette sensation te bouleverse à un tel point que tu dois te retenir de ne pas jouir une fois encore. Non, pas si vite te dis-tu. D'un geste inouï, tu enlèves complètement ta robe pour te montrer poitrine nue sur moi.

J'attrape tes seins de mes deux mains et ma bouche ne tarde pas une seconde avant de les rejoindre. Je les lèche, je les mange, je les aspire, je les mordille en alternance avec les baisers fougueux que nous nous donnons. Ces baisers sont presque indécents tellement ils trahissent notre désir l'un de l'autre.

Tes hanches bougent de plus en plus fortement. La musique t'entraîne vers un plaisir sans nom et plus je joue avec tes seins, plus tu deviens ivre de la musique, plus ton bassin fait de larges mouvements d'avant en arrière pour que mon sexe emplisse chaque recoin du plus profond de ton corps.

Tu ne tardes pas à jouir. Violemment, intensément, brutalement. Tu es obligée d'arrêter le moindre de tes mouvements tellement un raz-de-marée a déferlé de tes chevilles jusqu'à la racine de tes cheveux.

Tu ne peux plus bouger, tu ne veux plus bouger. L'orgasme que tu viens de ressentir était trop fort.

Tu restes ainsi quelques secondes, tentant de reprendre ton souffle et tes esprits puis tu redescends tout doucement sur terre avec moi. Tu t'aperçois que je te regarde avec des yeux remplis d'un amour total et décide alors de donner une touche finale particulière à ce moment.

Tu te relèves et viens te mettre à genoux entre mes jambes. Tu prends mon sexe dans ta main puis le diriges vers ta bouche.

Lorsque tu le fais pénétrer dans ta bouche, tu sens le mélange de nos saveurs intimes emplir ton corps et cette concrétisation de notre fusion totale t'excite encore plus et redouble ton ardeur à lécher et sucer mon sexe qui n'a jamais été aussi gros.

Tellement surpris, je lâche prise en une fraction de seconde. Je sens que je vais jouir et te préviens. Tu sors mon sexe de ta prison buccale et le caresses vigoureusement. Tu le branles presque avec violence jusqu'au moment où j'attrape ta main et la stoppe à la base de mon sexe. Je jouis. Je jouis avec force. Un orgasme tout aussi fulgurant que le tien m'envahit pendant que mon sperme s'expulse sur tes seins. Tu le sens tomber sur ta poitrine et tes mouvements ralentissent.

Je vois dans tes yeux la fierté que tu retires de ma jouissance et m'abandonne aux tendres et doux va-et-vient que ta main peut infliger de nouveau à mon sexe endolori.

Quelques instants plus tard, tu reprends place au-dessus de moi et viens plaquer ton buste contre le mien. Alors que nous nous embrassons avec passion, la sueur de nos peaux se mêle à mon sperme entre nos poitrines ce qui n'empêche ni l'un, ni l'autre de sentir les battements de cœur de l'autre.

Il ne nous reste plus qu'à écouter la musique qui est redescendue de rythme comme par magie et à continuer à nous embrasser, signe d'un amour total et absolu l'un pour l'autre.

Nous fermons les yeux tous les deux pour profiter de cet instant d'exception jusqu'au moment où la musique s'arrête, nous rappelant qu'il y a, à présent, de fortes chances que nous soyons en retard…

*
* *

Jeux de miroir

Dès qu'il la verrait, Anaïs savait qu'elle ferait de lui ce qu'elle veut.

Cette petite robe bleu marine le faisait fondre. Et elle prenait un malin plaisir à la mettre précisément lorsqu'ils avaient du mal à avoir un peu d'intimité. C'était son côté peste. Elle s'amusait souvent à le provoquer ainsi, lorsque rien n'était possible dans l'immédiat. Pour mieux récompenser sa patience le moment venu…

C'était encore le cas ce jour-là, car bien que samedi et tous les deux dans leur appartement, ils n'avaient absolument pas eu le temps de se retrouver seuls.

Le matin même, Bastien avait couru les magasins pour acheter le miroir qu'elle lui avait commandé. Cela faisait au moins deux semaines qu'Anaïs lui en parlait absolument tous les jours. Elle avait en tête ce miroir et n'en démordait pas. Bastien n'avait pas cherché à savoir où elle voulait l'installer, elle ne lâcherait rien jusqu'à ce qu'il le ramène à l'appartement.

Son samedi matin était donc réservé à la recherche et l'achat du miroir en question.

Anaïs lui avait donné des dimensions particulières. Elle le désirait tout en hauteur. De deux mètres vingt de haut et de soixante centimètres de large, Bastien avait été obligé de se rendre chez un miroitier pour faire une découpe sur-mesure.

— Mais que pouvait-elle bien vouloir faire avec une telle glace, se demandait-il.

Il fut d'ailleurs bien incapable de répondre au vendeur qui faisait la conversation en demandant quel serait son usage. Il éluda la question en répondant que c'était pour le hall d'entrée en remplacement d'un ancien aujourd'hui ébréché.

Lorsqu'il rentra à l'appartement, Anaïs était partie. Il trouva un mot de sa part sur la table.

Désolé de ne pas pouvoir rester pour t'aider à l'installer, mais je t'ai laissé toutes les instructions au verso. Bon courage, je t'embrasse. À tout à l'heure.

Il retourna la feuille et vit effectivement tout un descriptif précis d'installation de ce miroir gigantesque. Bouche bée, il lui fallut plusieurs relectures pour comprendre ses consignes. Elle souhaitait une installation horizontale.

Où pouvait-elle bien vouloir le poser en long et non pas en hauteur. Il n'arrivait pas à le comprendre.

Elle n'avait pas indiqué à quel endroit il devait l'installer. Elle avait juste laissé une dernière phrase énigmatique :

À toi de trouver où tu dois le poser. Fais preuve d'inventivité et cherche un peu. Si tu l'as pris à la bonne taille, il ne te reste plus qu'à le poser à l'endroit qui lui est réservé, les fixations sont déjà mises...

Que voulait-elle dire, se demanda-t-il. Les fixations sont déjà mises. Cette dernière phrase était de loin la plus énigmatique. Comment diable pouvaient-elles déjà être posées, Bastien ne pensait plus qu'à ça, sans même se poser la question du lieu où le miroir devait atterrir.

Il le regarda, emballé dans sa boite de carton. En le ramenant, il l'avait posé naturellement sur la longueur et non pas sur la hauteur. Bastien le jaugea et se demandait bien où Anaïs voulait lui faire installer.

Il commença à faire le tour de l'appartement.

Il chercha d'abord un endroit sur un mur où pouvait s'installer une " bande " de plus de deux mètres de long et de soixante centimètres de haut. Puis, ne trouvant pas l'endroit en question, il chercha les fixations elles-mêmes. Un miroir de cette taille pesait son poids, donc il fallait un système d'accroche suffisamment résistant. Il fit trois fois le tour de l'appartement, mais ne trouva rien qui pouvait coller.

La situation commença à se transformer. Anaïs lui avait préparé un jeu de piste. Elle aimait jouer et lui aussi. Il fallait donc qu'il cherche encore un peu.

C'est lorsqu'il entra dans la chambre qu'il comprit. En effet, les fixations du mur qui se trouvaient là depuis qu'ils avaient emménagé étaient les bonnes. Depuis le temps, il s'était toujours promis de les enlever, mais n'avait jamais trouvé ni le temps, ni le courage. Tout devint limpide. Le miroir que cette chipie d'Anaïs lui avait demandé d'acheter et d'installer se positionnait en longueur sur le mur à côté de leur lit, de la tête au pied du lit.

Il fit entrer le gros paquet dans la chambre, déballa le miroir, l'installa effectivement sans difficulté et fermement sur les fixations déjà présentes rangea les cartons et autre papier bulle puis jeta un coup d'œil à la chambre.

Elle venait de prendre un aspect radicalement différent en un instant. D'une part, elle avait doublé de volume. Ce miroir, bien que relativement étroit, agrandissait la pièce considérablement. D'autre part, installé comme courant à côté du lit, il agissait comme un aimant pour le regard. Où que l'on se trouve dans la chambre, excepté lorsqu'on lui tournait le dos – et encore ! – il y avait toujours un coup d'œil qui se perdait vers le reflet de soi ou d'autre chose.

Seul dans la chambre, Bastien regardait le lit encore défait de ce matin et le miroir juste à côté, le long du mur et une tension très étrange naquit sous son abdomen. Rien que de penser à tous les jeux qui allaient se jouer ici devant ce complice et voyeur à la fois, des dizaines d'idées coquines frétillaient dans ses yeux.

Il n'entendit pas Anaïs rentrer et s'approcher à pas de loup derrière lui. Elle fit glisser ses ongles sur la porte de la chambre. Il se retourna et la vit.

Elle avait enlevé ses talons et portait sa si magnifique robe bleu marine. Cette robe si légère, si fluide, sublimant tellement bien son corps.

C'est une robe toute simple, mais le seul contact de sa main sur ce tissu le faisait s'envoler immédiatement.

Elle s'approcha de lui, l'enlaça tendrement et le retourna doucement vers la chambre. L'entourant de ses bras dans son dos, elle lui souffla à l'oreille.

— Je me disais bien que tu trouverais, mais je n'en étais pas si sûre quand même. As-tu eu le temps d'imaginer tous les petits jeux qui pourront avoir lieu devant ce miroir ?

— Je ne pense pas avoir exploré autant d'idées que toi, je fais confiance à ton imagination prolifique sur ce coup-là, mais je t'avoue que j'aime beaucoup le positionnement acteur et spectateur lui répondit-il. L'idée d'être en même temps l'exhibitionniste et le voyeur est terriblement séduisante.

— C'est exactement le problème intellectuel que j'ai dû résoudre avant de te demander d'aller acheter cet..., elle marqua une pause comme si elle cherchait ses mots, ustensile. Et puis je me suis dit que se montrer à soi-même ou se regarder soi-même, ce n'est pas tout à fait de l'exhibitionnisme et du voyeurisme. On reste entre nous n'est-ce pas ?

Anaïs lui avait posé cette question tout en enlevant sa robe par le haut. Il lui suffit de lever les bras et elle embarqua toute la légèreté du tissu d'un seul coup pour se retrouver totalement nue devant Bastien.

Elle ne portait aucun sous-vêtement. Bêtement, c'est la première réflexion qui lui vint à l'esprit.

Il n'avait pas fini de se poser la question qu'Anaïs s'était déjà approchée de lui et commençait à déboutonner rapidement sa chemise. Lorsqu'il fut torse nu, il l'enlaça tendrement.

Ils restèrent de longues secondes l'un contre l'autre ainsi. Ils sentaient la peau de l'autre et profitaient de ce moment incomparable. Bastien sentait la poitrine d'Anaïs contre son torse. Ses seins fermes se collaient contre sa poitrine à lui et elle les écrasait en ondulant légèrement. Ce mouvement leur procurait un plaisir commun. Elle s'excitait en promenant sa poitrine contre son torse qu'elle appréciait pleinement. Bastien, sans être un athlète, avait une musculature tout ce qu'il y a d'honnête et bien que possédant quelques rondeurs abdominales, Anaïs appréciait son physique tel qu'il était.

C'était la parfaite synthèse de son caractère se disait-elle d'ailleurs parfois lorsqu'elle passait ses mains sur son corps. C'était un mélange d'ossature robuste et solide, enveloppé dans une structure musculaire réconfortante, autour de laquelle les années avaient déposé quelques empâtements gironds.

Il n'en restait pas moins qu'il avait encore parfaitement la force de la prendre par la taille et de la déposer délicatement sur le lit. Totalement nue, Anaïs se voulait offerte, mais joueuse.

Alors que Bastien tentait de caresser doucement ses hanches, elle fit semblant de se débattre et se retourna plusieurs fois. Elle cherchait et trouvait du regard son homme dans le miroir nouvellement installé. Les perspectives avaient radicalement changé et ils se prirent au jeu à se chamailler tendrement tout en ne cessant de croiser leurs regards dans le miroir.

Bastien l'attrapa un peu plus fort au moment où il estima, d'une part que le jeu avait assez duré, et d'autre part, qu'elle était placée exactement comme il le voulait. Pendant leur chamaillerie, il avait imaginé plusieurs positionnements afin de profiter de ce nouveau jouet accroché au mur. Allongée sur le ventre, les jambes vers le miroir, Anaïs releva le bassin et offrit ses fesses à l'image reflétée. En tournant la tête légèrement, elle voyait ce qu'elle ne voyait jamais d'habitude, la courbure de sa croupe, le galbe parfait de ses fesses, la beauté du sillon dans lequel se cachaient son petit orifice et ses lèvres vaginales.

Elle se cambra encore et fit ressortir volontairement l'entrée de son sexe qui s'offrait alors autant à la vue de Bastien que d'elle-même.

Cela l'excita follement.

— Lèche-moi lui dit-elle tout en bougeant les fesses. Je veux te voir me lécher, c'est super excitant en fait.

Bastien ne lui répondit pas et enfonça son visage entre ses fesses. Ses mains les écartèrent d'Anaïs, découvrant parfaitement au reflet la pâleur de cette partie du corps. Il approcha le visage, mais elle ne se retint pas et recula rapidement le bassin pour venir plaquer elle-même l'intérieur de ses cuisses sur sa bouche.

Il écarta un peu plus ses fesses et passa sa langue sur l'intégralité de son entrejambe. Il s'enfonça complètement pour aller titiller son clitoris gonflé, puis, remontant doucement, il fit glisser son nez entre ses lèvres vaginales pour laisser la place à sa langue qui léchait toute l'humidité qu'Anaïs ne pouvait plus retenir. Enfin, en continuant son mouvement, Bastien laissa glisser sa langue délicatement sur le périnée et finit en léchant l'œillet de son petit orifice, arrachant à Anaïs un soupir profond.

Elle n'avait pas raté une miette de ce parcours et était totalement incapable de savoir ce qui l'excitait le plus. Était-ce la sensation de la langue de Bastien qui s'insinuait dans chaque recoin de son intimité ou bien le fait de voir son homme en pleine action, elle n'aurait su dire. Elle se délectait de la vue de Bastien qui écartait ses fesses pour bien lui montrer son propre corps. Elle jouissait même de voir le bout de sa langue venir se coller contre son périnée. À un moment, elle pensa vraiment que c'était le spectacle dans la glace de sa langue qui venait lécher soigneusement et en plein milieu son sexe offert qui dégoulinait de mouille, qui l'excitait encore plus que la sensation qu'elle ressentait.

Bastien, quant à lui, apprit très rapidement à jouer avec le miroir. Constatant qu'Anaïs était réceptive à ce qu'elle voyait autant qu'à ce qu'il lui prodiguait, il jouait avec ses épaules pour cacher ou montrer ce qu'il faisait. Concentré sur l'image que le miroir renvoyait, Anaïs ne comprit pas tout de suite quelle était la cause d'un plaisir soudain nouveau. Ce n'est que lorsqu'il se décala légèrement qu'elle réalisa que non seulement il enfonçait sa langue ferme à l'entrée de son sexe, mais qu'en même temps, l'un de ses doigts appuyait de part et d'autre sur son clitoris et sur le début de son petit trou.

Bien que faisant un maximum d'effort, Bastien ne pouvait pas laisser voir à Anaïs tout ce qu'il faisait. toutefois, il comprit rapidement qu'il y faisait trop attention. Il allait lui-même délaisser, pour ainsi dire, l'intensité du plaisir qu'il voulait procurer à la femme qui commençait à jouir sous ses caresses.

Il décida de la retourner et l'allongea sur le dos Anaïs se laissa faire. Elle écarta les jambes bien en face du miroir et put voir son entrejambe humide. Elle se redressa pour embrasser la bouche de son homme, odorante de sa propre excitation, puis prit son visage dans ses mains et le dirigea de nouveau entre ses jambes. Elle les ouvrit un peu plus encore dans une lascivité exténuante.

Elle eut juste le temps de voir dans le miroir l'arrière de la tête de Bastien, cerclée de ses doigts fins et manucurés aux ongles vernis rouges s'enfoncer entre ses cuisses, juste avant de rendre les armes et de s'effondrer. Anaïs plongea en arrière dans un abime de plaisir. Son corps glissa dans une épaisseur de jouissance sans fond et, tout entier, il exulta. Elle ne fut plus capable de savoir ni comprendre quoi que ce soit. Anaïs jouissait et c'est tout ce qu'il restait au monde. Le monde était en elle. L'onde de plaisir résonnait dans la moindre de ses plus petites veines. Elle ressentit un orgasme qui l'anéantit.

Bastien savait parfaitement qu'à ce moment-là, il ne devait plus bouger, il ne devait plus la toucher. Il suffisait d'attendre quelques secondes pour que le sang qui s'était figé dans son corps tout entier circule à nouveau. Il se redressa et se vit dans le miroir. C'était la première fois qu'il voyait le tour de sa bouche brillant de l'excitation d'Anaïs. Il sentit son sexe se dresser dans une érection inattendue en voyant son menton et en respirant les effluves poivrés et délicieux de l'intimité d'Anaïs.

Son corps se réveillait enfin.

Elle bougea lentement les bras et s'étira telle une chatte qui sortirait de son sommeil au soleil. Elle ouvrit les yeux et ils échouèrent sur le couple qu'ils formaient dans le miroir.

Elle vit immédiatement le sexe en érection de Bastien. Ce sexe qu'elle avait vu un nombre incalculable de fois dans cette position, soudain révélé à son regard par un moyen indirect lui procura une sensation particulière. Comme un mélange de voyeurisme, d'interdit et d'excitation face à quelque chose qu'elle connaissait par cœur, mais qu'elle redécouvrait par un artifice bien surprenant.

Elle sourit et se redressa sur ses coudes.

*
* *

Elle se regarda dans le miroir puis regarda Bastien.

— C'est bizarre, dit-elle en souriant franchement. C'est bizarre, mais en me voyant ainsi, j'ai l'impression d'être une autre.

Elle se redressa complètement sur ses genoux et s'approcha de Bastien qui s'était assis sur le rebord du lit. Il lui tournait le dos et la regardait s'approcher dans le miroir.

Elle se mit à quatre pattes et avança doucement en ne lâchant pas un instant le regard de l'homme qui se questionnait fortement intérieurement.

Tout en avançant sur le lit, elle expliqua.

— Devant ce miroir, dans cette situation, vu l'état second dans lequel tu viens de me mettre. Elle appuya sur le tu. Je me sens différente. Celle que je vois dans la glace n'est pas Anaïs. Ce n'est pas moi. La femme que tu vois dans le miroir…

Anaïs marqua un temps d'arrêt. Elle s'approchait de plus en plus lentement en adoptant un regard de louve. Puis elle reprit.

— La femme que tu vois dans le miroir a envie de toi d'une manière nouvelle, différente.

Bastien la scruta avec curiosité et intérêt.

— Que veux-tu dire par là lui demanda-t-il l'air espiègle.

— Je veux dire par là que tu m'as fait jouir comme une folle et que je compte bien te faire jouir avec la même force et la même intensité. Rien de bien différent à d'habitude me répondras-tu, mais c'est la manière qui va être peut-être différente.

Bastien s'était retourné d'un seul coup et se mit à genoux devant Anaïs. Son sexe se dressait parfaitement devant son visage et elle n'eut besoin que d'ouvrir les lèvres pour l'enfoncer lentement dans sa bouche.

Ses deux mains étaient restées sur le lit. Seul son visage allait et venait doucement, mais profondément autour du membre de Bastien et elle entendait déjà les petits râles de contentement de son homme qu'elle connaissait parfaitement.

Elle ouvrit les yeux et pendant qu'elle le suçait, elle le regarda. Leurs regards se croisèrent un tout petit instant, juste avant qu'Anaïs détourne le regard pour fixer leur reflet. Cela l'excita encore plus. Elle se voyait, mais en même temps, arrivait à se transposer dans ce qu'elle voyait.

Ainsi, elle prenait du plaisir à sucer doucement Bastien et elle prenait autant de plaisir à se regarder le sucer. Elle contemplait réellement ses lèvres qui entouraient son sexe – qu'elle trouvait sincèrement et naturellement beau de surcroît – et était tellement fascinée par ce qu'elle voyait qu'elle en oubliait presque que c'était elle qui était en train d'enfoncer ce membre dans sa propre bouche.

Son gland allait et venait dans sa bouche. Anaïs bougeait tout le haut de son corps pour aller d'avant en arrière. Ses deux mains posées sur le lit pour se maintenir se crispaient au fur et à mesure que montant l'excitation. Elle inondait de salive le gland qu'elle avalait et un mince filet coulait le long de la hampe de Bastien. Il souhaita accompagner les mouvements de tête d'Anaïs et posa l'une de ses mains contre sa joue et ses doigts sur le côté de son visage. Ils plongèrent légèrement dans ses cheveux et le contact du bout des doigts de Bastien contre le haut de sa nuque déclencha un mouvement totalement incontrôlé et nouveau pour elle.

Elle attrapa la main libre de Bastien avec l'une des siennes et vint la coller de manière symétrique à l'autre.

Bastien fut surpris, mais accepta sans réfléchir l'invitation à accompagner plus franchement les mouvements de tête d'Anaïs autour de sa queue bandée de plus en plus.

Il resserra légèrement son étreinte et guida son visage tout en tentant tant bien que mal d'intégrer sans défaillir totalement tout le plaisir qu'il ressentait à ce moment précis.

Anaïs l'accompagnait de sa main toujours accolée à celle de Bastien. Elle faisait même plus que l'accompagner. Il se rendit compte immédiatement qu'elle amplifiait le mouvement de sa main contre la sienne.

Pensant à une invitation à accentuer le tempo, Bastien prit un peu plus fermement dans ses mains le visage d'Anaïs et commença à le faire aller d'avant en arrière de manière plus franche.

Anaïs lâcha la main de Bastien et elle s'agrippa de nouveau aux draps. Elle ne put réprimer plusieurs feulements étouffés par le membre qui allait et venait dans sa bouche. C'était des petits bruits de plaisir et Bastien le comprit tout de suite. Elle aimait ça et à sa plus grande surprise, elle semblait en redemander.

Et en effet, Anaïs aimait ça.

Alors qu'elle avait depuis toujours été relativement classique au niveau de la fellation, là elle se sentait transportée, d'une part, par l'état de jouissance dans lequel il l'avait mise juste avant et, d'autre part, à cause de ce qu'elle voyait. Car depuis tout à l'heure et particulièrement ses gestes d'invitation envers Bastien pour qu'il prenne en main – littéralement – les choses, elle n'avait cessé de se regarder dans le miroir et la femme qu'elle voyait prenait un pied d'enfer. Et elle adorait ça. Elle adorait l'idée que la femme qu'elle voyait soit profondément excitée par un acte qu'elle-même ne s'était jamais permis.

Elle aimait vraiment ça. Elle aimait la sensation de douce soumission qu'elle ressentait au contact autour de son visage des mains sentant sa propre excitation de tout à l'heure. Elle aimait sentir les doigts de Bastien dans ses cheveux appuyer sur sa tête pour la " forcer " à le sucer.

Elle suçait son homme, un homme qui la forçait certes un petit peu dans ses gestes, dans l'amplitude de ce qu'elle était en train de faire, mais c'est justement ce qu'elle lui reprochait parfois à ce pauvre Bastien : un certain manque de courage dans sa vie de tous les jours comme dans leur vie sexuelle.

À ce moment précis, elle se rendait compte, par l'intermédiaire de son double inversé dans le miroir, qu'elle aimait qu'il la pousse un peu dans ses retranchements. Finalement, elle se rendait compte qu'elle voulait qu'il la réveille un peu. Elle voulait qu'il réveille son désir et son plaisir endoloris par toute une éducation culpabilisatrice et des bonnes manières en toutes circonstances, y compris les plus intimes.

La situation l'excitait follement. Elle avait l'impression que Bastien faisait l'amour à sa bouche et c'était vraiment loin d'être désagréable. Il gérait à la fois la vitesse, la force et la profondeur de l'acte avec de délicates précautions et cela finit de la mettre en confiance, y compris et surtout inconsciemment.

Finalement, alors qu'elle se définissait toujours comme actrice principale lorsqu'elle le suçait, là elle se retrouvait dans une situation passive. Ou du moins, elle ressentait une ambivalence, car si elle était passive dans la fellation elle-même, elle était particulièrement active dans son activité voyeuriste. Elle ressentait une vraie excitation à regarder cette étrangère dans le miroir. Elle contemplait avec curiosité le sexe de Bastien qui lui paraissait encore plus impressionnant dans la glace aller et venir dans sa bouche. Et lorsqu'une vague d'envie et de désir la parcourait en voyant le membre pénétrer en grande partie dans la bouche grande ouverte de la femme en face d'elle, le gland du sexe qu'elle sentait emplir sa propre bouche et frotter délicatement contre ses joues lui rappelait que c'était bien elle devant qui Bastien ondulait le bassin.

Pour la première fois avec cette pratique sexuelle, elle entra dans une espèce d'excitation nouvelle, subtil mélange d'une excitation parfaitement physique bien réelle et d'une autre totalement immatérielle, impalpable, et spirituelle.

Anaïs ne put s'empêcher de glisser l'une de ses mains entre ses cuisses. Son entrejambe était trempé. Passé la surprise première d'être aussi excité physiquement, cela décupla son plaisir et il lui suffit de passer ses doigts, enduits en un quart de seconde de sa propre excitation, sur son clitoris et à l'entrée de son sexe inondé pour exploser.

L'orgasme qu'elle ressentit fut pour autant très discret, mais fit des ravages dans l'esprit d'Anaïs et dans sa conception de l'amour physique. Elle ne put réprimer quelques langoureux feulements étouffés par le sexe de Bastien ce qui accentua également son propre désir à lui.

— Je vais venir rapidement tu sais, lui glissa difficilement Bastien quelques secondes plus tard.

Il avait le souffle coupé et beaucoup de mal à se concentrer. Il était en train de jouir intensément et il avait fallu qu'il rassemble tous ses esprits pour trouver la présence d'esprit de prévenir Anaïs qu'il allait bientôt jouir. Généralement, c'était le moment où elle reculait le visage et laissait le sperme de Bastien jaillir hors de sa bouche. Il y a quelque temps, il en avait nourri une petite frustration puis s'était fait une raison sans bien trop comprendre pourquoi, presque naturellement. Il ne considérait pas forcément cet acte, jouir dans sa bouche, comme incontournable, loin de là et donc avait sorti cette possibilité de son esprit, n'y pensant même plus.

Quelle ne fut pas sa surprise lorsque, juste après lui avoir dit qu'il allait jouir, Anaïs releva la main qu'elle avait baissée pour agripper les draps peu avant, pour la placer de nouveau contre la sienne qui tenait toujours son visage. Elle l'enjoignait à continuer. Elle lui montrait visiblement, en accompagnant son geste avec un râle étouffé, qu'elle souhaitait qu'il continue et qu'il aille jusqu'au bout.

Bastien fut très étonné, mais choisit de ne pas se poser de questions. Toutefois, il fut suffisamment décontenancé et surpris pour s'égarer en pensée et perdre ses moyens juste ce qu'il faut pour ne plus rester maître de lui-même.

Il ne put contrôler l'éjaculation qui le prit par surprise. Un sentiment de culpabilité pointa le bout de son nez immédiatement et Bastien dut le réprimer au risque de tout gâcher.

Son sperme jaillit en plusieurs jets désordonnés dans la bouche d'Anaïs. Elle-même surprise par la chaleur, la force et le goût de la semence de Bastien, elle eut du mal à contenir un ou deux haut-le-cœur qui disparurent bientôt lorsqu'elle écarta les lèvres et laissa glisser le long de son membre le sperme mêlé de salive. Elle eut le sentiment qu'il ne s'arrêterait jamais de faire jaillir son jus nacré et poivré de son membre.

Elle fut surprise par le peu de dégoût qu'elle ressentit par rapport à ce qu'elle avait pu imaginer il y a déjà bien trop longtemps, sans qu'elle n'ait jamais cherché à remettre en cause la moindre de ses certitudes.

Elle fut surprise surtout par le plaisir qu'elle ressentit d'avoir clairement, visiblement et apparemment largement satisfait son homme. Plaisir qui prenait naissance également dans la satisfaction de lui avoir fait un certain don d'elle-même.

De son côté, Bastien était anéanti. Anéanti de plaisir et de jouissance. Anéanti de surprise aussi. Anéanti de bonheur.

Il se laissa tomber sur le lit et s'allongea pour profiter de chaque seconde. Anaïs lui fit une place, essuya sommairement le tour de sa bouche et s'allongea contre lui en posant son visage sur son épaule.

Au même instant, ils eurent tous les deux le même geste et se regardèrent enlacés dans le miroir.

— Et béh, dit Bastien en riant. Il interpella gentiment Anaïs. Dis-moi ma belle, il te fait de l'effet ce miroir. Que me réserves-tu d'autre maintenant ?

Anaïs fit semblant de se cacher en mimant une honte exagérément feinte puis cala son visage dans le creux de son épaule.

Ils fermèrent les yeux tous les deux ensemble, comme par magie. Comme s'il n'était plus temps de jouer les voyeurs de ce couple tendrement et profondément amoureux qu'ils voyaient dans ce reflet.

Il sera toujours temps de les retrouver ces deux-là, se dit Anaïs pour elle-même.

Bientôt. Très bientôt même…

*
* *

Le feu et la glace

Bastien regarda les visages des deux femmes glissant sur le lit près de lui. Être rejoint par ces deux créatures de rêve lui paraissait totalement surréaliste. Il abandonna l'idée de savoir comment ils en étaient arrivés là. La seule chose qu'il voyait, c'était les deux femmes se joignant à lui. Plongé dans ses pensées, il n'avait pas osé imaginer que son rêve allait devenir réalité.

Anaïs et Célia entrèrent dans la chambre, habillées de leurs robes de soirée aussi somptueuses l'une que l'autre.

Il s'appuya sur ses coudes pour se redresser et vit les deux femmes approcher.

Anaïs, jeune femme mince aux longs cheveux blonds déliés portait des escarpins fins d'un classicisme irrésistible, des bas noirs, très probablement maintenus par un porte-jarretelle faisant partie d'un ensemble assorti fait de broderies subtiles et sensuelles. Sa robe de cocktail noire droite aurait paru désespérément simple si elle n'était pas rehaussée d'un faux col Claudine en perles faisant écho à ses boucles d'oreilles argentées au bout desquelles pendaient également deux perles étincelantes soulignant la luminosité de ses yeux délicatement maquillés. Bastien avait toujours eu un faible pour cette jeune femme caractérisée par des jambes fuselées et musclées, de petites fesses parfaitement dessinées, une taille toute fine et une poitrine visiblement menue ce qui lui permettait toutes les excentricités vestimentaires, des plus sages aux plus aguichantes. Bastien l'avait d'ailleurs déjà vue porter des vêtements totalement improbables et interdits pour des femmes avec une corpulence un peu plus forte, ou bien des robes légères aux décolletés échancrés furieusement sexy. Ce soir, elle avait décidé d'apparaître en femme sage et responsable augmentant d'autant le pouvoir subversif de ses désirs physiques les plus débridés.

Célia quant à elle, faisait preuve de plus de formes. Elle apparaissait d'ailleurs radicalement différente d'Anaïs. Sa poitrine généreuse n'était maintenue en place que par les pans de sa robe portefeuille cache-cœur rouge lui laissant les bras nus. Elle ne portait visiblement pas de soutien-gorge comme aucun autre sous-vêtement du tout non plus d'ailleurs. Ses jambes étaient gainées de dim-up de couleur chair et elle portait des chaussures rouges elles aussi, à talons plutôt hauts, carrés et larges. Deux brides lui entouraient la cheville divinement.

Sa tenue flamboyait et exposait sans fard son caractère explosif et son tempérament bouillonnant de brune aux magnifiques cheveux mi-longs bouclés. Elle n'avait évidemment pas fait l'économie d'un rouge à lèvres carmin rutilant tandis qu'Anaïs avait mis sur ses lèvres un gloss rose pâle de petite fille sage.

Le feu et la glace.

Les regardant approcher du lit, Bastien se délectait de la complémentarité de ces deux femmes. Elles répondaient toutes les deux en tous points à l'ensemble de ses pensées fantasmagoriques et il n'imaginait pas une seconde se demander pourquoi ou comment ils en étaient là tous les trois. Il vivait un rêve et ne voulait pas prendre le moindre risque de le gâcher.

Il se leva et les enlaça en même temps, enroulant chacun de ses bras autour d'une des créatures de son rêve.

Après l'avoir embrassé successivement, Anaïs et Célia se regardèrent et la soirée bascula. Leurs bouches s'approchèrent et leurs lèvres se touchèrent.

Le rouge se mêla au rose pâle. Elles s'embrassèrent avec délicatesse, échangeant des baisers doux. Comme au ralenti, leurs langues se rencontrèrent dans un même mouvement et leurs baisers n'en devinrent que plus appuyés, laissant la passion monter irrémédiablement.

Durant ce temps, Bastien se mit derrière Anaïs. Il dégrafa son collier de perles et le posa sur la table basse juste à côté. Anaïs n'entendit pas la fermeture éclair descendre. Elle sentit les manches de sa robe glisser sur ses épaules et la laissa tomber par terre.

La robe gisait à ses pieds et Bastien découvrit enfin ce qu'Anaïs portait en dessous.

C'était un ensemble string, serre-taille, soutien-gorge, splendide. De couleur bleu profond, il électrisa Bastien en une fraction de seconde. Ce bleu intense accompagnait parfaitement la couleur de ses yeux et la blondeur de ses cheveux. C'était un accord raffiné parfaitement rehaussé par ses bas noirs et ses escarpins fins. Anaïs était absolument divine.

Les deux femmes continuaient à s'embrasser à présent langoureusement. Leurs baisers étaient intenses et appuyés. Célia caressa du bout des doigts le soutien-gorge d'Anaïs et il suffit que Bastien le dégrafe pour qu'elle s'en empare et le jette au loin pour prendre ses deux seins ronds dans ses mains et les caresser fermement.

Sentant les mains de Célia sur sa poitrine, Anaïs ne put s'empêcher de noter la différence entre des mains d'homme et celles d'une femme. Les caresses de Célia sur sa petite poitrine étaient un savant mélange entre la douceur féminine et la force de l'attirance qu'elle ressentait l'une pour l'autre. Célia malaxait adroitement la poitrine d'Anaïs tout en évitant de la brusquer et de lui faire ressentir la moindre douleur. Juste ce qu'il fallait.

Les caresses de Célia eurent pour effet immédiat d'augmenter d'un cran le désir de Anaïs et cela se fit sentir dans la force de leurs baisers qu'elles continuaient à échanger.

Quelques instants plus tard, Bastien avait pris place derrière la deuxième femme qui portait toujours sa robe portefeuille rouge carmin. Il suffit alors de délacer le lien qui enserrait sa taille et la robe s'ouvrit sur le corps parfait de Célia. En brune généreuse, ses seins étaient lourds et fermes, ses hanches larges et ses fesses rebondies. Mais bien loin de la faire paraître enveloppée, cela lui permettait de dégager une image de femme pulpeuse avec – comme le dit la maxime grivoise– *ce qu'il faut là où il faut*.

Comme l'avait remarqué Bastien, Célia était intégralement nue sous sa robe légère et elle se retrouva seulement vêtue de ses bas stay-up de couleur chair et de ses chaussures à brides rouges et aux talons épais et carrés.

Anaïs posa ses mains immédiatement sur la poitrine de Célia. Elle prit ses seins dans ses mains et les soupesa plus qu'elle ne les caressait. Elle découvrait l'opulence de son amie et était visiblement déconcertée par la douceur et la taille de ses attributs. Peut-être était-ce simplement le fait d'accomplir ce dont elle avait secrètement rêvé tant de fois. Elle se l'avouait enfin, alors que la langue de Célia rentrait dans sa bouche et que ses mains caressaient ses petits seins tendus et gonflés. Anaïs avait toujours désiré toucher le corps de Célia, sentir le poids de sa poitrine dans sa main, caresser l'intérieur de ses cuisses charnues, poser ses mains sur ses fesses rebondies et attirantes. L'une de ses mains lâcha son sein et caressa le côté de sa taille puis descendit sur ses fesses. Elle planta ses ongles roses dans la chair voluptueuse et sa bouche accentua la pression sur celle de Célia.

Sa seconde main abandonna également sa poitrine et glissa rapidement sur le ventre de Célia pour finir sa course sur son pubis au dessin en triangle parfaitement délimité.

Anaïs marqua un temps d'arrêt puis se résolut à accéder à ce dont elle avait rêvé plusieurs fois. Elle glissa sa main entre les cuisses de Célia et plaqua la paume contre le sexe de son amie.

Il était chaud. Humide. Il lui suffit de quelques mouvements soigneux et délicats pour ressentir toute l'excitation de Célia et la chaleur du désir qui couvait entre ses cuisses.

Elle libéra le clitoris de ses doigts et commença à glisser dessus de manière circulaire. Célia voulut pousser un petit cri de surprise mêlée à la jouissance, mais il fut étouffé par la bouche d'Anaïs qui se plaquait de manière de plus en plus appuyée sur la sienne.

Son string était trempé. Leurs caresses avaient libéré un désir presque immoral. Elle sentait même son excitation couler en minces filets le long de ses cuisses. C'était totalement indécent.

C'est Bastien qui la délivra. Revenu derrière elle, il prit les fines bandes de son string et le fit descendre le long de ses jambes. Il écarta les lanières du serre-taille qui retenait toujours ses bas puis descendit lentement le mince morceau de tissu inondé de plaisir intime jusqu'à ses chevilles. Il l'écarta en même temps que sa robe restée à ses pieds et, remontant, il laissa ses mains courir le long de ses cuisses gainées de nylon.

Sa main s'enfonça entre ses petites fesses tout aussi rondes et fermes que ses seins. Il atteignit l'intérieur de ses cuisses, plaqua le bout de ses doigts sur son pubis sur lequel elle n'avait laissé qu'un mince voile doux de toison pubienne puis écarta ses lèvres vaginales de ses doigts. Il libéra instantanément le flot de son excitation qu'il recueillit sur ses doigts. Anaïs pensa pour elle-même que c'était indécent de mouiller ainsi. Mais il sembla également libérer les inhibitions d'Anaïs qui soupira comme une forcenée à ce moment précis.

Elle accentua la pression sur le sexe et le clitoris de Célia puis, n'y tenant plus, s'accroupit sans prévenir entre ses jambes. Elle enfonça son visage entre ses cuisses ouvertes.

Bastien eut à peine le temps d'enlever sa main, surpris par l'ardeur que mettait Anaïs à lécher le clitoris offert devant sa bouche. Il n'eut pas plus son mot à dire lorsque Célia lui attrapa le visage pour l'approcher du sien. Elle l'embrassa à pleine bouche, retenant difficilement de petits cris de jouissance provoquée par la succion acharnée entre ses cuisses.

En moins de temps qu'il ne le faut pour le dire, Célia dégrafa le pantalon de Bastien et le baissa. Elle dégagea son sexe tendu et gonflé de voir ses deux amies prendre autant de plaisir.

Elle le prit dans sa main. Ses doigts roulèrent autour. Il était gros, chaud et doux. Elle le serra un peu plus fort et commença à aller et venir.

Anaïs la léchait avec force et le plaisir qu'elle donnait à Célia se déplaçait jusqu'à sa main enserrant le sexe de Bastien. Elle l'embrassait fougueusement et celui-ci lui répondait avec la même passion en attrapant son cou de sa main vigoureuse et accentuait l'intensité de leur baiser.

Bastien décida qu'il était temps de s'installer plus confortablement. Il prit les épaules de Célia et la renversa en arrière sur le lit.

En un seul mouvement, elle se retrouva allongée sur le lit, les jambes écartées. Anaïs avait également suivi et sa bouche léchait encore le sexe inondé de Célia. Un instant plus tard, Bastien se mit à genoux près de son visage et elle attrapa son membre violemment pour l'attirer vers elle. L'instant d'après, le sexe de Bastien emplissait toute sa bouche, étouffant les soupirs langoureux provoqués par l'ardeur de Anaïs entre ses cuisses.

Anaïs, plus à l'aise que debout, n'eut aucune difficulté à introduire deux doigts dans le corps de la femme qu'elle léchait toujours avec application.

Célia poussa un soupir plus allongé que les autres et se raidit. Le sexe de Bastien s'échappa de sa bouche et sa main repoussa le visage d'Anaïs. Quelques spasmes la secouèrent tandis qu'elle reprenait sa respiration et le gémissement qu'elle poussa en regardant ses deux partenaires leur confirma qu'elle venait de jouir violemment sans prévenir.

N'attendant aucune injonction quelconque, Anaïs se tourna vers Bastien, le poussa en arrière légèrement pour qu'il s'appuie sur ses coudes et prit à son tour son sexe dans sa bouche. Elle commença à le sucer avec autant d'application qu'elle venait de lécher Célia. La main qui prit possession de sa queue la serrait fortement et elle faisait de larges va-et-vient, tendant au maximum la peau de son sexe. Chaque mouvement de sa main s'accompagnait d'un mouvement de sa tête qui enfonçait à chaque fois un peu plus le membre dégoulinant de saveurs mélangées. La salive se mêlait à l'excitation poivrée de Célia dont sa bouche était encore emplie. Se redressant enfin, Célia se joignit à elle et prit dans sa main les testicules gonflés et tendus de Bastien. Elle les caressa, mais c'est surtout sa queue, qu'elle avait dans sa bouche quelques instants auparavant, qu'elle voulait récupérer. Elle ouvrit ses lèvres et lécha le côté de son membre tandis qu'Anaïs avait toujours le gland tout entier dans la sienne. Leurs mains se touchaient, leurs lèvres firent de même rapidement. Leurs doigts s'entremêlèrent et elles échangèrent un baiser paradoxalement doux compte tenu de l'excitation qu'elles ressentaient. Elles s'embrassaient délicatement. Leurs langues se mêlaient entre elles, caressant doucement le gland de Bastien qui se trouvait au milieu de leur baiser. Leurs cheveux respectifs se mêlaient les uns aux autres et Bastien profitait d'un spectacle accentuant encore plus son excitation et la taille de son sexe.

Célia, comme si elle voulait reprendre le dessus après s'être laissée submerger par un orgasme inattendu, écarta délicatement le visage de Anaïs et prit littéralement possession du sexe de Bastien. Elle ouvrit grand sa bouche, empoigna la base du sexe dressé devant elle et se mit à le sucer avec force. Elle était déchainée et elle lui infligea un traitement inhumain. À la limite de la douleur, elle enfonçait profondément le membre dans sa bouche, la refermait autour et le pompait en provoquant une succion énorme tandis que sa main descendait violemment jusqu'à la base pour augmenter encore plus les sensations qu'elle ne doutait pas une seconde de provoquer. Chaque mouvement de Célia le long du sexe de Bastien faisait bouger le lit tellement elle mettait de force et d'amplitude à sucer cette queue qui la fascinait à présent.

Anaïs regarda avec un léger étonnement la manière dont son amie s'occupait du sexe de Bastien et, constatant que cela lui plaisait incontestablement, se dit qu'elle la retenait pour une prochaine fois. Elle sentit les mains du jeune homme empoigner ses hanches. Il amena son bassin vers son visage et elle écarta les jambes pour les installer l'une et l'autre de chaque côté de son visage. Elle s'accroupit juste au-dessus du visage de Bastien, plaquant ses jambes gainées de nylon contre ses joues et ses épaules. C'est Bastien lui-même qui lui attrapa les hanches et l'approcha de sa bouche.

Ce n'était même pas sa langue, mais sa bouche tout entière qui était collée contre le sexe trempé d'Anaïs. Son nez s'enfonçait à chaque mouvement du lit dans l'entrée de son sexe débordant de mouille et ses lèvres, sa langue et sa bouche suçait, aspirait, buvait complètement le clitoris et le sexe qui bougeait au-dessus de lui. Plus Célia le suçait avec force, plus le lit bougeait, plus Anaïs bougeait aussi et plus cette dernière ressentait un plaisir indicible.

Elle voulait s'écraser contre le visage de Bastien, elle voulait que son sexe dégoulinant aspire son visage tout entier et elle jouissait encore plus en voyant son amie sucer Bastien comme elle le faisait.

Anaïs n'en pouvait plus. Elle voulait sa queue, elle voulait qu'il la pénètre profondément, elle voulait qu'il fasse exploser le désir qui grandissait de manière incontrôlable dans le bas de son ventre.

Elle le dit d'ailleurs sans détour à l'attention de ses deux partenaires.

— Je n'en peux plus. Je veux ta queue en moi !

Célia releva la tête, délaissant un instant le sexe de Bastien qu'elle ne cessa pas de branler pour autant.

— Alors viens ma chérie. Lui dit-elle doucement dans un sourire. Viens t'asseoir dessus continua-t-elle en désignant du regard le sexe qu'elle tenait toujours.

L'instant d'après, Bastien n'ayant pas eu le temps de dire quoi que ce soit, Anaïs présentait ses cuisses grandes ouvertes au-dessus de son bassin. Elle posa ses pieds de part et d'autre, se maintint en arrière sur ses mains posées sur son torse et Célia guida son sexe au milieu de ses jambes. Anaïs descendit doucement les hanches et il s'enfonça dans son corps tout entier sans la moindre difficulté.

Le mouvement fut lent, mais irrémédiable. Elle s'empalait littéralement sur son membre turgescent. Enfoncée jusqu'au fond, ses lèvres vaginales touchant ses testicules, Anaïs dut s'arrêter un instant pour reprendre son souffle. Elle expira profondément et tout son corps se détendit pour apprécier pleinement cet instant. Célia ne lui laissa qu'une fraction de seconde, car elle ajouta une source de jouissance supplémentaire en venant plaquer sa petite langue agile sur son clitoris gonflé. Sa langue passait des bourses de Bastien au clitoris d'Anaïs et elle constata immédiatement le plaisir que cela leur procurait à tous les deux.

Célia recula le visage un petit peu et remplaça sa langue par ses doigts. Anaïs sentit son bouton se gonfler et les caresses de son amie électrisèrent tout son corps. Elle poussa légèrement sur ses bras pour relever légèrement le bassin, puis redescendit. Son corps tout entier allait et venait le long du sexe de l'homme qui gémissait sous ses mains. Elle sentait son torse de contracter sous la paume de ses mains, elle pouvait sentir sa respiration qui se coupait. Son propre bas-ventre s'emballait sous le plaisir procuré tant par la pénétration profonde du membre dans son corps que des caresses énergiques et pourtant délicates des doigts de Célia sur son petit bouton.

Elle fit de larges va-et-vient sur ce sexe, objet de son plaisir tandis qu'elle ne savait plus si c'était les doigts ou la langue de Célia qui accompagnait sa jouissance grandissante.

Plusieurs fois elle ferma les yeux, n'arrivant plus à supporter les vagues de plaisir qui la submergeaient encore et encore. Elle prenait appui sur ses pieds, plantant ses talons dans les draps du lit tout en soulevant le haut de son corps en forçant sur ses mains griffant le torse de l'homme sous elle.

Ses petits seins se balançaient au rythme des mouvements du lit tout entier. Dans un éclair de lucidité, elle vit Célia à genoux entre les jambes de Bastien qui avait glissé sa main libre entre ses propres cuisses. Elle réalisa alors que pendant qu'elle maintenait le sexe de Bastien dans son sexe, pendant qu'elle léchait voracement en même temps son clitoris, elle enfonçait profondément ses doigts dans sa chatte. Entre deux respirations, elle entendit les râles de Bastien et les longs soupirs étouffés de Célia qui s'activait entre leurs cuisses.

Elle chevauchait Bastien. Anaïs ramena une main devant elle pour repousser la bouche de Célia. Elle lui prit la main et la ramena sur son pubis. Elles caressaient toutes les deux son petit bouton prêt à exploser. Son ventre se contractait à chaque plongée du sexe de Bastien profondément dans son corps, ses seins étaient devenus durs et gonflés. Célia, la bouche libérée, se rua dessus pour les embrasser. Elle les mordit doucement à plusieurs reprises, arrachant des cris à Anaïs qui ressentait un plaisir absolu sur chaque zone érogène de son corps. Bastien avait attrapé ses hanches et l'aidait à monter et descendre sur sa hampe. Chacun bougeait en harmonie et le plaisir prit possession des trois partenaires au même instant.

Célia, qui avait enfoncé à présent trois de ses doigts dans son sexe trempé fut la première à jouir de nouveau. Elle se bloqua, appuya fortement sur le pubis de Anaïs tout en mordant plus franchement l'un des seins qu'elle avait dans sa bouche. Son deuxième orgasme, étonnamment, fut encore plus foudroyant que le premier. Anaïs, sous l'impulsion de la main qui torturait son bouton et ressentant la morsure sur son sein, s'arqua d'un seul coup. Elle planta plus fort ses ongles dans la poitrine de Bastien et tout son corps se cambra dans un choc électrique inouï.

L'orgasme qu'elle pensait voir venir de son sexe se déclencha à trois endroits différents. Il partit de son clitoris et de sa poitrine meurtrie par Célia pour rejoindre l'explosion qui eut lieu au plus profond de son ventre. La vague de plaisir l'irradia de ses chevilles jusqu'à la pointe de ses cheveux et elle ne put réprimer un vrai cri de jouissance qui résonna dans la chambre.

Involontairement, elle éjecta le membre de Bastien et les ultimes frottements de leurs sexes respectifs, unis à la brulure des ongles rouges de Anaïs plantés dans son torse déclenchèrent son propre plaisir. De puissants jets de sa semence jaillirent et éclaboussèrent à la fois la poitrine de Célia et le ventre d'Anaïs toujours tétanisée au-dessus de lui.

Le liquide chaud coula sur les corps des deux femmes. Anaïs mit sa main sur le sexe de Bastien qui reposait à présent sur son pubis et sentait la chaleur de son sperme répandu sur elle. Elle le caressa lascivement, prolongeant ainsi l'aboutissement de leur jouissance commune.

Célia se détendit également un petit peu et glissa tout doucement entre les cuisses d'Anaïs. Elle lui caressa les cuisses et embrassa son ventre. Sans y réfléchir, elle continua de descendre et fut presque surprise de tomber sur le sperme de Bastien qui tapissait tout le bas ventre de son amie. Dans un état second, elle le lécha et continua à descendre vers son sexe toujours gonflé. Sa langue passa sur le gland puis continua pour atteindre le clitoris d'Anaïs juste en dessous. Des spasmes secouèrent Anaïs et Bastien, ce qui l'encouragea à continuer à les titiller. Vicieusement, elle prit dans sa bouche le sexe chaud et dégoulinant d'humidité d'Anaïs et de sperme de Bastien et le suça avec application. Sa langue lécha alternativement leurs deux sexes tout en leur arrachant de profonds soupirs de plaisir à eux deux.

C'est Anaïs qui rendit les armes en premier et qui supplia Célia d'arrêter. Bastien acquiesça d'un râle venu des profondeurs de ses poumons.

Anaïs roula lentement sur le côté et Célia vint s'allonger sur Bastien. Sa tête reposait sur son torse et elle lécha doucement, telle une louve, les plaies visibles laissées par les ongles de sa partenaire. Cela les fit rire toutes les deux et elles échangèrent un baiser langoureux. Bastien redressa le visage et joignit sa bouche à celles des deux femmes. Ils s'embrassèrent sans qu'il soit possible de savoir quelle était la provenance de chacun des goûts exquis qu'ils discernaient à ce moment-là.

La seule chose qu'ils savaient c'est qu'ils en garderaient le souvenir longtemps, tant dans leur esprit que dans leur chair.

Ils avaient chacun vécu un moment qu'ils n'auraient jamais pu imaginer et réalisaient seulement maintenant à quel point ils s'étaient délicieusement laissés entraîner par leur plaisir.

Avec délectation.

*
* *

Rentrée au bureau

A la fin de l'été, chacun prépare obligatoirement sa rentrée. Et même s'il n'y a rien à préparer, chacun passe le jour d'avant à penser au lendemain, ne serait-ce que pour se plaindre de la reprise du travail.

Anaïs et Bastien ne dérogeaient pas à la règle.

Bastien rangeait méthodiquement quelques affaires dont il savait avoir besoin. Anaïs, quant à elle, avait une occupation autrement plus prenante et fondamentale. Elle passait sa journée à revisiter sa penderie. Elle réorganisait ses piles de vêtements et ceux sur cintres. Elle passait en revue sa garde-robe, et la remaniait en fonction des accords imaginés entre ses différents éléments.

Pulls, chemisiers, petits gilets, pantalons, jupes, même la lingerie, les bas et les collants y passaient. C'était un peu comme si elle avait besoin de réenregistrer dans sa tête ses différentes pièces vestimentaires pour les accorder plus facilement ultérieurement. Elle voulait savoir ce qu'elle pouvait mettre avec ceci, ou au contraire, ce qu'il était rédhibitoire de porter avec cela.

Cela passait par un étalage de nombre de vêtements sur le lit, superposition de couleurs, visualisation de ce que cela donnerait avec telle ou telle paire de chaussures.

C'était sa *September issue*[1] à elle, *The big affair*.

Elle passa son après-midi à se poser des questions. Elle se demanda si tel soutien-gorge irait avec tel tee-shirt décolleté, si tel pantalon serait mieux avec des talons car-

---

[1] Du nom d'un film documentaire réalisé par R. J. Cutler et sorti en 2009 qui a suivi la réalisation du numéro de septembre 2007 de l'édition américaine du magazine Vogue, numéro de rentrée qui doit donner le ton de la saison de la mode.

rés peu élevés ou des escarpins noirs aux talons aussi fins qu'élevés. Elle essaya mille tenues, virtuellement ou en vrai.

Jusqu'au moment où Bastien la vit débarquer dans le bureau. Plus précisément, il l'entendit tout d'abord. Ses talons claquaient doucement sur le parquet. Chaque pas la rapprochait de la porte ouverte. Arrivée dans l'encadrement, elle posa un bras en hauteur le long du chambranle et prit la pose d'un mannequin d'une campagne de publicité pour Ralph Lauren ou Michael Kors.

Elle balaya lentement la pièce d'un mouvement de tête gracieux et étudié, puis termina sa course en plantant ses yeux dans ceux de Bastien.

Après le rangement et les essayages qu'elle venait de faire, Anaïs avait envie de repos. Sauf qu'elle s'était habillée pour montrer à son homme la tenue qu'elle mettrait le lendemain.

Et elle savait parfaitement l'effet qu'elle lui ferait dans cette tenue.

Il aurait pourtant été difficile de faire plus simple, plus sobre, ou plus classique. Mais elle savait que ça marchait à tous les coups.

Vêtue d'un chemisier blanc duquel elle avait soigneusement oublié d'attacher les trois boutons du haut, elle l'avait glissé dans une jupe crayon anthracite s'arrêtant au niveau du milieu du genou. Elle avait noué à sa taille une large ceinture noire en cuir avec une énorme boucle. Ses jambes nues et bronzées s'allongeaient divinement par la grâce d'escarpins brillants couleur chair. Leurs talons fins gigantesques ne massacraient pas pour autant ses pieds fins à la faveur d'une semelle compensée d'un bon centimètre et demi au niveau du pied.

Anaïs avait agrémenté sa tenue hyper simple et classique d'accessoires discrets la mettant parfaitement en valeur. Outre sa ceinture à la boucle argentée disproportionnée, elle s'était parée d'un collier démesurément long, argenté lui aussi, auquel était accroché un large pendentif d'où pendaient des chainettes de métal fines s'entrechoquant à chacun de ses mouvements. Ses bras fins sortaient de ses manches retroussées avec soin. Une unique bague également argentée représentant une fleur, s'ouvrant en pétales gris pâle, couvrait presque trois de ses doigts. Elle avait glissé au poignet de son autre main plusieurs bracelets fins tintant les uns contre les autres dès qu'elle bougeait le bras. De très fines boucles d'oreilles pendaient en scintillant de ses lobes. Elle avait parfait son total look de working girl par un maquillage discret, mais soulignant ses yeux et elle avait tiré ses cheveux fortement en arrière, attachés par une queue de cheval beaucoup trop haute pour rester sage. Elle avait soigné le raffinement jusqu'à enrouler une mèche de cheveux autour de l'élastique les tenant. Ce comble du détail apportait la preuve supplémentaire à un œil aguerri que, bien que faussement simple, cette tenue dans ses plus infimes éléments ne devait strictement rien au hasard.

C'était d'un repos bien particulier dont avait envie Anaïs. Elle voulait jouer.

Bastien, toujours bouche bée devant la jeune femme resplendissante, n'eut pas le temps de dire quoi que ce soit. Assis dans un petit canapé servant traditionnellement de lit d'appoint dans le bureau, il n'arrivait pas à détacher ses yeux d'Anaïs.

Elle annonça la couleur de son humeur immédiatement.

— Demain c'est la rentrée mon chéri. Il sera temps de travailler, dit-elle alors qu'elle commençait à avancer vers lui adoptant une démarche digne d'un top-modèle défilant pour Dior. Mais maintenant, reprit-elle en plaquant ses mains contre ses hanches, il est encore l'heure de jouer.

Au moment où elle finit sa phrase, ses doigts se serrèrent sur sa jupe et la remontèrent doucement de quelques centimètres.

Ce n'était pas tant ce qu'Anaïs donnait à voir de ses jambes à Bastien qui était susceptible de le mettre en transe, mais bien le geste et son attitude. Les plis formés sur sa robe l'avaient relevée juste au-dessus du genou. Une bosse se formait dans le caleçon de son homme. Elle était à peine perceptible, mais Anaïs le savait déjà.

Elle se positionna juste devant lui, les jambes suffisamment écartées pour tendre le tissu de sa jupe. Son chemisier ouvert laissa voir un soutien-gorge inconnu de Bastien. Anaïs portait une magnifique pièce de lingerie blanche. Les bonnets finement brodés étaient de formes bien arrondies, laissant penser à un soutien-gorge pigeonnant. La peau de ses seins, bronzée elle aussi, se bombait au-dessus des bonnets, creusant un décolleté dans lequel s'engouffrait régulièrement son collier. Les petits filaments accrochés au pendentif glissaient entre ses seins et la chatouillaient.

Anaïs regarda son homme. Il était à sa merci.

Elle posa ses mains le long de sa robe, en attrapa les côtés et la remonta d'un coup sec et brutal sur ses hanches. Elle dévoila le haut de ses cuisses et son bassin tout entier. Elle portait un string coordonné avec son soutien-gorge, nouvelle acquisition hors de prix, mais magnifique qui galbait ses fesses aussi bien qu'enjolivait sa poitrine.

L'instant d'après, sa main plongea dans les cheveux de Bastien. Elle en attrapa une poignée et attira fermement son visage entre ses jambes. Il se retrouva le nez sur son pubis, uniquement séparé de sa peau par les fines broderies de la lingerie.

Anaïs lui ordonna de la lécher sans faire preuve d'aucune autre manière. Elle écarta elle-même le morceau de tissu passant entre ses jambes et dévoila alors son pubis finement tondu. Bastien se soumit et déploya sa langue pour lécher l'intimité d'Anaïs. Il adorait son goût. Il recueillait autant que possible de son humidité sur sa langue pour boire entièrement la jeune femme. Anaïs avait gardé sa main dans les cheveux de Bastien et le guidait pour s'occuper de son clitoris. Il le faisait parfaitement bien, mais elle voulait jouer, elle lui avait dit.

Elle tira sur ses cheveux et le repoussa en arrière. Bastien l'interrogea du regard pour savoir à quoi elle jouait. Puis il comprit lorsqu'elle relâcha légèrement sa main, lui permettant de revenir enfouir son visage entre ses cuisses écartées. Elle joua ainsi plusieurs fois avec son visage. Bastien se prit au jeu et émettait de petits gémissements lorsqu'elle lui tirait les cheveux en arrière, comme un amant frustré de ne pas pouvoir atteindre ce qu'il désire le plus. Anaïs s'amusait de cette situation et écartait la pièce de lingerie de son autre main de plus en plus fort pour qu'il puisse lécher le haut de son sexe avec la plus franche application. Lorsqu'elle lui permettait de le faire.

Après un moment de ce traitement, Anaïs n'en pouvait plus. Elle était trempée. Son excitation débordait de son corps et faisait naître des frissons l'empêchant de tenir en équilibre de manière stable sur ses talons compensés. Elle décida de changer de jeu.

Elle tira de nouveau sur les cheveux de Bastien pour l'écarter et fit en plus elle-même un pas en arrière. Levant l'index pour lui intimer l'ordre de patienter sans un mot, elle enleva gracieusement son string en le laissant glisser le long de ses jambes. Elle eut peur un instant de tomber à la renverse lorsqu'il s'accrocha à son talon. Bien qu'ils en auraient ri de bon cœur tous les deux, elle voulait à tout prix éviter de casser l'ambiance qui les amusait tout autant. Elle se rattrapa sans mal et jura que Bastien n'y avait vu que du feu.

Le morceau de tissu dans la main, elle le mit en boule, s'approcha de Bastien, et le poussa en arrière dans le canapé. De son autre main, telle une maîtresse femme expérimentée, elle prit son menton, appuya dessus pour qu'il ouvre la bouche et y enfonça la pièce de lingerie lentement.

Anaïs n'avait pas la moindre idée des raisons de son geste. Au fur et à mesure qu'elle l'insérait dans sa bouche, elle usait de ses doigts de manière érotique pour faire monter la tension. Jamais elle n'aurait pu imaginer faire cela, elle le savait et ce qu'elle était elle-même en train de faire l'étonnait au plus haut point. Et pourtant, elle constatait que Bastien se laissait faire docilement. Il acceptait le traitement qu'elle lui infligeait. Elle se dit que cela semblait même ne pas lui déplaire. Une fois passé l'étonnement de sa propre hardiesse, elle se surprit une fois encore à y trouver un certain plaisir.

Son homme était devant elle, à sa merci. C'était elle qui décidait, qui menait la danse. En le soumettant ainsi à son désir, elle y trouvait une forme d'accomplissement inédite, très loin de la déranger.

Bastien se laissait effectivement faire avec délectation. Et en effet, voir Anaïs se comporter ainsi lui plaisait beaucoup. Elle le surprenait très agréablement et jouait le jeu sans avoir à se forcer le moins du monde. Appréciant naturellement la saveur de l'intimité d'Anaïs, il se surprit même à profiter, de toutes ses papilles gustatives, de ce délicieux outrage culotté.

Il fut ramené à la réalité lorsqu'elle le repoussa encore un peu en arrière et se planta devant lui, les jambes bien écartées. Perchée sur ses talons vertigineux, le V inversé de ses jambes qui se rejoignaient au-dessous de son pubis lui présentait une image hautement érotique. Anaïs avait relevé complètement sa jupe et avait posé ses mains sur le bas de ses hanches.

Bastien fut comme hypnotisé lorsqu'il la regarda se caresser. Anaïs posa ses mains bien à plat sur ses cuisses et les fit danser sur sa peau de manière totalement indécente. Ses doigts effleuraient l'orée de son sexe pour repartir juste après caresser l'intérieur de ses cuisses. L'une de ses mains alla se poser sur ses fesses qu'elle écarta tout en se penchant légèrement en avant. Et ainsi de suite, pendant de longues secondes. Durant tout ce temps, leurs yeux ne se détachaient pas l'un de l'autre. Anaïs humectait ses lèvres brillantes de gloss tout en jetant des regards langoureux à Bastien jusqu'à en arriver à le gêner.

Anaïs se demandait une fois encore ce qu'elle était en train de faire. En une fraction de seconde, elle réalisa qu'elle se caressait sans la moindre pudeur, devant son homme assis en face d'elle avec son string dans la bouche.

Et elle aimait ça.

Déboutonnant entièrement d'une main son chemisier, elle laissa apparaître sa poitrine parfaitement galbée par son nouveau soutien-gorge. Elle se passait à présent la main entre les cuisses, appuyant franchement sur le clitoris que Bastien léchait quelques minutes auparavant, pendant que son autre main déambulait sur sa poitrine qu'elle caressait sans douceur.

N'y tenant plus, elle décida de continuer. Elle se mit accroupie, plantée sur ses talons. Installée entre les jambes écartées de Bastien, elle lui offrait une vue imprenable sur son sexe épilé. Anaïs jouait avec son corps. Elle écarta ses lèvres vaginales pour faire apparaître l'entrée de son sexe luisant d'excitation. Elle bougea ses doigts doucement, puis, ayant recueilli un peu de son désir humide, les porta à sa bouche pour les lécher d'une manière indécente. Instantanément, la bosse du pantalon de Bastien se renforça, ce qui n'échappa pas le moins du monde à Anaïs.

En un instant, elle s'agenouilla, déboutonna son pantalon et le fit glisser le long de ses jambes avec son caleçon.

Le sexe de Bastien se tenait bien droit devant elle, fier et dur. Elle l'empoigna de sa main libre et commença à le caresser doucement.

Tout en continuant à se caresser elle-même l'entrejambe, elle s'avança et prit le sexe de Bastien dans sa bouche. Elle le suça délicatement pendant un moment puis accentua autant la pression de ses doigts que de sa bouche tout entière à mesure que la tension sexuelle montait alimentée par ses propres doigts dans sa propre intimité. Elle jouissait d'être la maîtresse de son propre plaisir. Le rythme de ses doigts s'accéléra. Elle se caressait de plus en plus fort et suçait Bastien de plus en plus intensément.

Elle le fit jouir exactement au même moment que son orgasme fut libéré. Une forte jouissance explosa au creux de son ventre sous la stimulation de ses caresses exactement à l'instant où les doigts de Bastien se crispèrent, empoignant le tissu du canapé de manière incontrôlable.

Anaïs ne put garder le sexe de Bastien dans sa bouche lorsqu'elle ressentit son propre orgasme. Sa semence s'expulsa en plusieurs jets pour atterrir quasi intégralement sur les broderies de son soutien-gorge. De larges gouttes de sperme coulèrent sur le haut de ses seins et glissèrent le long de ses globes parfaits pour s'immiscer sur et dans la pièce de lingerie.

Alors qu'elle avait réussi à tenir accroupie jusqu'à maintenant, Anaïs crut qu'elle allait tomber en arrière sur les fesses tellement ses forces l'avaient quitté.

Pourtant, elle réalisa qu'il fallait jouer le jeu jusqu'au bout. Elle reprit le sexe ramollissant de Bastien dans sa bouche et lui fit vivre un véritable supplice en reprenant une douce succion qui déclenchait des râles de fausses protestations face à cette douce torture.

Comme pour faire preuve de charité ou d'humanité, elle le regarda puis cessa non sans adresser un dernier coup de langue rageur et dominateur sur l'extrémité de son gland.

Alors, avec une classe folle et un regard de femme qui sait qu'elle a obtenu ce qu'elle a voulu, Anaïs tendit le bras, glissa un doigt dans un pli de son string toujours maintenu par les lèvres de Bastien et tira dessus avec une lenteur indolente follement érotique.

Elle le récupéra, puis repartit dans la pièce d'à côté, la démarche chaloupée en sifflotant d'arrogance tout en le faisant tournoyer autour de son index.

Les claquements de ses chaussures continuèrent à s'évanouir un peu plus loin dans l'appartement, laissant

Bastien l'air bête, seul dans son canapé. L'air bête, mais heureux.

Quelle délicieuse garce cette Anaïs, se dit-il pour lui-même tout en cherchant à rattraper son pantalon, resté à ses chevilles. Elle ne payait rien pour attendre pensa-t-il.

Il comptait bien se venger très rapidement.

*
* *

Un pantalon surprise

— Est-ce que tu peux venir s'il te plait ?

Lorsqu'Anaïs interpellait Bastien avec ce ton, cela ne souffrait généralement aucune contestation. Il le savait parfaitement et répondit avant même de se lever.

— Oui bien sûr, qu'y a-t-il, demanda-t-il visiblement inquiet.

— Viens là, j'ai besoin de ton avis, répondit Anaïs simplement.

Avant d'avoir passé la tête par la porte, l'entendant arriver, Anaïs s'adressa à lui.

— Comment tu trouves ça ?

Bastien s'arrêta avant l'encadrement et passa seulement la tête.

— Tu parles de quoi ma chérie ?

— Ça, indiquait Anaïs, montrant son reflet dans le miroir. Tu trouves que ça va bien ensemble ? Je ne sais pas comment m'habiller pour la soirée avec les filles.

Anaïs avait mis un col roulé noir sans manche qu'elle avait rentré dans son pantalon et enfilé ses escarpins compensés à talons hauts.

— C'est très joli, répondit Bastien simplement.

De toute façon, quoi qu'il dise, elle n'allait en faire qu'à sa tête. De surcroît, dans ce genre de situation, il savait qu'il n'y avait pas de bonne réponse.

— M'ouais, fit-elle comme si elle avait à peine entendu. Je l'aime bien ce pantalon, mais je me demande si ça ne serait pas mieux avec mes bottes.

Là, Bastien entra franchement pour s'arrêter à côté d'elle. Il la regardait dans le miroir en face. Elle était vraiment très belle.

De son côté, Anaïs attrapait la ceinture de son pantalon pour le relever un peu et le faire adhérer à ses formes. Elle se tourna ensuite sur le côté pour se regarder les fesses. Elle n'était pas convaincue.

Bastien décida de la rassurer un peu plus.

— Mais ne t'en fais pas, il te va parfaitement ce pantalon et il te fait des fesses splendides.

— M'ouais, c'est vrai qu'il me va bien, il est super bien coupé.

Bastien posa sa main sur l'une des fesses d'Anaïs.

— Oui, il est peut-être super bien coupé, mais il faut avouer que tes fesses sont super bien coupées aussi tu ne penses pas ?

Sa remarque la fit sourire. Elle réprima un gloussement de plaisir face à ce compliment, mais elle appréciait énormément.

Elle sentait sa main se faire plus insistante.

Elle était secrètement très fière de l'attirance qu'elle suscitait chez son homme et, même si elle essayait de ne pas le laisser trop transparaître, elle s'en réjouissait à chaque fois qu'il lui montrait.

Pour toute réponse à sa caresse, elle émit un petit grognement voulant dire à la fois *Arrête je n'ai pas le temps* et *Continue, j'adore ça.*

Bastien opta pour cette dernière interprétation.

Il se mit derrière Anaïs et posa sa tête sur son épaule. Ses mains se plaquèrent contre le haut de ses jambes et les caressaient doucement.

Anaïs releva l'un de ses bras nus et l'enroula autour de son visage pour lui caresser les cheveux. Ce faisant, elle bombait son torse. Sa poitrine ressortait franchement sous la laine de son col roulé. Les motifs de son soutien-gorge s'imprimaient au travers de la fine maille. Bastien les contemplait d'un petit regard en coin dans le miroir et passa l'une de ses mains sous son pull caressant le ventre d'Anaïs.

Elle ferma les yeux et émit un second grognement caractéristique. Celui-ci ne comportait plus d'équivoque. Elle souhaitait clairement qu'il continue.

La main d'Anaïs passa dans ses cheveux. Elle les lui caressait tandis qu'il embrassait tendrement son épaule nue. Sa main sur son ventre remonta et atteint sa poitrine enveloppée dans son écrin de broderies.

Anaïs avait l'habitude de ne pas serrer outre mesure ses sous-vêtements. Ainsi, Bastien put habilement passer sa main sous le soutien-gorge et enroba l'un de ses seins de sa main large et chaude. Il était devenu légèrement plus ferme que d'habitude et l'excitation d'Anaïs était trahie par son extrémité pointant et devenue plus dure.

Il déposa un baiser d'une tendresse infinie dans son cou, juste au-dessus de son col roulé. Un simple baiser sous son oreille avait le pouvoir de faire basculer Anaïs. Elle s'abandonna d'un seul coup.

Elle ne s'aperçut même pas immédiatement que Bastien avait déjà dégrafé d'une main son pantalon. En quelques mouvements, il l'avait dégagé de ses hanches avant qu'il ne tombe à ses chevilles. Un rapide coup d'œil dans le miroir où ils étaient tous les deux enlacés en face lui montra ce qu'il n'avait pas encore réalisé. Anaïs ne portait rien dessous à l'exception d'une paire de dim-up. Frileuse, elle avait l'habitude de mettre régulièrement des bas sous ses pantalons.

Bastien s'approcha de son oreille.

— Tu sors souvent avec tes copines sans mettre de petite culotte, lui souffla-t-il amusé.

Anaïs décida de répondre par l'ironie et la provocation à sa remarque. Cela ne le regardait pas, elle n'allait quand même pas lui demander la permission de sortir sans culotte si elle en avait envie.

— Oui, tu sais bien que mes amants sont comme toi, ils préfèrent quand je ne porte pas de sous-vêtements.

Bastien ne répondit pas autrement que par une douce, mais ferme, morsure sur son épaule. Puis il remonta immédiatement près de son oreille.

— Tu es une petite garce, lui souffla-t-il tout bas. Au même instant, sa main enserrant son sein se resserra plus fermement.
— Je sais, répondit-elle effrontément. Mais il me semble que cela ne te déplait pas toujours, n'est-ce pas.

Anaïs vint poser sa main libre sur celle de Bastien sur sa poitrine et la serra un peu plus fort. Quand il la caressait, elle aimait le sentir. Elle n'aimait pas les demi-mesures. Lorsqu'il avait ses mains sur ses seins, elle n'aimait pas sentir ses doigts à moitié. Elle aimait lorsqu'il prenait tout son sein dans sa main et qu'il les caressait entièrement, fermement. Et dans ces moments, elle n'hésitait pas à poser sa main sur la sienne pour le guider et lui montrer les caresses qu'elle attendait. De son côté, Bastien aimait beaucoup quand elle lui prenait la main et le guidait sur son corps à elle. Oubliant la moindre susceptibilité mal placée, il savourait ces moments de communion et de partage, de glissement dans une sensualité accordée et harmonieuse.

Laissant le ballet de leurs mains se dérouler sur sa poitrine, l'autre main de Bastien glissa entre ses cuisses. Il caressa délicatement ses bas avant de remonter un tout petit peu plus haut. Il sentait la chaleur de l'excitation exhalant de son corps. Déjà excitée, elle déplaça ses pieds, d'une part pour se dégager de son pantalon les retenant encore, et d'autre part, pour se replacer exactement comme l'instant d'avant. À un détail près néanmoins. Elle écarta légèrement les jambes pour laisser passer plus facilement sa main.

Elle adorait sentir sa main glisser au milieu du bas de son dos. Prolongeant le trajet de ses doigts, il les déposa sur son sexe. Son majeur glissa lentement entre ses lèvres intimes et dévoila une excitation humide trahissant un peu plus le désir d'Anaïs.

Au même moment, elle attrapa son sexe tendu au travers de son pantalon. Elle constata sa vigueur. Elle le sentait gonflé et le prendre dans sa main galvanisait son envie. Elle voulait le sortir, le prendre dans sa main, le voir, le posséder. L'instant d'après, il lui fallut moins d'une seconde pour glisser la main à l'intérieur et le sentir dans sa paume. Au même moment, le majeur de Bastien découvrit son petit bouton et le caressa délicatement, aidé par la lubrification de son excitation.

Après quelques mouvements, Bastien s'accroupit devant elle et posa ses mains sur ses fesses. Son visage se positionna devant son pubis et il fit pointer sa langue pour exciter un peu plus son clitoris. Anaïs plongea ses doigts dans les cheveux de Bastien et l'accompagnait dans ses mouvements en gémissant. Elle ouvrit les yeux pour regarder le spectacle qui s'offrait à elle dans le miroir. La vision de son homme à genoux entre ses jambes écartées provoqua un sursaut d'excitation. Son torse se bomba. Ses doigts se serrèrent un peu plus sur son visage, l'encourageant à continuer. Bastien caressait d'une main ses fesses tandis que l'autre replongea sous son pull pour atteindre sa poitrine.

L'excitation d'Anaïs était à son comble. Sa respiration devenait difficile. Les efforts de Bastien entre ses cuisses provoquaient des vagues de chaleur la submergeant petit à petit de manière incontrôlable.

— Mets-toi par terre, lui demanda-t-elle, s'arrachant à son désir irrépressible.

Bastien s'exécuta sans un mot. Il s'allongea sur le parquet et attendit. Debout, Anaïs vint placer ses escarpins de part et d'autre de ses épaules. Elle offrait à Bastien une vision toute particulière. Ses jambes gainées de ses bas noirs étaient fuselées à merveille. Leur finesse était soulignée par ses talons. Elle mit ses doigts au milieu de ses cuisses et écarta ses lèvres vaginales tout en s'agenouillant juste au-dessus de son visage. Se penchant en avant, elle déposa son sexe ouvert par ses soins sur la bouche de Bastien. Il la lécha dans cette position pendant de longues minutes. Obligée de se tenir au meuble juste à côté, elle l'accompagnait en oscillant doucement son bassin. Son excitation se répandait sur le bas de son visage et sa jouissance approchait irrémédiablement.

Elle trouva suffisamment de ressources pour recouvrir un peu de lucidité et dégrafa le pantalon de Bastien au prix de contorsions acrobatiques. Après plusieurs expirations caractéristiques signifiant son plaisir insolent, elle se releva légèrement, posa ses mains en avant pour se mettre à quatre pattes et descendit le long de son corps. Lorsque son visage fut au niveau de celui de Bastien, elle constata, avec une légère honte, autour de la bouche de son homme à quel point elle mouillait.

Son visage luisait de son excitation et elle ne put s'empêcher de savourer la fièvre de son corps en l'embrassant goulument. Leurs lèvres se mêlaient dans un ballet sirupeux. Anaïs goutait avec délice le plaisir qu'il venait de lui faire ressentir dans son bouillonnement le plus intime.

Délaissant sa bouche, ses lèvres continuèrent leur descente implacable le long de son corps, jusqu'au moment où elles arrivèrent au niveau de son sexe tendu. Elle le fit pénétrer dans sa bouche doucement. La saveur d'une perle d'excitation masculine se mélangea à son propre goût, relevant d'autant son excitation intense.

Elle fit coulisser sa bouche, enfonçant son sexe le plus loin possible tout en exerçant une succion propre à faire perdre la tête à n'importe quel supplicié soumis à cette torture délicieuse. Tandis qu'elle prenait appui au sol avec l'aide d'une de ses mains, l'autre alternait entre l'accompagnement de ses mouvements de tête de bas en haut, et de douces caresses sur ses bourses ramassées sous sa verge gonflée.

Bastien quant à lui, passait successivement sa main dans ses cheveux et sur sa joue qu'il caressait doucement tout en l'accompagnant dans la gourmandise dont elle le gratifiait.

Anaïs adorait ça. Elle adorait le sucer ainsi, pleinement et tendrement. Sa langue jouait avec son gland. Ses joues se creusaient pour accentuer la pression autour de son membre. Sa main caressait sa peau si fine à cet endroit. La salive s'écoulant parfois entre ses lèvres le long de son sexe glissait entre ses doigts et lubrifiait encore plus ses mouvements. Elle goûtait avec délice le membre de Bastien aux odeurs masculines mêlées avec la saveur de sa propre excitation dont ses narines n'arrivaient pas à se défaire. La pression des doigts de Bastien sur son visage et dans son cou se faisant de plus en plus perceptible, elle comprit qu'il était nécessaire d'abréger ses souffrances au risque de le faire exploser rapidement.

Elle relâcha son sexe, se redressa et lui sourit. Il lui répondit par un sourire tout aussi expressif, juste avant de plaquer ses mains sur ses hanches et de l'inviter à venir sur lui.

Anaïs prit dans sa main le membre de Bastien et le positionna exactement à l'entrée de son sexe. De son autre main, elle écarta ses lèvres vaginales doucement et le glissa au plus profond d'elle. Bastien adorait définitivement la voir prendre les choses en main ainsi. Son sexe entra lentement dans le corps d'Anaïs. Centimètre après centimètre, elle retenait sa respiration, se sentant petit à petit emplie au plus profond de son être. Une fois le sexe de Bastien entré entièrement en elle, elle expira difficilement. Elle attendit quelques secondes, reprit ses esprits légèrement, puis commença un mouvement de balancier qui les emmena vers l'extase.

Bastien l'accompagnait de ses mains. Le plaisir qu'il ressentait était totalement indicible. Lui aussi dut s'habituer à cette volupté intense et il jouissait déjà de voir sa femme prendre du plaisir au-dessus de lui avant même de sentir les effets de ses gestes.

Ses mains avaient agrippé ses fesses. Chaque mouvement d'Anaïs plus fervent que le précédent lui faisait les crisper encore un peu plus. Anaïs les sentait et appréciait la solide et puissante poigne de Bastien. Elle se sentait vivante, investie, emplie à la fois d'un plaisir physique insondable, mais également d'une communion avec Bastien qui répondait à la puissance de leur étreinte. À ce moment précis, mais uniquement à ce moment précis, elle eut une envie furtive et aurait apprécié qu'il lui donne une claque sur les fesses. Elle n'avait pas la moindre idée de la manière de verbaliser cette envie, elle resta donc à l'état de pensée. Mais dans l'océan de sensualité et d'érotisme dans lequel elle baignait, elle se fit la remarque fugace qu'il faudrait un jour qu'il ose. Elle ne saurait jamais comme l'avouer, mais, là tout de suite, elle savait que mêler la jouissance de leur union avec une soudaine et éphémère petite douleur dans son bassin, l'exciterait follement.

La fulgurance de cette envie s'estompa aussi vite qu'elle était apparue, immédiatement ramenée à la réalité par l'orgasme qu'elle sentait naître au creux de son corps.

Bastien la devança pourtant et lui dit dans un râle qu'il allait jouir. Un dixième de seconde plus tard, le plaisir irradiait tout l'être d'Anaïs. La crispation de tout son corps eut pour effet d'éjecter le sexe de Bastien du sien. Au même moment, celui-ci répandit sa semence en plusieurs secousses qui s'échouèrent sur son ventre et son torse.

Voyant cela, Anaïs reprit difficilement ses esprits et empoigna sa verge trempée de son plaisir intime pour l'accompagner dans sa jouissance. Une main en arrière, elle se maintenait en tremblant de plaisir tandis qu'elle caressait délicatement son sexe turgescent, expulsant les dernières gouttes de liquide.

Bastien tendit les bras pour attraper ses épaules, releva son pull qu'elle n'avait même pas pris le temps d'enlever et la ramena vers lui pour l'allonger sur son corps devenu délicieusement poisseux.

Tout en s'allongeant, elle se défit de son col roulé, plaqua son torse contre le sien et vint se blottir contre son épaule.

L'union de leurs deux peaux prolongeait le plaisir de l'orgasme, l'enveloppant dans un voile de tendresse et de douce communion. Ils passèrent d'interminables minutes allongés ainsi, par terre dans le dressing, à se caresser, à s'embrasser parfois, à profiter de chaque instant en tout cas.

Ils venaient, une fois de plus, de faire l'amour intensément et d'atteindre un plaisir n'appartenant qu'à eux.

Bastien sourit en voyant qu'elle portait toujours ses bas, mais également ses escarpins. Il s'adressa doucement à son oreille.

— Si c'est nécessaire, je te confirme que tes chaussures vont très bien avec tes bas… et le reste aussi évidemment.

*
* *

Correction

" Sometimes, secretary wants to be disciplined "

Anaïs avait terriblement envie de jouer avec Bastien ces derniers temps. Il était assis devant son ordinateur, dans le bureau lorsqu'elle entra.

— Monsieur, voulez-vous que je vous apporte votre café, lui demanda-t-elle avec ses yeux de chat.

Bastien comprit immédiatement et lui répondit en prenant sa plus belle voix de stentor.

— Je vous l'ai déjà dit cent fois mademoiselle, lui dit-il durement. Je ne souhaite pas être dérangé par des questions futiles comme celle-ci. Si vous n'êtes pas capable de bien faire votre travail d'assistante, je ne me demande bien à quoi vous pouvez servir.
— Je suis désolé monsieur répondit-elle faussement contrite juste avant de rebrousser chemin.

Elle revint quelques secondes plus tard en portant un mug rempli d'un café qu'elle avait préalablement fait passer. Elle s'approcha du bureau et le déposa sur une pile de papier situé dans un coin.
Bastien continua à jouer le jeu et fit semblant de s'énerver.

— Mais voyons, ne posez pas ça ici, vous allez faire des marques. Et puis, qu'est-ce que c'est que ce café. Vous savez très bien que je ne bois que de l'expresso. C'est quoi ce jus de chaussette dit-il en jetant à terre les premières feuilles tombant sous sa main.
— Je suis profondément désolée, Monsieur. Anaïs s'agenouilla. Je vais ramasser ça tout de suite.

Sa jupe droite resserrée l'obligeait à s'accroupir avec prudence. Elle plia les genoux puis les posa sur le parquet afin d'éviter de rester en équilibre sur ses talons hauts.

Son chemisier largement déboutonné laissait voir sa poitrine. Elle ne portait rien d'autre. Aucun soutien-gorge de retenait ses seins ronds que Bastien pouvait largement voir lorsqu'elle fut à ses pieds.

Dans cette position, Anaïs marqua un temps d'arrêt et leva le visage vers lui. Ses yeux se plantèrent dans ceux de Bastien. L'expression d'une soumission totale émanait de son regard. Elle attendait qu'il reprenne l'initiative.

— Mais qu'est-ce que vous faites, la gronda-t-il encore. Vous n'avez décidément aucun sens commun de ce que nous attendons de vous dans notre société. Et qu'est-ce donc que cette tenue, vous n'avez plus rien pour vous habiller décemment, lui demanda-t-il en tendant la main vers elle.

Il attrapa son col et l'écarta. Il put voir entièrement l'un de ses seins. Il pointait. Il remarqua même le petit frisson parcourant Anaïs lorsqu'il avait tiré sur le revers de son chemisier. Ses yeux étaient toujours fixés sur lui. Un mélange d'appréhension et de désir intense surgissait de son regard. Elle attendait qu'il la domine. Elle voulait être soumise, elle se soumettait volontairement à son jugement. Elle voulait qu'il se conduise mal. Elle voulait qu'il se conduise en mec, qu'il lui montre sa puissance et son désir.

À cet instant précis, elle rêvait d'être plaquée contre le mur. Elle voulait qu'il lui attrape les mains et la bloque contre la paroi.

Elle souhaitait sentir la fraicheur du mur dans son dos. Elle voulait jouer et miauler comme une petite chatte apeurée. Elle voulait ensuite qu'il relève sa jupe et glisse ses mains entre ses cuisses. Elle sentait déjà son propre désir au creux de ses jambes. Elle voulait faire semblant de se débattre, d'être contrainte. Ses pensées étaient brouillonnes. Elle voulait simplement être prise. Furieusement. Elle voulait se sentir désirée, aimée. Elle voulait entendre : Je te veux !

Car elle voulait être voulue. Son envie était irrépressible. Elle se sentait femme, mais certainement pas fragile, bien au contraire. Elle se sentait forte. Forte de toute cette intensité sexuelle qui lui tordait le ventre d'envie. Le petit picotement qu'elle ressentait depuis tout à l'heure entre ses cuisses avait, à présent, envahi tout son pubis. Elle voulait qu'il la redresse, qu'il arrache son chemisier et fasse disparaître sa jupe en un instant. Elle voulait le sentir au fond de son corps, comme ça, sans prévenir, sans ménagement. Elle voulait que ses doigts la possèdent. Son sexe dressé accaparait ses pensées, devenues totalement irrationnelles. Elle voulait, à la fois, le sentir entre ses cuisses déjà trempées et, à la fois, le prendre entre ses lèvres pour le sucer furieusement.

Elle voulait qu'il la fasse jouir tandis qu'il l'emplirait par tous les orifices. Sa libido était devenue incontrôlable.

Cependant, pour le moment, elle se trouvait devant lui, à quatre pattes, le chemisier à moitié ouvert et sorti de la ceinture de sa jupe.

Bastien plongea la main dans les cheveux de la jeune femme qui le regardait toujours. Il en attrapa une poignée et l'attira vers lui. Anaïs manqua de tomber en avant et poussa un petit gémissement mêlé de surprise et de crainte, mais où pointait également un soupir de désir. Elle se surprit à aimer ce geste. Elle se rendit compte qu'au-delà de toutes ces envies de sexe immédiat, de tout ce qu'elle avait en tête quelques instants auparavant, elle ressentait un plaisir évident à être doucement violentée ainsi.

— Ouh, miaula-t-elle, tentant autant que possible de faire croire à Bastien que cela lui déplaisait.

— Qu'est-ce qu'il y a, lui demanda-t-il sans ménagement. Je veux juste vérifier que vous êtes au moins bonne à quelque chose.

Il tira ses cheveux en arrière pour lui faire redresser la tête et se mettre à genoux. Ses seins s'offraient devant lui. Les tétons se révélaient au travers du tissu immaculé de son chemisier. Bastien en attrapa un pan dans sa main et tira d'un coup sec. Les deux boutons qui étaient encore accrochés sautèrent d'un seul coup non sans déstabiliser Anaïs. Elle dut se retenir pour ne pas tomber par terre entièrement. Ce geste l'étonna. Avait-elle libéré la bête qui dormait sagement chez Bastien. Lui d'habitude si tendre et si attentionné.

Son buste libéré, elle le mit en avant et ses seins émergeaient fièrement devant elle. Elle constatait l'attrait qu'ils opéraient sur lui. Elle pouvait voir ses yeux briller à la vue de sa poitrine tendue. Elle décida de le provoquer en jouant la mijaurée.

— Monsieur ! Mais que faites-vous, vous êtes fou. Vous ne vous contrôlez plus voyons. Arrêter tout de suite, je vous en prie.

— Au contraire, lui répondit-il immédiatement. Je me contrôle parfaitement. Voulez-vous savoir ce que ça fait quand je ne me contrôle pas ? Avant ça, soulevez votre jupe. Je veux vérifier aussi si vous avez oublié de mettre votre petite culotte.

Anaïs s'exécuta non sans mal. Elle remonta sa jupe le long de ses cuisses.

— Plus vite, lui ordonna Bastien.

Elle n'accéléra pas.

— Plus vite je t'ai dit, ajouta-t-il en lui tirant de nouveau les cheveux. Tu veux que je te punisse ?

Anaïs fit semblant d'aller un peu plus vite. Elle mourrait d'envie d'être punie. Elle avait remarqué immédiatement la fin du vouvoiement. De manière très étonnante, alors qu'il n'était pas dans leurs habitudes de se vouvoyer, cela modifia sa perception du moment. Il avait franchi une barrière, aussi sémantique soit-elle.

Elle releva encore un peu plus sa jupe, libérant totalement ses fesses. Anaïs n'avait effectivement pas mis de culotte non plus. Ses fesses ressortaient de manière indécente. Elle se cambra un peu plus. Elles s'ouvraient totalement maintenant, laissant entrevoir jusqu'à l'orée de son sexe transpirant.

Sans lâcher ses cheveux qu'il tenait toujours, Bastien se leva de sa chaise et s'accroupit à côté d'elle. D'une main, il tenait fermement son visage en arrière tandis que l'autre se déploya au-dessus de sa croupe. Il la leva bien haut et l'abattit d'un seul coup sur ses fesses.

Bastien donna une vraie fessée à Anaïs. La main claqua sur les fesses blanches en laissant une petite marque rouge qui s'estompa instantanément.

Anaïs ne ressentit pas la moindre douleur. Par contre, la surprise d'avoir été victime d'un tel geste, si soudain, provoqua un cri qu'elle ne put retenir. Au même instant, en son for intérieur, Bastien se demanda si le jeu en valait la chandelle. N'était-il pas allé trop loin, se demanda-t-il. Jouer est une chose, mais répondre à côté des attentes de sa compagne pouvait être difficilement excusable.

Ses craintes furent levées en une fraction de seconde. Passé le cri d'étonnement, Anaïs se surprit à avoir apprécié plus qu'elle ne l'aurait imaginé ce geste. Elle poussa un petit miaulement et un frémissement de plaisir parcourut son dos. Il fit bouger ses fesses légèrement de gauche à droite dans un mouvement hautement excitant. Bastien comprit qu'il pouvait encore jouer un petit peu.

— C'est là une bien douce correction encore mademoiselle, lui dit-il les dents serrées pour reprendre son rôle. Il m'est d'avis que vous avez malheureusement pris l'habitude de tels sévices devenus trop doux. Votre conduite naturellement dépravée et provocatrice a probablement entraîné nombre de vos précédents employeurs à user de tels moyens pour tenter de vous inculquer les manières adéquates de se conduire selon les usages de votre place.

Anaïs n'eut pas le temps de chercher comment répondre. Une autre claque s'abattait sur ses fesses, plus violente que la précédente.

Pourtant, elle ne cria pas cette fois-ci. Seul un gémissement de plaisir sortit de sa bouche. C'était du vrai plaisir qu'elle éprouvait, aussi étonnant que cela pouvait l'être, elle attendait la prochaine. Elle cherchait intérieurement à qualifier l'émotion ressentie. C'était un mélange de concupiscence et de volupté. La douleur piquante sur ses fesses lui rappelait à quel point la frontière entre souffrance et jouissance est mince, et la délimitation poreuse entre les deux.

Lorsque la troisième fessée, encore plus forte que les précédentes claques sur ses fesses, elle ne ressentit plus aucune douleur. Une onde de lubricité traversa son corps en remontant de son postérieur jusqu'à la racine de ses cheveux. Immédiatement après que sa main se fut abattue sur l'arrière-train d'Anaïs, Bastien tira ses cheveux en arrière et tendit son cou. Anaïs ne put réprimer un feulement de luxure. Elle sentit ses seins se durcir et son ventre se contracter.

— Oh oui corrigez-moi ainsi monsieur, s'entendit-elle-même dire d'une voix langoureuse.

L'instant d'après, Bastien lui adressa une claque comme il n'avait jamais imaginé en donner une sur les fesses de qui que ce soit. Au moment où sa main se releva, il sut que ce serait la dernière, le jeu allait trop loin. Ses doigts laissèrent une marque parfaitement définie sur ses fesses. L'endroit où ils s'étaient posés était d'une blancheur relevée par la rougeur écarlate qui se dessinait autour de chacune des cinq trainées.

Est-ce que cela vous suffit ainsi, Mademoiselle, lui demanda-t-il.

L'intonation qu'il employa était un savant mélange d'autorité et de demande d'autorisation. À cette question, Anaïs hésita un instant. La dernière fessée qu'elle avait reçue lui avait vraiment fait mal et elle comprit qu'elle avait atteint le seuil au-delà duquel le plaisir se transformait en douleur stérile.

Elle abaissa la tête, souffla doucement, comme pour récupérer du supplice qu'il venait de lui infliger. Elle se surprit à réaliser que ce n'était pas si feint qu'elle le pensait. Elle articula dans un mélange de soulagement et de soumission.

— Oui monsieur, cela suffit. Je me conduirai correctement à l'avenir à présent.

— Très bien mademoiselle, lui répondit Bastien en relâchant la poignée de cheveux qu'il avait gardée dans la main. Vous pouvez vous relever et vous rhabiller maintenant.

Anaïs s'exécuta tandis qu'il se rasseyait sur son siège de bureau. Toutefois, au lieu de remettre son chemisier, elle l'enleva complètement. Elle dégrafa sa jupe entièrement relevée sur ses hanches et l'enleva également. Intégralement nue, seulement vêtue de ses chaussures à talons, elle s'allongea lascivement dans le canapé non loin de là, exactement face à lui. Son regard se planta dans celui de Bastien. Anaïs ne souhaitait certainement pas en rester là.

Continuant à le fixer, elle remonta ses pieds, planta ses talons dans les coussins et écarta les jambes devant lui. Anaïs offrait à Bastien une vision crue de son intimité, brutale et obscène.

Elle laissa glisser sa main entre ses cuisses et la passa doucement sur son sexe. Il brillait d'excitation. Elle fit traîner ses doigts à l'orée, dégageant délicatement son clitoris de ses lèvres intimes et profitant de son humidité pour lubrifier l'ensemble de son entrejambe. Son autre main passait alternativement sur ses seins. Tandis qu'elle se caressait, elle tirait sur ses tétons, caressait brutalement ses seins, les pinçait, ou les tirait. La douleur qu'elle se provoquait elle-même sur la poitrine se conjuguait à la vigueur de sa main sur son sexe. Elle plaquait ses doigts sur son pubis tout entier et emportait son clitoris dans des mouvements circulaires accentués et indécents.

Ses yeux n'avaient pas quitté ceux de son homme. Ils se fixaient tous les deux avec intensité. Bastien soutenait son regard et sentait son sexe grossir dans son pantalon. Pendant qu'elle se livrait à ce petit jeu, il dégrafa son pantalon et l'enleva. Son membre se dressait gonflé. Bastien le prit dans sa main et commença à se caresser également. Doucement de haut en bas, il découvrait intégralement son gland et tirait sur la peau de son sexe. Ses quelques mouvements excitaient follement Anaïs et elle ne put se retenir de laisser deux de ses doigts s'enfoncer sans la moindre difficulté dans son sexe offert à sa vue.

Elle les retira immédiatement. La tension était trop forte. Ses doigts luisaient de son excitation abondante. Elle fit redescendre l'électricité de son corps en caressant du bout des doigts son clitoris, mais même de cette manière, le liquide qui enduisait ses doigts la chatouillait dans son plus secret abandon.

Elle passa sa langue sur ses lèvres tout en jouant avec ses doigts aux frontières de son intimité.

— Je crois que j'ai besoin de douceur maintenant, dit-elle à Bastien en lui adressant un regard envoutant.

Bastien ne se fit pas prier un instant de plus. Il se leva et vint s'agenouiller devant le canapé. Il approcha ses lèvres de l'intérieur de ses cuisses.

Il en embrassa longuement le creux, là où la peau est la plus fine et la plus sensible. Puis, tout en posant l'une de ses mains sur l'un des seins d'Anaïs, sa langue alla se poser délicatement sur son petit bouton, prélude à une caresse buccale beaucoup plus appuyée et jouissive qu'Anaïs ne l'avait jamais supporté.

Elle jouit avec une intensité profonde et différente à d'habitude. Comme si la conjonction entre la douleur ressentie auparavant et l'orgasme ressenti avait démultiplié ses sensations. L'ensemble de son corps se crispa lorsque le plaisir explosa en elle. Elle s'aperçut que Bastien présentait son sexe à l'orée de son corps, mais ne trouva même pas la force d'accompagner son bassin avec ses mains qui s'étaient néanmoins portées sur ses hanches.

Il s'enfonça en elle profondément et ne bougea pas pendant quelques secondes.

Bastien bougea lentement, mais amplement dans son corps. Chaque mouvement d'avant en arrière évoquait à Anaïs le flux et le reflux des vagues sur une plage de sable immaculé. Il réussit à lui faire ressentir, tout en tendresse et en douceur, un deuxième orgasme aussi profond que le premier. Un peu moins fort évidemment, mais faisant appel à des sensations tellement différentes que le précédent, il la renversa de nouveau et la fit sombrer dans les profondeurs d'une jouissance irréelle. Elle ferma les yeux et sentit sa jouissance à lui s'échouer sur son ventre et son pubis. Sa semence se déversa sur sa peau, tatouant son corps de la marque d'un plaisir partagé absolu. Elle ne put s'empêcher là encore de laisser courir ses doigts dans ce liquide si particulier. Les chatouillements que provoquaient les caresses lubrifiées de ses propres doigts sur sa peau surexcitée faisaient perdurer le bonheur de leur union. Derrière ses paupières fermées, elle flottait dans un océan de félicité lascive.

Anaïs mit plusieurs minutes avant de rouvrir les yeux. Elle trouva Bastien allongé à côté d'elle, n'osant plus la toucher tellement sa peau était chargée en électricité. C'est elle qui vint se lover dans ses bras pour une caresse d'une tendresse inouïe et bienfaisante après une telle épreuve physique, mais également psychologique.

Quelques longues minutes après avoir profité de l'instant, ils décidèrent intuitivement de ne pas évoquer ce qui venait de se passer plus que nécessaire. Ils avaient découvert un autre aspect de leur sexualité, aspect différent, mais qui leur avait permis de découvrir une facette supplémentaire de leur plaisir partagé.

Ils se promirent tendrement de renouveler l'expérience.

— Un de ces jours, répondit Anaïs énigmatique tandis qu'elle passait la main sur ses fesses encore endolories.

*
* *

Bain avec shampoing

Après la journée qu'Anaïs avait passée, elle se fit couler un bain. À ce stade, c'était la première chose à faire si elle voulait arriver à se détendre et évacuer le stress des dernières heures. Ses occupations professionnelles avaient mis son niveau d'énergie à rude épreuve. Prendre un petit peu de temps pour elle en rentrant ne pouvait que lui faire du bien.

À peine la porte passée, elle discuta quelques secondes, le minimum, avec Bastien puis fonça dans la salle de bain avant même de recueillir son assentiment.

Il savait parfaitement qu'elle ne pensait qu'à ça depuis qu'elle était montée dans sa voiture pour rentrer, il n'allait certainement pas s'amuser à retarder son plaisir.

Néanmoins, il savait aussi qu'une fois dans l'eau chaude, au milieu de la mousse et de la douceur des différentes crèmes de bain, Anaïs se révélait réceptive à la douceur des caresses et la lascivité du moment.

Toujours dans le salon, il entendait l'eau couler. Il attendit patiemment jusqu'au moment où elle ferma le robinet. Il tendit l'oreille. Quelques clapotis, un peu de mousse délicatement posée ici ou là puis plus rien. Il n'entendit plus rien jusqu'au long et sonore soupir traditionnel, signe qu'elle avait, enfin, déposé les armes.

Elle souffla, ferma les yeux et posa sa tête contre le rebord où elle avait déposé une serviette. Anaïs n'aimait pas le contact de l'émail froid contre sa tête alors elle prenait soin, avant chaque bain, de plier soigneusement une petite serviette propre à l'extrémité de la baignoire, serviette sur laquelle elle posait sa tête juste après avoir fermé les yeux.

Elle arrivait enfin à se détendre.

Elle fut incapable de savoir combien de temps elle resta ainsi. La course folle des minutes et des heures s'arrêta pour elle. Elle avait fermé les yeux et laissé hors de la salle de bain tout ce qui lui avait pesé dans cette journée.

Elle ne trouva même pas la force de les ouvrir quand elle entendit Bastien plonger un grand verre dans l'eau juste entre son bras posé sur le rebord et son buste.

— Lève la tête légèrement, lui demanda-t-il.

Anaïs s'exécuta pour le laisser enlever la serviette sous ses cheveux et attendit qu'il laisse couler l'eau sur le haut de son visage.

Elle savait parfaitement ce qui allait se passer et en avait d'ailleurs follement envie. Il allait lui laver les cheveux et elle allait se laisser faire avec délectation. Elle adorait ça.

Bastien déversa lentement et soigneusement le contenu du verre sur sa tête et les mouilla intégralement après trois passages. Il versait l'eau à la base de ses cheveux et l'accompagnait vers l'arrière en les lissant.

Il posa le verre sur le rebord.

Anaïs écoutait chaque bruit, toujours les yeux fermés. Elle profitait de chaque instant, chaque son, chaque sensation.

Elle entendit le shampoing sortir du flacon. Elle imagina la main de Bastien le recueillir. Elle écouta. Impatiente.

Il referma le flacon, et le reposa. Elle guettait chacun des bruits dans la salle de bain à l'atmosphère moite. Elle entendit ses mains se frottant l'une contre l'autre. Elle inspira profondément de plaisir juste avant que Bastien pose ses doigts sur son crâne.

Il savait parfaitement comment s'y prendre. D'abord l'extrémité des doigts. Puis tout doucement, il les ouvrait et massait doucement le cuir chevelu d'Anaïs. Centimètre par centimètre, il écartait puis resserrait ses doigts en les faisant tourner pour masser le crâne d'Anaïs. Chaque mouvement provoquait chez Anaïs une bouffée de plaisir qui envahissait son corps enveloppé par l'eau chaude et laiteuse.

Estimant avoir fait naître suffisamment de mousse, Bastien passa à la phase deux de l'opération. Il plaqua alors ses mains presque complètement sur ses cheveux et commença à amplifier ses mouvements. Il caressait son crâne plus qu'il ne massait son cuir chevelu. Ses mains fortes appuyaient délicatement sur sa peau et glissaient entre ses cheveux. Il lui suffit de partir du haut de sa tête pour redescendre le long des tempes, puis glisser sur les côtés, juste au-dessus des oreilles et enfin, d'exercer une pression légèrement plus appuyée sur l'os occipital, juste à la base arrière du crâne, dans le creux du cou.

À ce moment précis, Anaïs capitula. Inutile de résister, c'était trop fort. Il était trop fort. Elle plongea intérieurement dans un océan de douceur. Un soupir plus appuyé que les autres trahit son plaisir et le désir qui l'envahissait.

Bastien sut qu'il avait gagné. Elle était à sa merci, il pouvait obtenir d'elle tout ce qu'il voulait et même plus.

Pourtant c'est Anaïs, les yeux toujours clos, qui attrapa son autre main libre et la dirigea sur le bas de sa gorge, juste au-dessus de sa poitrine. Elle fit glisser la main de Bastien enduite de mousse sur le haut de son buste puis la descendit doucement sur l'un de ses seins. Elle l'entraîna autour puis en dessous. Elle guida sa main pour qu'elle caresse sa poitrine délicatement en glissant suavement sur les extrémités dressées et sa poitrine gonflée.

La respiration d'Anaïs se fit plus intense et plus profonde. Les mouvements de son buste se firent de plus en plus amples. Et le phénomène s'accentua lorsqu'elle tira sa main vers le bas, l'entraînant entre ses jambes.

L'eau, le savon et l'excitation conjugués eurent raison de la pudeur de la jeune femme. En quelques instants seulement, elle aida la main de son homme à glisser entre ses cuisses. Elle poussa un cri de jouissance contenue lorsqu'elle appuya sur ses doigts en même temps que sur la paume large de la main de Bastien. Deux doigts la pénétrèrent sans la moindre difficulté tandis que son clitoris et son pubis étaient vigoureusement caressés par le reste de sa main. Elle se caressait par son intermédiaire et elle en ressentait un plaisir démultiplié.

Elle était incapable de savoir si c'est précisément lorsque Bastien lui tira de manière habile les cheveux en arrière qu'elle a joui. Elle savait pourtant que c'est grâce à ce geste précis que l'orgasme fut aussi fort. Une vague orgasmique inattendue et majestueuse parcourut son corps entier, de la pointe des pieds jusqu'à la racine de ses cheveux.

Son corps devint terriblement lourd et elle s'affaissa dans la baignoire. Incapable de réagir face à un tel déferlement de plaisir.

Lorsqu'elle ouvrit les yeux, elle vit Bastien qui la regardait. Elle était profondément heureuse et souriait en se mordant les lèvres.

— Tu es simplement magnifique, lui dit-il amoureusement. Mais tu ferais mieux de sortir, tu vas te transformer en sirène. Or, j'aime bien tes jambes, ce serait con.

Anaïs s'affaissa en riant et plongea la tête dans l'eau.

Elle nageait dans le bonheur.

Lorsqu'elle sortit la tête, ses yeux trahissaient l'espièglerie. Les caresses de Bastien avaient réveillé son corps. Après le plaisir ressenti, le désir de son homme prenait le dessus. Elle le voulait. Elle voulait lui rendre la pareille et avait déjà sa petite idée.

Elle se mit à genoux dans la baignoire. Elle pouvait ainsi lui faire face.

— Enlève ta chemise lui ordonna-t-elle doucement.

Bastien défit les boutons et la laissa tomber sur le carrelage un peu plus loin. Pendant ce temps, Anaïs récupéra une noisette de gel douche dans ses mains. Elle lui appliqua sur le torse. Elle laissa glisser ses mains sur sa peau. Ses mains firent naître rapidement de la mousse qu'elle étala sur son torse au fur et à mesure de ses gestes.

Anaïs jouait parfaitement avec Bastien. Bastien se tenant debout à côté de la baignoire, et elle à genoux dans l'eau, Anaïs savait la position hautement suggestive. Elle prenait un malin plaisir à caresser son torse, et à redescendre ses mains grandes ouvertes lascivement sur son ventre. Mais elle s'arrêtait toujours à temps pour ne pas trop approcher de sa ceinture qu'il portait encore. Elle fit alors son regard de chatte.

— S'il te plait mon chéri, peux-tu enlever ta ceinture et dégrafer ton pantalon. J'ai les mains pleines de savon.

Elle prononça cette phrase avec toute la suavité qu'elle savait mettre dans leurs jeux sexuels. Anaïs jouait parfaitement la petite fille innocente et soumise. Elle était capable de le faire craquer en adoptant un ton candide… juste avant que de planter ses ongles dans sa chair tout en contractant sa mâchoire et laisser ressortir son côté lionne indomptable.

Bastien ne pouvait résister à ce chaud-froid. Cela l'excitait follement.

S'exécutant, il enleva sa ceinture, dégrafa son pantalon, en ouvrit les pans et le fit tomber à ses chevilles, laissant apparaître son sexe déjà bien gonflé au travers de son boxer.

Alors qu'il s'attendait à ce qu'Anaïs continue de le caresser en jouant avec la mousse du gel douche, elle décida de repousser encore le moment de la rencontre avec son sexe et de jouer encore un peu avec les nerfs de Bastien.

— Après tout pensa-t-elle, il le mérite bien. Il n'avait qu'à pas me faire jouir autant tout à l'heure !

Elle se releva. L'eau du bain ruisselait sur son corps, faisant luire ses seins et ses cuisses. Debout dans la baignoire devant lui, elle lui couvrit les épaules de savon et passa ses mains sur son torse, ses côtes, le bas de son dos et ses hanches. Plaquant ses mains glissantes sur ses fesses, elle se rapprocha de lui et ses seins continuèrent le massage.

Anaïs sentait le sexe de Bastien se dresser encore un peu plus au travers de son boxer. Elle le sentait poindre contre son ventre. Elle ne résista pas longtemps. Tandis qu'elle l'embrassait fougueusement et que ses seins fermes continuaient de caresser son torse, elle plongea ses mains à son entrejambe et attrapa son sexe. Elle le prit fermement, trahissant ainsi son envie.

Elle baissa maladroitement son sous-vêtement, extirpa son membre et commença à le caresser, bénéficiant du savon dont ses mains étaient toujours enduites. Elle fit coulisser son membre de haut en bas d'abord doucement puis resserrant un peu plus petit à petit l'une de ses mains, l'autre partit dessous pour caresser ses testicules gonflés eux aussi.

Bastien, à son tour, déposa les armes. Il s'abandonna à ses caresses et sentit l'envie de la prendre se manifester plus précisément.

Anaïs continua pendant quelques secondes à le caresser ainsi et à l'embrasser. Elle tenta de résister pour faire monter encore un peu plus la tension chez lui qui l'avait si bien fait jouir quelques instants auparavant. Incapable de réfréner son propre désir, elle s'agenouilla dans la baignoire et approcha sa bouche. Il lui fallut un quart de seconde pour réaliser que son sexe était dégoulinant de savon et plongea l'une de ses mains dans l'eau pour le rincer. Délicatement elle enleva la moindre trace de savon, excitant encore plus son homme debout devant elle. À sa merci.

Elle le lécha d'abord tel un bonbon. Elle laissait sa langue parcourir son membre tout entier, de la base jusqu'au gland qu'elle entourait ensuite de ses lèvres. Ce petit jeu parut interminable pour Bastien, mais il profitait de ces caresses douces en accompagnant le visage d'Anaïs, les doigts plongés dans ses cheveux trempés. Elle décida rapidement de le prendre à pleine bouche.

Le plaisir qui les animait tous les deux étaient si forts, qu'il lui semblait qu'elle était celle qui était léchée.

Anaïs s'enivrait elle-même en suçant Bastien. L'ambiance moite et chaude de la salle de bain, la jouissance qu'elle avait ressentie juste avant, l'envie qui était montée petit à petit au plus profond d'elle-même, le plaisir qu'elle ressentait à prendre dans sa bouche le sexe dur de son homme, de le soumettre ainsi tout en le contentant, tout contribuait à décupler son plaisir.

Elle suçait fortement son sexe tout en continuant à la fois de le caresser de bas en haut et ses testicules. Elle les posait dans sa main, les rapprochait de la base de son membre, elle en profitait pour appuyer sa langue contre son sexe, et envelopper entièrement son gland de ses lèvres.

Elle le désirait de plus en plus. Elle aimait sa queue. Elle aimait sentir les mains de Bastien dans ses cheveux accompagner les mouvements de sa tête. Chaque instant qui passait augmentait son envie de le posséder, de prendre possession du corps de son homme debout en face d'elle.

N'y tenant plus, elle stoppa net ce qu'elle était en train de faire, se remit debout, se retourna, se pencha légèrement en avant, mit ses mains sur ses fesses, et les écarta.

— Prends-moi ! Je n'en peux plus, viens en moi Bastien, lui ordonna-t-elle.

Elle s'offrait à lui. Elle se soumettait à son sexe. Ils se désiraient intensément tous le deux.

Bastien l'attrapa par les hanches et bientôt son sexe ne fit plus qu'un avec le sien. Leurs désirs étaient si forts. Il la pénétra doucement, avançant lentement son membre dans son sexe trempé de son excitation féminine. Une fois l'un dans l'autre et pendant un instant, ils ne purent bouger. Ils restèrent ainsi à se sentir ensemble emboîtés si parfaitement, le souffle coupé.

C'est Anaïs qui reprit les choses en main. Elle avança son bassin de quelques centimètres, juste assez pour qu'il n'y ait plus que le gland d'inséré au bord de ses lèvres vaginales. Elle fit de tous petits mouvements d'avant en arrière. Elle savait que cela excitait follement Bastien et que cela décuplait ses sensations.

Elle sentit ses mains se crisper sur ses hanches tandis qu'elle alla poser les siennes contre le carrelage de la salle de bain en face d'elle pour ne pas tomber. Il ne bougeait pas. C'est elle qui lui faisait l'amour.

Elle décidait de la profondeur à laquelle s'enfonçait le membre dur de Bastien. Elle l'enfonçait complètement jusqu'à sentir ses testicules contre ses fesses, s'arrêtait un instant, profitant au maximum du sentiment de plénitude – dans tous les sens du terme– qu'elle ressentait à ce moment-là. Elle était à sa merci, il la possédait, et pourtant, c'est encore elle qui guidait chaque mouvement de leurs deux corps.

Méthodiquement, elle commença à aller d'avant en arrière de manière ample. Elle allait jusqu'à faire ressortir son sexe de son corps pour l'y replonger entièrement immédiatement après, sentant à nouveau presque cogner ses testicules contre ses fesses. Plus ses mouvements se faisaient généreux, plus elle sentait les doigts de Bastien attraper sauvagement ses hanches pour la maintenir près de lui.

Elle entendait ses râles au milieu des siens. Elle s'entendait gémir et si elle n'avait pas perdu pied avec la réalité à ce moment précis, elle se serait étonnée de jouir de manière si ostensible.

Elle provoquait à présent de puissantes vagues de jouissance qui envahissaient son corps. La pression des mains énergiques de Bastien sur ses hanches se fit en un instant plus forte et elle sentit, plus qu'elle ne comprit, qu'il jouissait. C'est lorsqu'il arriva enfin à expulser bruyamment l'air de ses poumons que son propre orgasme prit possession d'elle. Une vague électrique la parcourut des pieds à la tête et elle ne put réprimer un cri de plaisir juste avant de cesser de respirer.

Incapable de tenir debout une seconde de plus, elle tomba à genoux dans la baignoire tandis que Bastien agrippa ses propres cuisses pour contenir sa propre jouissance.

Anaïs se retourna vers lui immédiatement et sans qu'il n'ait le temps de réaliser quoi que ce soit, elle prit entièrement dans sa bouche son sexe encore dur pour parfaire leur communion.

Elle suça délicatement son gland, provoquant de nouveaux râles dans la gorge de Bastien. Elle se délectait de la saveur de son sexe, saveur mélangeant à la fois son sperme, et sa propre humidité.

Doucement, elle profita de ce moment si unique où les corps communiquent encore alors qu'ils ne sont plus fusionnés.

Anaïs lécha consciencieusement le sexe qui se dressait toujours dans sa bouche jusqu'au moment où, n'y tenant plus, Bastien lui demanda d'arrêter. L'excitation était devenue insupportable et il dut s'asseoir sur le rebord de la baignoire pour reprendre ses esprits.

Elle en profita pour s'allonger de tout son long dans le bain, profitant de l'eau plus tout à fait chaude et relâcha absolument chacun des muscles de son corps en expirant profondément.

Bastien poussa le même soupir. Un soupir de plaisir, un soupir de bonheur.

Les yeux fermés tous les deux, leurs mains se rejoignirent instinctivement. Juste pour tenter de prolonger encore un tout petit peu leur osmose.

— Il ne me reste plus qu'à aller sous la douche, dit Bastien en souriant.

Anaïs éclata de rire. Heureuse.

*
* *

Après une dispute

Cela faisait longtemps qu'Anaïs et Bastien ne s'étaient pas disputés aussi violemment. La raison importait peu finalement. Il était nécessaire que ça explose, tout simplement. En rentrant du dîner auquel ils avaient été conviés, aucun ne décrocha un mot dans le taxi qui les ramenait à leur appartement. Ce n'est que lorsqu'ils passèrent la porte que la colère qu'ils avaient amassée chacun de leur côté surgit brutalement. Bastien avait filé sur le balcon. Anaïs balança son sac à main folle de rage sur la desserte dans l'entrée et alla se servir un grand verre d'eau gazeuse. Elle but deux larges gorgées puis rejoignit Bastien pour en découdre. Enjambant le seuil de la baie vitrée, elle l'interpella.

— Je ne comprends pas comment tu peux être aussi pervers, lui lança-t-elle. Puis elle continua. Parce que c'est ça ton attitude. Tu as une attitude perverse. Tu laisses pourrir la situation, tu distilles ton venin petit à petit pour que je craque et que j'apparaisse pour la méchante au final.

— Mais *tu es* la méchante ! l'interrompit-il violemment en insistant sur le *tu* et le *es*. Il continua sans lui laisser le temps de répondre. Tu es la salope dans l'histoire qui arrive à retourner la situation à chaque fois et qui ne supporte pas qu'on ne fasse pas comme tu veux, comme madame l'a décidé. Et surtout que personne ne bronche, termina-t-il avec ironie.

Il eut à peine le temps de regretter l'insulte qu'il venait de lui lancer. Une gifle claqua dans le silence de la nuit.

— Je te déteste lui dit-elle dans un souffle, les yeux durs, juste avant de serrer les mâchoires.

— Je te demande pardon lui répondit-il doucement. La fin de sa phrase fut presque inaudible. Je ne devrais pas te parler comme ça.

Les larmes montaient au bord des yeux d'Anaïs. Une grosse goutte s'échappa et vint courir entre son nez et sa joue pour finir à la commissure de ses lèvres.

— Tu me fais chier dit-elle presque gentiment en reniflant.

Puis elle se mit à sourire et à renifler en même temps. Les soubresauts de son visage laissèrent ses yeux déborder pleinement.

Bastien s'avança d'un pas et l'enlaça tendrement. Elle posa sa tête sur son épaule réconfortante et la première chose à laquelle elle pensa c'est qu'elle allait étaler un bon paquet de rimmel sur sa chemise blanche. C'était une de ses préférées. Elle sourit intérieurement et se disant que c'était bien fait pour lui et se blottit encore plus fort dans le creux de son cou. Durant quelques secondes, elle profita de cette réconciliation à peu de frais suite à leur dispute démesurée.

Puis elle se rendit compte que ses mains l'avaient entourée. Elle sentait la chaleur de ses paumes étalées sur ses hanches.

Anaïs portait un pantalon souple très large qu'elle avait mis avec des talons très hauts, très fins et très pointus. Le très large revers au bas de son pantalon descendait quasiment jusqu'au sol et il n'y avait que les dix centimètres de talons aiguilles de ses souliers cirés noirs qui l'empêchaient de traîner par terre. C'était un pantalon dont la taille basse laissait voir les hanches fines d'Anaïs, particulièrement à cause du chemisier court qu'elle avait associé avec. Bastien avait sans difficulté glissé ses mains dessous et les avait plaquées contre sa peau. Il ne se lassait pas de la douceur de sa peau. Il la goutait avec les doigts. Il la découvrait à chaque fois qu'il la touchait. Cela avait pour conséquence de charger la moindre de ses caresses d'un érotisme bien concret.

Les minuscules mouvements de ses doigts accompagnés de la pression de la paume de ses mains contre le frêle corps d'Anaïs avaient le pouvoir de réveiller sa libido dans presque n'importe quelle situation.

Il lui suffit alors de plaquer son bassin contre celui de Bastien pour constater immédiatement la vigueur de son désir et finir de les exciter tous les deux. Anaïs bougea les hanches. Son excitation humide naissait au creux de son corps et commençait à se distiller entre ses cuisses. Elle les balança légèrement d'avant en arrière, réveillant elle-même son sexe par les frottements du tissu de son pantalon. Elle ne portait pas de sous-vêtements, son pantalon, resserré sur ses fesses divines, ne le lui autorisait pas bien que cela ne la dérangeait pas le moins du monde. Elle aimait bien même parfois ne pas mettre de sous-vêtements en bas comme en haut.

Bastien le savait parfaitement. Compte tenu de la réceptivité évidente de la femme qui s'abandonnait dans ses bras, il lui suffit d'accentuer légèrement la pression de ses doigts sur sa peau pour que leur étreinte presque chaste se transforme en prélude à un déchaînement de volupté. Il glissa deux doigts dans la ceinture du pantalon d'Anaïs. Cette provocation obtint une réponse de sa part tout aussi incitative puisqu'elle releva le visage et l'embrassa sensuellement. Elle fit pointer sa langue et s'en servit audacieusement pour titiller les lèvres de Bastien, entrouvrir sa bouche et léchouiller le bout de sa propre langue. Elle sentit instantanément son sexe grossir tandis que le sien s'humidifia encore un peu plus.

Sans attendre, il décrocha l'attache de son pantalon, défit le bouton qui maintenait la ceinture encore au niveau de sa taille puis fit glisser sa fermeture éclair dans une lenteur insupportable.

Le pantalon fluide et souple d'Anaïs tomba d'un seul tenant à ses chevilles et la laissa les jambes parfaitement nues juchées sur des talons hauts devant lui. Elle donna le signal de son abandon lorsqu'elle souleva l'un de ses pieds, se libérant avec habilité de son pantalon, pour aller la poser sur le fer forgé de la rambarde du balcon.

Bastien fit glisser sa main entre ses cuisses offertes et fut lui-même surpris par l'excitation d'Anaïs et son abondance mielleuse. Il la caressa quelques secondes puis s'accroupit très rapidement entre ses jambes.

Le regard portant au loin sur les lumières de la ville de la vue dégagée et sans vis-à-vis de leur balcon, Anaïs fit glisser ses doigts dans les cheveux de Bastien et l'accompagna.

Bastien la dévorait. Ses lèvres et ses doigts parcouraient l'intégralité de l'entrejambe d'Anaïs.

Chaque coup de langue, chaque mouvement de doigt la rapprochaient d'une jouissance inéluctable, rapide, et violente. Bastien enfouit son visage au creux de ses cuisses ouvertes et jouissait lui-même du plaisir qu'il donnait. L'excitation chaude et poivrée s'échappant du corps d'Anaïs coulait dans sa bouche et tout autour de ses lèvres. Même s'il s'était soigneusement rasé, son menton et ses joues n'étaient plus tout à fait aussi doux que le matin même. Ainsi, sans que cela provoque la moindre irritation grâce à la lubrification naturelle abondante due à son excitation intense, Anaïs sentait avec intensité le visage de son aimé glisser entre ses cuisses. Elle était pour autant totalement incapable de dire ce qu'il était en train de faire. Peu lui importait, elle avait enfoui ses ongles dans ses cheveux et suivait plus qu'elle ne guidait sa tête ondulant entre ses jambes grandes ouvertes.

Bastien léchait l'intégralité de son entrejambe. Sa langue commençait au niveau du clitoris. Il tournait autour, appuyant très légèrement dessus pendant quelques secondes pour qu'Anaïs s'habitue à cette sensation de douceur. Il en profitait pour mêler sa salive à son excitation et remplaçait subtilement sa langue par son pouce. Celui-ci continuait le travail délicat d'excitation en caressant le petit bouton d'Anaïs tandis que les lèvres de Bastien s'enfonçaient un peu plus entre ses cuisses. Bastien sortait sa langue au maximum et l'enfonçait entre les lèvres vaginales d'Anaïs. Il buvait littéralement toute l'excitation de son corps, il s'en délectait. Au bout de quelques instants de stimulation régulière et appuyée juste ce qu'il fallait, une fois encore, Bastien remplaça sa bouche et sa langue par ses mains. Ou plus précisément, par deux doigts. Il enfonça son index et son majeur sans la moindre difficulté dans le sexe trempé d'Anaïs puis remis immédiatement son pouce autour de son clitoris pour continuer à l'exciter presque méthodiquement. Et il continuait à lécher l'entrejambe dégoulinant de la jeune femme qui n'arrivait visiblement pas à comprendre comment elle pouvait ressentir autant de plaisir. Les choses s'accélèrent à une vitesse inouïe lorsque Bastien lécha son périnée et sont petit trou. Il passa la langue chaude et agile sur chaque recoin de son anus en prenant soin de l'étaler le plus possible pour qu'Anaïs ressente un maximum de chaleur et de plaisir.

Il l'entendait haleter et perdre sa respiration. Son pouce tournoyant de plus en plus vite et de plus en plus fort sur son clitoris, ses deux doigts s'enfonçant largement dans son sexe totalement inondé et sa langue caressant son petit trou dans un océan de volupté, tout cela ne pouvait pas la laisser vivante longtemps.

Un orgasme la prit sans qu'elle comprenne d'où il venait. La surprise fut complète et l'envahissement total. Une vague de chaleur irradiant son corps tout entier. La boule de feu que son plaisir lui avait empêché de réaliser, dont elle n'avait même pas réussi à prendre conscience tellement ce qu'elle ressentait la faisait jouir, cette boule de feu qui grandissait au fur et à mesure dans son ventre explosa dans tout son corps. Ses doigts se crispèrent et se refermèrent dans les cheveux de l'homme entre ses cuisses. Son souffle était coupé, elle ne pouvait plus respirer, elle ne devait plus respirer. Chaque mouvement était électrique, chaque mouvement la pétrifiait sur place. L'une de ses mains vint se plaquer contre celle de Bastien plongée dans son corps. Elle l'immobilisa pour qu'il ne bouge plus d'un millimètre. Il ne fallait pas qu'il bouge. Il allait la tuer, elle en était sûre.

Après une éternité, quelques secondes tout au plus, l'air circula de nouveau dans les poumons d'Anaïs. Son buste se souleva calmement, sa poitrine se soulevant au rythme de sa respiration lente et profonde.

Bastien n'avait même pas reculé le visage. Il était toujours enfoui entre les fesses trempées de sueur et de mouille d'Anaïs. S'apercevant qu'elle avait repris un tout petit peu son souffle, il décida de la provoquer une dernière fois. Sa langue se posa délicatement sur son périnée pendant que ses doigts bougèrent imperceptiblement dans son sexe et sur son clitoris. Le mouvement de bassin d'Anaïs en réponse manqua de lui faire très mal. Elle ne put réprimer un accès de violence, tout son corps était purement et simplement électrique. Bastien dut faire très attention et être le plus délicat possible pour retirer ses deux doigts de son sexe encore secoué de légers spasmes consécutifs à la jouissance qu'elle venait de subir.

Ce n'est que lorsqu'il réussit enfin à libérer le corps d'Anaïs qu'elle se détendit complètement et s'affala complètement sur la chaise posée juste à côté.

Elle était épuisée. Épuisée de tant de jouissance et heureuse. Elle regarda Bastien, attrapa son visage et l'amena vers le sien. Le baiser qu'ils s'échangèrent à ce moment précis valait toutes les réconciliations et toutes les déclarations d'amour du monde.

Et le regard qu'elle lui jetait laissait présager qu'elle n'allait certainement pas en rester là. Bastien se tenant debout devant elle, assise, elle pouvait constater sans trop de difficulté la vigueur de son membre.

Il ne restait plus qu'à le libérer pour que la réconciliation soit célébrée définitivement…

*
* *

À la façon de…

Ce texte a été écrit dans la chaleur d'un été après avoir entendu à la radio une journaliste, avec une voix magnifique, lire quelques lignes d'Aragon tirées d'un roman érotique : Le Con d'Irène, publié clandestinement en 1928 sous le pseudonyme d'Albert de Routisie.

Je me suis plié à l'exercice de tenter d'écrire quelque chose, à la façon de...

Ma chère et tendre aimée,
Je ne sais ce qui me fait jouir le plus.
Car vous êtes un hommage à tous les sens,
Vous les sublimez, vous les rendez exquis.

Lorsque vos jambes s'éloignent doucement l'une de l'autre,
Me laissant voir votre antre moiré d'une humidité scintillante,
Mes lèvres se posent sur les vôtres avant que ma langue ne les fissure.
Pour atteindre, enfin, le petit interrupteur électrisé,
Épanchant votre suffocante attente intime.

Mes doigts vous découvrent,
A chaque seconde votre peau me hante.
Ma langue glisse entre vos cuisses chaudes.
De votre pubis doux à votre orifice le plus petit,
Le voyage est interminable et cruel.

Inutile de lutter, votre corps et votre âme sont inondés.
Reprenant votre souffle parfois, comme un éclair, vous conjecturez.
Comment est-ce possible ?
A-t-on déjà vu un homme avec deux langues et trois mains ?
D'où vient le plaisir ?
De mes doigts, de ma langue, du clitoris ou du creux de vos fesses.
Ou peut-être est-ce l'entrée de votre fente.
Qui s'en soucie ?

Reprendre pied devient nécessaire.
Alors, d'un geste expert, c'est mon gland qui disparaît

Dans votre bouche tiède et licencieuse.
Vos doigts enserrent mon vit et le branle,
Tandis que votre langue met au supplice le bout de ma hampe,
Tendrement enveloppée par vos parois buccales.
Vos lèvres coulissent, vos joues se creusent, vos doigts se serrent et glissent.
Nous abandonnons nos esprits au bord du chemin et continuons,
Insouciants et dissolus.

Enfin c'est la déflagration.
Votre ventre explose et le plaisir irradie.
Chaque parcelle de votre être demande grâce,
Récompensée de votre ardeur par ma semence répandue.
Vos seins sont tatoués de mon jus chaud,
Et votre langue recueille les perles échouées au bord de vos lèvres.
Écume iodée d'une marée irrépressible
Tant attendue et désirée.

Mes doigts portent à mes lèvres
Le goût de votre intimité suave.
Vestige d'une jouissance cristalline.
Nos lèvres se cherchent, nos langues se mêlent,
Pour partager le goût de nos délices aux fragrances enivrantes.

Caressés lascivement par le soleil d'été et la brise légère,
Il ne reste plus alors qu'à reprendre vie.
Ou bien, peut-être,
Attendre un peu.

*
* *

Initiation chlorée

Par une journée ensoleillée, Esther attendait Anaïs à la terrasse d'un café. Son amie la rejoignit.

— Salut Esther. Comment ça va ?
— Bien ma poule, et toi ? Vas-y, installe-toi.
— Alors, raconte-moi. Ton coup de fil m'a intriguée.
— Un truc de fou, je te promets. Accroche-toi à la rampe, c'est chaud.

Anaïs sourit. Elle savait que sa copine Esther avait le chic pour se mettre dans des situations abracadabrantes.
Elle la laissa parler.

— Je t'ai parlé de ma collègue Constance n'est-ce pas ?
— Oui, oui, je m'en souviens bien. La coincée du cul - grenouille de bénitier, tendance Auteuil-Neuilly-Passy, avec le pack complet : jupe plissée, chemisier blanc boutonné jusqu'au cou, et serre-tête Burberry, c'est ça ?
— Ouais et bien figure-toi qu'elle m'a réservée quelques surprises la " Le Quesnoy ".

Amusée autant qu'intriguée, Anaïs attrapa le serveur pour commander un verre de blanc sec juste avant de revenir à Esther. Elle se planta la tête dans sa paume et l'invita du regard à poursuivre, les yeux gourmands des révélations de son amie.

— Je t'avais dit que j'avais envie de reprendre la natation. L'air de rien, faut pas se mentir, j'ai pris du cul dernièrement.
— Oui enfin n'exagère pas non plus, t'as de la marge…

— T'es gentille, mais je t'assure que j'ai passé un cap. Faut que je me reprenne absolument. Bref, il y a trois, quatre semaines de ça, au détour d'une conversation au bureau, je lance l'idée de retourner à la piscine pour recommencer à nager. Et là, sans prévenir, tout timidement, Constance me dit qu'elle y va deux fois par semaine le midi et que si ça me dit, je peux aller avec elle.

Anaïs fit une moue interrogative. Esther reprit.

— Si, si, je t'assure. En fait, c'est une super sportive. J'ai appris un peu plus tard qu'en plus d'aller nager un kilomètre deux fois par semaine, elle court tous les samedis matin entre dix et quinze bornes. Elle n'a l'air de rien comme ça, mais en fait, c'est une fondue. Elle fait au moins quatre à cinq heures de sport par semaine. Et pas dans un cours dans une salle, tu vois. Non, non, elle y va toute seule, elle se motive toute seule, toutes les semaines. Elle me disait qu'elle avait pris cette habitude pendant la fac et qu'elle s'y était toujours tenue.

— Punaise, elle porte bien son nom elle ! Ça fait combien de temps qu'elle était à la fac, au moins dix ou quinze ans non ? Elle a quel âge ?

— Figure-toi qu'elle est vachement plus jeune que je le pensais ! Je te l'avais dit, moi je lui donnais comme nous, trente-sept, trente-huit. Et ben elle m'a dit récemment qu'elle allait avoir trente-quatre. L'air de rien, ça change tout.

Anaïs acquiesça l'air désespéré en se souvenant de l'époque pas si lointaine où elle fêtait ses trente-quatre ans. Elle commença à énumérer mentalement tout ce qui avait changé chez elle depuis quatre ans. Ses fesses devenues plus rondes et moins fermes, ses cuisses qui s'étaient très légèrement élargies et surtout la foutue petite ride en biais entre ses sourcils dont elle devait s'occuper rapidement avec son dermato pour la faire disparaître autant que possible.

Esther la coupa dans ses pensées en reprenant.

— En fait, ce sont ses vêtements qui la vieillissent un max. Si elle ne s'habillait pas comme ma grand-mère, tout le monde verrait qu'elle est gaulée comme une bombe.

— Ah bon ? Mais comment tu sais ça ? Elle a découvert qu'elle pouvait mettre des vêtements près du corps sans craindre les foudres divines ? Alléluia ! s'écria Anaïs en riant tout en levant les bras au ciel.

— T'es conne. Mais non, lui répondit Esther. J'ai décidé d'aller à la piscine avec elle un midi. Comme ça pour voir.

Anaïs sentit que les choses sérieuses allaient commencer. Elle porta ostensiblement son attention sur ce qu'allait lui raconter Esther.

— Alors OK, tu vois, je lui dis : ouais ben écoute pourquoi pas. Moi je ne suis pas comme toi, j'ai besoin d'avoir quelqu'un pour me motiver. Si jamais ça ne te dérange pas, pourquoi pas, j'aimerais bien qu'on y aille ensemble un de ces midis. Et là, tu ne sais pas ce qu'elle me répond.

Anaïs fit non de la tête, les yeux grands ouverts.

— Elle me dit cash : et bien écoute Esther, pas de souci, j'ai prévu d'y aller demain. Prends tes affaires et on ira ensemble.

— Ah ouais, fit Anaïs pensive. Le lendemain, carrément…

— Bon, moi je m'étais engagée, tu vois. Je ne pouvais plus reculer, donc je lui dis, OK, pas de souci, demain je prends mon sac de piscine et c'est parti…

Esther fit une pause. Elle attrapa des lèvres la paille dans son Perrier citron pour boire une longue gorgée. Elle savait qu'Anaïs était pendue à ses lèvres. Elle ménageait son effet.

Après quelques secondes, elle reprit un peu plus bas, accentuant l'importance de la confidence.

— Et ben tu sais quoi, quand je l'ai vu sortir de la cabine en maillot, j'en suis restée bouche bée. Je t'assure, la gonzesse est foutue comme une déesse ! Un truc de malade ! Elle avait un maillot de bain noir hyper classique, mais il lui allait trop bien. Elle a des jambes hyper belles, longues, fines, hyper musclées

— Tu m'étonnes ! avec cinq heures de sport par semaine, elles peuvent ! dit Anaïs n'arrivant pas à cacher sa jalousie.

— Ouais ben en attendant, tu vois le résultat immédiatement, lui lança Esther vicieusement. Et je ne te raconte pas sa poitrine. Elle a une taille de guêpe, c'est hallucinant et une paire de seins magnifiques.

Esther avait joint le geste à la parole en montrant une poitrine généreuse, mais remontée et visiblement ferme. Anaïs tenta de la contredire.

— Attends, en maillot de bain, pour peu qu'il soit un peu petit, t'as tout de suite l'impression que t'as deux obus bien fermes plaqués contre la poitrine qui pigeonnent parfaitement. Sauf que c'est le maillot qui fait tout, si ça se trouve, je suis sûre qu'une fois qu'ils ne sont plus maintenus, ils pendent lamentablement.

Cette fois, c'est Anaïs qui avait mimé deux gants de toilette s'affaissant ridiculement sur son ventre en tirant la langue vers le bas.

Esther se figea un court instant. Anaïs le remarqua tout de suite. Elle était sur la ligne de crête, prête à basculer de l'autre côté et à dire le truc qui changerait la tonalité de la discussion. Anaïs décida de la provoquer.

— Quoi ! Qu'est-ce qui s'est passé ? Qu'est-ce que tu ne me dis pas, insista Anaïs sérieusement. Tu l'as vue toute nue ?

Esther eut un petit sourire coquin tout en baissant les yeux vers son Perrier rondelle, regard et sourire qui en disaient long. Elle hésita puis se lança timidement.

— Ben… la première fois non. Mais on y est retournées…

— Oui, répondit Anaïs en laissant traîner son interrogation. Mais encore ?

— Et bien, on y est retournées deux jours plus tard.

— Allez, vas-y accouche, s'énerva gentiment Anaïs.

— Elle m'a sorti un maillot de bain blanc hallucinant. Une-pièce toujours, mais super bien coupé. L'air de rien, tu voyais que ce n'était pas un maillot à vingt euros, tu vois. Ça lui faisait un corps de dingue, un truc de fou. Les rares mecs qui étaient là la mataient grave, et pas que les mecs je peux te dire. Nous étions tous à la regarder. Son dos nu était sublime. Ses fesses… Punaise ses fesses ! Je t'assure qu'elle ne laissait absolument personne indifférent. Mais il y avait un truc bizarre…

Anaïs était suspendue à ses lèvres, attendant la suite.

— Elle ne remarquait personne, tu vois. C'était la bombasse absolue, matée par tout le monde et elle semblait ne voir personne, elle ne s'inquiétait de personne, ne s'intéressait à personne. Je t'assure qu'on avait l'impression que Gisèle Bundchen venait de débarquer sur la plage de Palavas-les-Flots, et qu'elle ignorait naturellement tous les regards. Le détachement total. Sauf que…

Esther reprit une gorgée avant de continuer. Anaïs s'étranglait d'attente.

— Sauf qu'il y avait quelque chose de pas normal, tu vois. Il y avait un truc qui me gênait presque. En fait, elle ne remarquait personne, ne faisait attention à personne… sauf à moi !

Anaïs faisait des yeux ronds comme des balles de ping-pong, attendant la suite et se demandant bien ce que sa copine allait bien pouvoir lui sortir.

— C'est-à-dire ?
— Ben tu vois, reprit Esther, c'était des trucs bizarres, des comportements pas francs, mais suffisamment éloquents quand même. Elle s'approchait de moi, me posait la main sur les hanches alors qu'on était debout dans l'eau avant de se lancer dans les longueurs. Elle avait mis un maquillage waterproof qui tenait vachement bien et avec le chlore, ça faisait ressortir ses yeux clairs magnifiques. J'étais super troublée en fait. Ce n'était absolument pas gênant parce que c'était super subtil, mais, comme je te disais, c'était suffisamment éloquent pour que ça me provoque juste comme il faut.

Elle fit une pause, visiblement gênée de ce qu'elle avouait. Anaïs la relança des yeux.

— Alors la main sur les hanches, une fois ça va. Mais quand elle est venue s'accrocher à moi par-derrière alors que je me tenais sur le bord dans le grand bassin, là j'ai franchement senti ses deux mains sur moi. Et là, le truc incroyable ! Le déclic. Je ne te raconte pas le frisson qui m'a parcouru le corps. Sentir ses mains sur moi, ses bras m'enlaçant, sa poitrine qui était au niveau de mes reins, ça a provoqué un truc de fou, un frisson qui m'a secoué des pieds à la tête.

— Mais elle s'en est aperçue ?

— Tu m'étonnes ! Bien sûr qu'elle s'en est aperçue. Sauf qu'au lieu d'éclater de rire ou de faire comme si de rien n'était, elle a pivoté autour de moi et planté ses yeux dans les miens sans dire un mot, mais ça valait tous les discours du monde. Et je peux te dire que je n'ai pas rêvé hein ! À ce moment-là, j'ai parfaitement bien senti qu'elle resserrait son étreinte. Obligée de se tenir à moi, elle s'est cramponnée en posant une main sur mon épaule sauf qu'à aucun moment elle ne l'a enlevée de ma peau.

— J'comprends pas !

— Comment te dire… Sous prétexte de changer de position, elle a passé sa main de ma hanche à mon épaule de l'autre côté sans la soulever de mon maillot de bain. Elle m'a carrément caressée. J'vais pas te faire un dessin !

Esther mima le parcours de la main sur son propre corps, partant du côté de sa hanche, passant sur son ventre, et glissant sur sa poitrine lentement pour venir se fixer sur son épaule opposée.

Anaïs resta scotchée, la bouche ouverte devant son verre de blanc qu'elle n'avait pas encore touché. Un long silence s'installa entre les deux amies. Elle prit son verre et décida de le vider à moitié d'un seul coup.

Esther reprit, énigmatique.

— Elle n'y est pas allée plus franco que ça… Tu vas me dire, ça aurait été dur, on était au milieu de tout le monde quand même. Mais c'est qu'elle a recommencé à s'approcher dangereusement quand on était revenu dans le petit bassin.

Anaïs inspira bruyamment, comme effrayée tout autant qu'excitée.

— Et alors ?
— Ben et alors, tu crois quoi ? lui fit Esther mi dépitée, mi-bravache. Je lui ai répondu.

Anaïs refit son bruit d'aspirateur en ouvrant des grands yeux.

— Ben oui, attends. Je suis désolée, mais elle me chauffe grave, j'allais pas rester comme une pucelle qui veut pas se faire peloter au cinoch' ! Alors quand elle s'est de nouveau approchée, je me suis dit : Ah ouais, tu veux jouer ma p'tite. Et bien OK, jouons ! Et je lui ai carrément mis la main aux fesses.

Devant l'expression d'incrédulité d'Anaïs, elle s'expliqua.

— Bon, d'accord, je ne lui ai pas mis la main au cul comme ça, cash. Je te dis, il y avait du monde. Mais quand elle s'est approchée, j'ai posé ma main sur sa hanche et je l'ai glissée doucement sur l'un de ses fesses.
— Et comment elle a réagi ?
— Tu ne vas jamais me croire. En fait, au lieu de s'écarter, elle a eu un tout petit mouvement arrière pour bien placer son petit cul dans ma main. Un truc de fou je te dis.
— Rhooooo. Et alors ?

— Rien d'autre.

— Oui enfin c'était largement suffisant non ?

— Oui c'est sûr.

— Mais il ne s'est rien passé après.

— Ben… comment dire… Esther cherchait visiblement ses mots. Quand on est sorties de l'eau et qu'on est retournées se changer dans les cabines, on va dire que ni l'une ni l'autre n'a hésité pour rentrer dans la même, tu vois… On est rentrée toutes les deux dans la grande cabine prévue pour les handicapés…

Anaïs ne pouvait plus rien dire, elle attendait la suite en interrogeant Esther du regard.

— On s'est regardées comme deux couillonnes avec nos maillots de bain. On avait enlevé nos bonnets parce qu'on était passé sous la douche. Ses cheveux tombaient dans son dos, son regard me transperçait. Vraiment elle était magnifique. Elle s'est reculée un peu, toujours en me fixant. Je t'assure, c'était envoûtant. J'ai posé ma serviette sur le banc et je me suis assise pour la regarder.

— Oui, OK, et alors, fit Anaïs impatiente.

— Et elle a enlevé son maillot devant moi. Tout doucement, elle a écarté les bretelles, a laissé apparaître ses seins magnifiques et sans s'arrêter, elle l'a fait glisser sur son ventre. Elle l'a écarté pour laisser passer ses fesses et l'a fait glisser le long de ses jambes pour l'accrocher juste après sur le crochet à côté. Je t'assure Anaïs, ce n'était pas un strip-tease, mais putain que c'était chaud ! Ça commençait à me chauffer entre les cuisses, je t'assure. Elle m'excitait cette sainte nitouche, un truc de fou. La voir debout devant moi comme ça, totalement nue finalement, c'était pas le pire, c'était juste l'aboutissement de ce qu'elle venait de faire. Je n'aurais jamais cru que j'aurais pu mouiller en regardant une femme enlever son maillot de bain, aussi bien foutue soit-elle. Je ne pouvais rien faire, je te promets. J'étais complètement scotchée, incapable de bouger. Je sentais ma mouille couler au milieu de mes cuisses. J'étais à la fois hyper gênée et hyper excitée.

— Et t'as fait quoi alors ?

— Rien. Je te promets, j'étais tétanisée. J'ai rarement été comme ça. J'avais à la fois honte et en même temps, je me disais : mais putain Esther, qu'est-ce qui t'arrive ? Ne te mens pas, t'as envie d'elle. Tu mouilles comme une tarée.

Anaïs reprit une nouvelle fois sa respiration de manière ostensible, impatiente de connaître la suite.

— Et en fait, comme je ne bougeais pas, c'est elle qui s'est approchée… Tu sais, les cabines, c'est pas grand alors il ne lui a fallu qu'un seul pas pour se retrouver devant moi. J'étais assise, si bien que quand elle s'est approchée, je me suis retrouvée le nez dans sa poitrine. Et je peux te dire qu'à ce moment-là, j'ai parfaitement pu constater à quel point ils ne pendent pas. Ses deux seins se dressaient face à mon visage. Elle aussi était excitée, ça se voyait bien. Ce n'était pas que le froid du vestiaire, fait-moi confiance. Et là, j'ai craqué.

— Comment ça t'as craqué… ?

— J'ai pas pu me retenir. Je t'assure, c'était la première fois que ça m'arrivait, mais je sais pas, l'ambiance, l'envie, la surprise de me retrouver dans cette situation, j'ai plus rien calculé. J'ai ouvert la bouche, j'ai approché mon visage et j'ai attrapé de mes lèvres le téton qu'elle me présentait presque tendrement.

Anaïs mit sa main devant sa bouche, respiration coupée, autant surprise qu'envieuse.

— Je te promets, j'ai rien calculé, je suis passée de l'autre côté comme ça. Pif paf ! Et pendant que je lui léchais le sein, elle a écarté les bretelles de mon maillot et l'a descendu sur ma taille, libérant mes seins tendus comme jamais.

— Non !

— Si, si, confirma Esther de plus en plus gênée. J'ai rien compris, je me suis retrouvée à moitié nue, assise les jambes écartées avec debout devant moi ma sculpturale collègue de bureau intégralement nue à qui je léchais délicatement les seins. Et c'était bon Anaïs, t'as pas idée.

— J'étais bien, complètement perdue et en même temps, avec l'impression d'être parfaitement bien là où j'étais, complètement à ma place. C'était fou. J'avais l'impression que tout était naturel, tu vois. C'était venu comme ça, rien n'avait été forcé et BAM, je me retrouvais à lécher le sein de Constance complètement nue devant moi tandis qu'elle me déshabillait à moitié.

— Et ne me dis pas que…

— Non, on s'est arrêté là.

Anaïs parut déçue.

— En fait, emporté par mon élan, je prenais un pied dingue en lui suçant le téton. Juste après, j'ai posé mes mains sur ses fesses et j'ai commencé à les caresser. Je te promets, Anaïs, ces fesses, c'est du velours. Putain, elles sont fermes et douces. Je n'aurais jamais imaginé prendre autant de plaisir… Sauf que ça l'a complètement bloquée.

— Tu rigoles ?! Après le rentre-dedans qu'elle t'a fait, elle s'est braquée quand tu lui as mis la main au cul ?

— Ben oui, rigole pas, je te jure. Dès que j'ai commencé à lui caresser les fesses, je l'ai senti se raidir. Elle a imperceptiblement reculé le torse, m'enlevant son sein de la bouche et est retournée s'adosser contre la paroi à l'autre bout. Elle me regardait avec une infinie tendresse, mais en même temps, je sentais bien qu'elle regrettait.

Esther laissa passer quelques instants de silence avant de reprendre, visiblement dépitée.

— Putain, j'étais bien moi ! J'étais super bien. Elle m'avait emmenée là où elle voulait, j'avais fait tomber toutes les putains de barrières et elle me laisse en plan comme ça, sans un mot.

— Elle ne t'a rien dit ?

— Si, elle m'a juste dit : « Excuse-moi, je n'aurais pas dû. » J'ai bien essayé de lui répondre, mais comme au début, rien ne sortait et on s'est retrouvée comme deux connes, l'une à poil et moi avec mon maillot de bain sur les hanches sans savoir quoi dire. J'avais l'entrejambe en feu, je te raconte même pas. Et elle aussi visiblement, car elle n'a pas pu s'empêcher de mettre sa main contre son pubis finement tondu autant pour se cacher que pour se caresser discrètement. Nous nous sommes regardées long-temps sans rien dire jusqu'au moment où j'ai baissé les yeux. À partir de là, elle s'est rhabillée en deux temps trois mouvements et est sortie de la cabine avec ses af-faires avant même que j'ai pu bouger.

— Punaise, elle t'a laissé en plan, comme ça, cash !

— On s'est retrouvées dans le hall à l'entrée presque comme si de rien n'était. Elle avait remis son armure de Marie-Chantal et moi, je t'assure que j'en étais presque à pleurer tellement j'étais chargée en émotion. On est re-tournées au bureau comme si de rien n'était et voilà, fin de l'histoire.

— Comment ça fin de l'histoire ? Anaïs était hors d'elle. Elle en voulait à cette fille d'avoir laissé tomber ainsi sa copine autant qu'elle était jalouse et frustrée.

— Ben fin de l'histoire, que veux-tu que je te dise. Tout ce que je peux te dire c'est que j'ai aimé ça, t'as pas idée…

— Et elle ne t'a rien dit ? Pas un geste, pas un signe, rien ?

— Non, rien de rien. Toujours aussi pro, toujours aussi froide, rien n'a transparu. Enfin presque…

— Ah !! Je me disais aussi. Allez raconte ! ordonna gentiment Anaïs.

— Ben rien, mais hier, elle est venue me trouver dans le bureau…

— Et ?

— Et elle m'a juste dit : « on va à la piscine après-demain, comme prévu ? »

Anaïs resta interdite, suspendue à la fin de la phrase d'Esther.

— Et elle a continué en disant : « je mettrai mon maillot blanc, ça te va ? »

— La salope ! siffla lentement Anaïs en appuyant sur toutes les syllabes. Punaise la salope !! Et tu vas y aller, n'est-ce pas ?

— Esther regarda ses chaussures, honteuse.

— Ben oui tu parles. J'en meurs d'envie en fait… Sauf que j'ai un vrai problème, Anaïs.

— Dis-moi, lui dit son amie, sincèrement inquiète. C'est quoi le souci ?

— Ben… Esther cherchait visiblement ses mots. Ben… Je n'ai pas la moindre idée de quoi dire à Julien… Punaise, je suis mal… Mal de chez mal…

*
* *

Le charme des steppes de Sibérie

Anaïs l'attendait comme régulièrement le soir en ce moment. Elle commençait généralement ses soirées seule. Dînant sans lui, elle se plongeait ensuite dans un livre, convenablement installée dans son fauteuil moelleux. Assise sur ses jambes repliées, blottie, elle se délectait de sa lecture qui l'emmenait dans les steppes glacées de la Russie du XIXe de Tolstoï ou Dostoïevski. Elle était en pleine imagerie russe en ce moment. Accompagnée de musiques douces qui s'enchainaient les unes après les autres, elle s'imaginait princesse des neiges du film Docteur Jivago, emmitouflée dans une pelisse blanche traînée par un attelage de chiens de traineau.

Le feu crépitait à ses côtés et ce soir encore, portée par la fantasmagorie du désert de neige sibérien, son esprit divaguait, entraîné par ses songes.

Elle regarda l'heure et eut une idée. Elle décida de l'être vraiment : la blonde virginale habillée de blanc enivrée par l'immensité de son imagination.

Elle alla fouiller dans ses tiroirs et en retira les habits nécessaires. Cela se résumait en peu de choses. Elle se mit intégralement nue et enfila pour unique vêtement une paire de bas blancs et une nuisette de satin blanc également. Elle dénoua ses cheveux, se fit plaisir en se maquillant très légèrement. Un peu de fond de teint, un coup de blush pour enlever la légère brillance de ses joues, du mascara, un trait d'eye-liner. Elle était sublime. Elle mit ses boucles d'oreilles tombantes en argent parsemées de brillants et le collier qui leur était assorti.

Elle se regarda dans la glace. Elle était belle.

Elle retourna au salon et s'installa de nouveau dans son fauteuil près du feu. Sa petite préparation l'avait émoustillée. Elle attendait Bastien avec hâte. Chaque seconde qui passait accentuait un peu plus l'excitation qui avait pris forme au creux de son bas-ventre.

Incapable de se concentrer sur les lignes qu'elle tentait de lire, chaque seconde qui passait la rapprochait un peu plus de l'objet de son désir. Il fallait qu'il rentre maintenant.

Ce fut comme une délivrance lorsqu'il passa la porte. Il vint la saluer et retomba amoureux d'elle une fois encore, la voyant apprêtée ainsi.

Ils comprirent l'un et l'autre qu'il n'y avait nul besoin de mots à cet instant. Leurs corps parlaient pour eux. Il se pencha vers elle et l'embrassa doucement. Elle lui répondit par des baisers langoureux et appuyés. Sans qu'ils se jettent vraiment l'un sur l'autre, sans la fougue qui aurait presque gâché le moment, ils s'enlacèrent et elle le déshabilla intégralement rapidement, mais néanmoins avec une infinie douceur.

Lorsqu'il fut nu, allongé sur le canapé, elle se tint droite devant lui et enleva sa nuisette, ne gardant que ses bas. Elle était à un pas de leur plaisir. Pas qu'elle franchit avec une solennité parfaite dans le regard. Avant même de faire l'amour, ils jouissaient déjà.

Anaïs, mince et droite, enfourcha Bastien. Lui tournant le dos, elle écarta largement les jambes et vint poser ses pieds de part et d'autre de ses cuisses. Elle lui présentait ses fesses divinement. Elle positionna le bout de son gland juste à l'entrée de son sexe humide et ouvrit d'une main habile ses lèvres vaginales. Le sexe de Bastien s'enfonça doucement dans le sien jusqu'à disparaître complètement dans le corps de la jeune femme.

Prenant appui en arrière sur son torse, son bassin était libre de ses mouvements et elle ondulait de haut en bas et d'avant en arrière pour bien sentir toute la puissance du sexe de Bastien dans le sien.

Il prit à pleines mains les fesses d'Anaïs pour l'aider à bouger. Le bassin d'Anaïs allait et venait pour que le membre de Bastien coulisse parfaitement dans son sexe. Le corps fin et musclé d'Anaïs se tendait à chaque mouvement. Les cuisses grandes ouvertes, elle regardait parfois entre ses jambes son pubis finement épilé avaler le sexe de son homme. Elle remontait jusqu'à ce que son gland arrive à la lisière de ses lèvres vaginales puis replongeait ses hanches vers le bas pour qu'une vague supplémentaire de chaleur et de plaisir envahisse tout son être.

A chaque mouvement de son corps, ses seins bougeaient de la même manière amplifiant d'autant l'ampleur de ses mouvements ou du moins l'impression qui s'en dégageait. Elle avait le sentiment de s'empaler littéralement sur le sexe de Bastien et savait qu'elle en était la cause principale. C'est elle qui était en train de lui faire l'amour, car même s'il l'aidait de ses mains plaquées sur ses fesses, elle décidait du rythme de leur union.

N'y tenant plus, elle se mit en équilibre sur une main et ramena l'autre entre ses jambes. Elle se caressa le clitoris d'abord doucement puis rapidement de manière totalement frénétique. Une véritable transe s'empara d'elle, elle jouissait de mille façons et ses mouvements devenaient de plus en plus désordonnés.

De son clitoris, sa main passa sur le sexe de Bastien. L'excitation d'Anaïs était devenue telle que l'intégralité de son membre était glissant, totalement enduit de son humidité et qu'il suffisait qu'elle se redresse un tout petit peu plus que prévu pour qu'il s'extirpe totalement de son corps. Elle le prenait alors à pleine main, le caressait brutalement tandis qu'elle reprenait son souffle juste avant de le présenter à nouveau devant son sexe béant et de l'enfoncer d'un coup de reins entièrement. Elle attrapait alors ses testicules pour les masser tout aussi violemment, lui arrachant des gémissements de douleur mêlée de plaisir. Puis recommençait ce petit jeu immédiatement.

La pression des mains de Bastien se faisait de plus en plus forte sur ses fesses, il la tenait fermement à présent pour accompagner ses mouvements. Cela augmentait encore plus son envie folle de jouir et elle mettait toutes ses forces à retenir sa jouissance pour profiter encore de quelques secondes de plaisir intense et débridé.

Cherchant à prolonger encore l'intensité du plaisir ressenti, Anaïs décida de changer de position et se redressa vers l'avant. Ce mouvement eut un effet inattendu, car en se redressant, elle relâcha légèrement ses jambes et vint s'empaler littéralement sur Bastien dont le sexe disparut totalement dans son corps. Anaïs ressentit une légère douleur qui fut immédiatement remplacée par une sensation de plénitude nouvelle lorsqu'elle se pencha en avant. Elle avait réussi à se mettre à genoux et pouvait se pencher totalement maintenant. La modification de l'inclinaison du sexe de Bastien dans le sien relança totalement la recherche irrépressible de plaisir d'Anaïs. Elle sentait que des zones érogènes différentes étaient stimulées et elle adorait cette nouvelle position. Elle trouva rapidement la manière de bouger d'avant en arrière de manière à soulever ses fesses de la meilleure manière possible et ressentir le maximum de plaisir. Cela ne semblait pas déplaire à Bastien non plus compte tenu des râles appuyés qu'il poussait à chaque mouvement de la jeune femme.

Elle savait parfaitement ce qui l'excitait et se surprit à avoir envie de l'aguicher encore, de le rendre encore plus fou d'elle. Elle posa la tête entre les jambes de Bastien, se cambra au maximum, attrapa une de ses fesses dans chaque main et coulissa sur son membre avec une lenteur insupportable.

Elle écartait ses fesses de manière insolente. Elle ouvrait à la fois l'intérieur de ses cuisses pour permettre au sexe de Bastien d'aller profondément au plus profond de son corps, et à la fois ses fesses proprement dites pour le laisser profiter de la vue de ses orifices offerts. Anaïs allait très lentement d'avant en arrière de manière à ce que le sexe de Bastien glisse dans son corps en ressentant le maximum de sensation. À chaque fois, il contemplait son entrejambe dans laquelle disparaissait son membre tendu.

Cela faisait fondre Anaïs. Bastien, quant à lui, se régalait de la diversité des plaisirs qu'il prenait, plaisirs sensoriels, mais aussi visuels et auditifs avec les soupirs exaltés d'Anaïs.

Elle jouissait, il le savait et cela ne faisait qu'augmenter son désir de jouir à son tour.

Anaïs bloqua soudain ses hanches et remonta le haut du corps pour se cambrer au maximum.

Un orgasme puissant inonda son corps du plus profond de ses entrailles. La respiration coupée, elle s'abandonnait totalement à l'onde de plaisir qui contractait sa gorge et l'empêchait de respirer.

Elle reprit son souffle l'instant d'après en reprenant doucement les mouvements de son bassin sur le sexe de Bastien. Ce dernier émit deux grognements symptomatiques de l'arrivée de son éjaculation. Anaïs se releva immédiatement, vient s'asseoir sur le ventre de Bastien, se pencha légèrement en arrière, attrapa d'une main son sexe turgescent et continua à le caresser pour le faire éjaculer sur son pubis.

Le sperme de Bastien s'expulsa violemment en quelques mouvements pour retomber en plusieurs jets sur le pubis d'Anaïs vers lequel elle dirigeait son sexe. De grosses dégoulinures de liquide chaud glissèrent sur son bas-ventre tandis que Bastien poussait les derniers râles accompagnant la fin de sa mise à mort. Anaïs, encore tout à la jouissance de son propre orgasme passait sa main alternativement sur le sexe trempé de son homme et sur son pubis maculé de sperme gluant. Elle caressait le sexe de Bastien, se servait de son gland pour caresser son pubis et jouer avec sa semence qui dégoulinait de son nombril et sur sa peau. Le liquide glissait entre les petits poils de sa toison pubienne et elle prenait un plaisir presque honteux à se caresser ainsi tout en passant ses doigts sur le sexe de Bastien qui ne voulait pas se décourager.

Bastien raffolait de ses caresses juste après avoir rendu l'âme. Il se délectait de la sensation de son gland frottant sur le pubis de la jeune femme et de ses doigts qui parcouraient son sexe endolori glissant à l'aide de son sperme et de son excitation humide.

Anaïs profitait de cet instant, les yeux fermés, la main langoureuse entre ses cuisses. Elle avait rejeté sa tête en arrière. Bastien voyait ses longs cheveux retomber le long de son dos. Il regardait la jeune femme assise de dos sur lui, bouger doucement tout le haut de son corps au rythme de ses petits miaulements.

Il se délectait de la vue de ses cheveux ondulants au-dessus de son visage, il caressait ses hanches douces bougeant sur les siennes, il écoutait les petits sons qu'elle émettait comme pour accompagner la diffusion de son plaisir dans tout son corps et dans toute la pièce où ils se trouvaient.

Déployant son corps souple et léger, elle se retourna contre lui et s'allongea juste à côté. La moiteur de son pubis vint glisser contre ses hanches lorsqu'elle posa sa jambe gainée de blanc, pliée sur ses cuisses tout en entourant son torse de son bras.

Anaïs se blottit contre Bastien. Il prit une profonde inspiration et son torse se bomba juste avant qu'il ne souffle doucement dans ce moment d'éternité. Anaïs ferma les yeux, resserra ses doigts sur l'épaule de son homme.

Elle était comblée. Ils s'endormirent quasiment dans la même seconde en écoutant le silence de la vie qui continuait sans eux derrière les fenêtres fermées.

En tendant attentivement l'oreille, elle aurait pu croire entendre passer un traineau tiré par une meute de chiens, entraîné par un prince russe bravant les éléments de la steppe de Sibérie.

*
* *

Une étourdissante rencontre

En sortant de la cabine où il venait de se changer, François se demanda franchement ce qu'il lui avait pris. Venir un jour de semaine dans un centre de thalassothérapie, quelle idée ! Néanmoins, il ne regrettait pas d'avoir eu ce coup de tête. L'hôtesse à l'accueil l'avait déjà prévenu, il serait tranquille, ils n'avaient eu aucune réservation pour aujourd'hui.

— Ainsi, vous pourrez profiter pleinement de l'ensemble des installations seul ou presque. Bains à bulles, bassins d'eau de mer chauffée, sauna et hammam vous attendent sans restriction et à votre convenance jusqu'à dix-sept heures.

Quelques secondes après être entré dans l'immense piscine d'eau chaude salée, il comprit à quel point il avait eu une riche idée. Il sentait chacun de ses muscles se détendre dans l'eau tiède aux remous délicats. Il se surprit même à fermer les yeux afin d'accentuer le plaisir ressenti en étendant les bras. Son dos se cambrait, ses pieds se tendaient. Enfin, depuis trop longtemps, il soufflait.

Un rapide passage sous la douche fraiche et il décida de se rendre au hammam.

Il se présenta devant la porte, passa un sas puis ouvrit enfin la porte vitrée embuée. Une chaleur suffocante lui saisit les poumons. Il resta immobile une seconde autant pour s'habituer à la moiteur étouffante que pour tenter de transpercer du regard la buée épaisse et lourde qui l'avait enveloppé. Ne voyant pas à plus de trente centimètres devant lui, il posa la main le long des parois carrelées et avança précautionneusement jusqu'à atteindre un banc sur un côté de la pièce. Seul, il respira bruyamment juste après s'être assis. Vêtu d'un maillot de bain boxer, il s'installa sur sa serviette afin d'éviter le contact de ses cuisses sur le carrelage trempé par l'humidité ambiante. Alors que la vapeur commençait à peine à s'estomper – à moins que ce ne fut lui qui s'habituait –, une bouffée de chaleur disproportionnée s'échappa des bouches de chauffage situées à l'extrémité de la pièce, obscurcissant de nouveau l'espace d'une buée blanche, bouillante et ouatée.

Il mit une fois encore quelques secondes à s'y faire. Il se fit la remarque qu'il avait définitivement oublié la sensation que cela procurait.

Petit à petit, chaque pore de sa peau s'ouvrait, s'emplissait alors d'une chaleur humide et détendait chaque centimètre carré de son épiderme. Il se laissa aller un peu plus. Étendant les jambes, il voulut croiser les mains derrière sa tête pour la reposer sur le mur derrière lui.

Il eut à peine le temps d'esquisser un mouvement du bras que sa main buta contre une serviette juste à côté de lui.

Surpris, il se rendit à l'évidence que quelqu'un se trouvait assis juste à côté de lui, silencieux depuis son entrée.
Il se redressa rapidement et tourna la tête sur sa droite sans pour autant distinguer quoi que ce soit.

— Oups, excusez-moi, dit-il immédiatement, je ne savais pas qu'il y avait quelqu'un.
— Pas de problème, entendit-il.

C'était une voix de femme. Suave et langoureuse. Ni grave, ni aiguë. Elle lui avait répondu de manière extrêmement posée. Juste comme il faut. Le ton de sa réponse voulait dire beaucoup plus de choses que la simple politesse rendue à quelqu'un qui s'excuse courtoisement. Elle lui signifiait en trois mots qu'elle l'avait parfaitement entendu, qu'elle avait tout aussi parfaitement compris qu'il ne l'avait remarquée et enfin que le contact impromptu qui venait de s'établir entre eux ne la dérangeait pas le moins du monde.

Il chercha quelque chose à dire. Était-ce la surprise ou les effets relaxants de l'endroit où ils se trouvaient, son esprit était totalement vide. Il fut bien obligé de se taire.

De son côté, Clarisse l'avait effectivement parfaitement entendu entrer et s'installer à côté d'elle. Les yeux plus habitués que lui à l'environnement, elle arriva même à le voir subrepticement entre deux jets de buée opaque. Elle le trouva immédiatement très séduisant. Elle le devina plus qu'elle ne le vit lorsqu'il s'installa près d'elle. Durant les quelques secondes où ils furent assis côte à côte, alors qu'il ne l'avait visiblement pas remarqué, son esprit s'emballa.

Elle savait parfaitement à quel point le hammam la détendait. Mais elle savait également à quel point, dans un tel environnement, sa libido montait en température aussi vite que la chaleur de la pièce. Immanquablement, à chaque fois qu'elle s'y rendait, ses hormones se déchaînaient. L'humidité, la chaleur de cette pièce la mettait dans des dispositions incroyables. Son esprit partait tout seul et s'évadait dans une folle imagination débridée. C'était aussi une des raisons pour lesquelles elle préférait aller au hammam seule. Elle ne voulait pas parler pendant ce moment. C'était un moment qu'elle s'offrait à elle, pour elle et elle seule. Il lui arrivait fréquemment – bien qu'elle n'aurait jamais osé l'avouer –, de profiter du brouillard enveloppant chacun pour écarter sa serviette qu'elle portait toujours autour de la taille et poser délicatement sa main entre ses jambes. Oh elle ne se caressait pas ! Non, c'était beaucoup plus subtil que ça. C'était beaucoup plus délicat. Elle posait simplement sa main sur son pubis et ses doigts entre ses cuisses. Elle les bougeait à peine. Cependant, les quelques mouvements millimétrés de sa main la faisaient monter immédiatement. Plus d'une fois d'ailleurs, elle dut arrêter au risque de se faire réellement jouir et d'être découverte par ses voisins. Lorsqu'elle entendit la porte s'ouvrir un peu plus tôt et qu'elle vit l'homme entrer, sa première réaction fut d'être déçue. Atrocement déçue. Quel était cet importun osant venir la troubler pendant son moment à elle. Elle commençait à se détendre totalement et sa main s'était posée sur son ventre en attendant de descendre délicatement plus bas. Puis, lorsqu'elle s'aperçut, d'une part, qu'il ne l'avait pas remarqué et, d'autre part, qu'il venait s'asseoir auprès d'elle, ses pensées lui échappèrent.

Elle aurait dû être gênée. Elle aurait dû être embêtée par l'intrusion de cet homme. Pourtant, elle se surprit à penser le contraire. Elle n'avait rien vu de lui et elle se sentit attirée par lui. Étaient-ce les pensées débridées qu'elle avait eues un instant plus tôt dans ses rêveries solitaires ? Était-ce l'odeur légère d'eucalyptus propice à la détente de son corps et de son esprit ? Était-ce tout bêtement cet homme, cette présence masculine venant répondre au parfait moment et au parfait endroit à ses désirs inconscients ?

Elle ne tenta même pas de trouver la réponse et décida de faire une folie.

Après l'avoir involontairement touchée, François voulut se lever ou tout du moins s'écarter, conscient d'avoir franchi la ligne invisible et subjective de proximité trop importante.

Clarisse le savait et elle dut réagir en une fraction de seconde. En y repensant par la suite, elle arriva à se convaincre que c'était l'un des éléments déterminants. Sans prendre le temps de calculer quoi que ce soit, elle posa sa main sur celle de l'homme à côté d'elle et le retint.

— Non, ne bougez pas, dit-elle calmement, mais sans équivoque. Restez là et ne dites rien. S'il vous plaît.

Le *s'il vous plait* sortit tout seul. Comme le reste de la phrase d'ailleurs. L'homme ne bougea pas. Il ne répondit pas non plus. Alors elle s'approcha doucement. Elle pencha son buste sur le côté. Son épaule rencontra la sienne. Et délicatement, dans une lenteur indescriptible, elle posa sa tête dessus. Simplement. Sans dire un mot.

François ne sut pas comment réagir. C'était la première fois que ça lui arrivait. La peur de briser tout le charme de cette rencontre l'étreignait avec force et son esprit embrumé rendit les armes en une fraction de seconde. Il n'avait plus qu'à se laisser porter.

Pas d'autre choix.

*
* *

Ils restèrent un petit moment ainsi. Pendant au moins trois ou quatre jets de vapeur brûlante.

Clarisse aussi s'était abandonnée. La tête posée sur l'épaule de cet homme. Une épaule carrée, forte, musclée, virile, masculine. Elle eut envie de lui. Pas d'un autre homme. De lui, de celui sur lequel elle s'était alanguie presque par inadvertance. Elle resserra ses doigts sur la main de François. Il ne bougea pas. Elle prit complètement sa main, la leva et la déposa sur sa cuisse à elle dont elle venait d'écarter la serviette.

François resta totalement stoïque. À peine répondit-il en resserrant ses doigts sur la cuisse ferme de la jeune femme qui venait de lui faire une proposition silencieuse totalement inouïe. Il était paralysé par tant d'audace. Clarisse s'en rendit compte et décida d'être plus claire.

Elle reposa la main de l'homme à côté. Il attendit, ne sachant pas s'il devait s'en vouloir ou réagir. Il resta figé. Il n'osait même pas regarder à côté de lui alors que la vapeur commençait à s'estomper. L'instant d'après, un nouveau nuage épais emplissait dans la pièce, camouflant de nouveau les deux apprentis amants l'un à l'autre. La jeune femme bougeait légèrement à côté de lui. Incapable de comprendre ce qu'elle était en train de faire.

Elle déposa sur son ventre un très léger morceau de tissu noir. Son bas de maillot. Elle venait de l'enlever. Au moment où il sentit l'étoffe sur lui, elle posa sa tête sur son épaule.

— Ça va être mieux comme ça…, dit-elle dans un souffle.

— Pour sûr ! se dit-il en lui-même, osant néanmoins arborer un sourire béat mêlant l'incrédulité au plaisir d'être subitement et sans la moindre raison, un objet de désir féminin.

Elle reprit sa main dans la sienne et commença à la relever comme quelques instants plus tôt. François réagit alors et c'est son corps plus que son esprit qui se réveilla.

Il aurait été bien en peine de se lever sans appréhension compte tenu de l'érection qu'il présentait à ce moment. Alors sa main prit le relais de son esprit et il la plaqua sur le genou de la jeune femme.

Clarisse suivait méthodiquement tous les mouvements de sa main en gardant la sienne au-dessus. Il déplaça sa main pour caresser fermement l'intérieur de sa cuisse. Il remonta un tout petit peu pour que son petit doigt vienne frôler son sexe. Ce dernier était encore plus brûlant que l'eau flottant dans l'air autour d'eux.

Il la caressa pendant quelques secondes tout en se rapprochant doucement de son entrejambes. La jeune femme ne lui opposant aucune résistance. En un instant, il déplaça sa main, la plaqua contre son pubis et ses doigts écartèrent ses lèvres. Il libéra habilement son petit bouton gonflé et commença à le caresser délicatement.

Les soupirs bruyants de Clarisse ne lui laissèrent aucun doute sur le plaisir qu'elle prenait. Elle réagissait clairement. Il la faisait jouir. Il s'en rendit compte sans pour autant y croire un seul instant. Il devait être en train de rêver, ce n'était pas possible.

Pris d'une audace qui ne lui ressemblait pas, il voulut aller plus loin. Leurs comportements étaient surréalistes depuis le début. Ni l'un, ni l'autre n'aurait pu imaginer cela.

Il glissa doucement vers le sol, entraînant sa serviette. Celle-ci glissa par terre et il se mit à genoux. Devant elle, juste devant le banc carrelé.

Clarisse l'invita à poursuivre. Sans un mot, elle écarta les jambes. Les mains de François se posèrent sur ses genoux et remontèrent. Elles passèrent sur ses hanches, puis atteignirent ses côtes. Au moment même où il les ramena sur sa poitrine, écartant habilement son haut de maillot emprisonnant ses seins, sa joue se posa à l'intérieur d'une de ses cuisses et remonta lentement. Lorsqu'il saisit sa poitrine de manière symétrique, il déposa au même moment un baiser au beau milieu de son pubis. Clarisse laissa échapper un râle qui se fondit dans la bouffée de chaleur qui vint exactement au même moment s'expulser des bouches d'aération. L'instant d'après, elle sentit sa langue se déposer sur son sexe et fendre ses lèvres pour atteindre sans la moindre difficulté son clitoris.

Son sexe débordant d'humidité s'ajoutant à celle ambiante s'offrit sans résistance. La langue agile léchait les replis moites de son intimité. Elle ne put résister à l'envie de l'accompagner. Tandis qu'une de ses mains attrapait le rebord de sa serviette comme pour se raccrocher à la réalité, l'autre plongea dans les cheveux mouillés de l'homme qui était en train de la dévorer.

Elle résista tant qu'elle put. Alors qu'elle se fondait dans une éternité étouffante, le plaisir grandissait au creux de son ventre pendant que François s'activait au milieu de ses jambes écartées largement. L'une de ses mains lâcha sa poitrine et vint rejoindre sa bouche. Sa langue glissait encore et encore entre ses cuisses. Ses lèvres enveloppaient son clitoris et son sexe tout entier, la faisant basculer irrémédiablement vers une jouissance incontrôlable.

Elle ne put retenir un cri lorsqu'elle s'aperçut qu'un de ses doigts venait de pénétrer son corps. Elle le sentit s'enfoncer sans la moindre difficulté en elle, et fouiller son intimité. Les poils fins et discrets parsemant ses bras se dressèrent comme les fantassins d'une armée s'avançant sur un champ de bataille. Elle allait la perdre cette fameuse bataille, il lui faudrait capituler rapidement.

Avant même qu'elle ait compris ce qu'il était en train de lui faire exactement, un orgasme fulgurant et libérateur transperça son corps tout entier. L'ensemble de ses muscles se tétanisa au même instant, mobilisant une énergie à présent uniquement alimentée par le plaisir qui irradiait tout son être. Les doigts glissés sur le crâne de l'homme entre ses jambes agrippèrent sauvagement ses cheveux. Elle le força ainsi à immobiliser son visage et lui ordonna silencieusement de ne plus bouger d'un millimètre.

François s'exécuta docilement. Il libéra un instant plus tard sa proie en recula légèrement le visage et prit un temps infini pour retirer de son corps son index encore emprisonné.

Clarisse émettait à présent une succession de râles, de respirations intenses et de soupirs alanguis. Elle reprenait peu à peu ses esprits. Lentement. Portée par la moiteur extrême du lieu où ils se trouvaient. Il lui fallut une volonté énorme pour reprendre pied avec la réalité.

S'étant relevé, François se tenait debout devant elle. Silencieux. Il la contemplait. Il la voyait étonnamment mieux à présent. Elle était brune. Elle semblait avoir une chevelure épaisse et flamboyante malgré l'humidité totale de la pièce.

Il la trouva magnifique, intensément magnifique. C'était irréel, il ne pouvait y croire. Il ferma les yeux, bascula la tête en arrière, mis ses mains sur ses hanches et emplit ses poumons d'une inspiration brûlante aux senteurs d'eucalyptus.

Il fut surpris de sentir des mains agripper son maillot. Les mêmes mains lui firent faire un pas en avant. Clarisse débordait à présent d'une vigueur renouvelée. Elle voulait manger cet inconnu qui venait de la faire jouir avec intensité.

En une fraction de seconde, elle libéra son sexe et sans attendre, sans chercher à comprendre, elle l'enveloppa de ses lèvres charnues.

La chaleur, l'humidité, la pression de l'air ambiant n'eurent pas raison de leur ardeur respective. François affichait une colossale érection et Clarisse une passion que seul un orgasme violent perdurant encore par vague était capable de susciter dans un tel environnement. Elle s'activa d'interminables secondes autour de ce membre se dressant devant elle. Ses mains enveloppaient ses bourses juste avant de le reprendre entièrement et de le caresser amplement de bas en haut. François n'en pouvait déjà plus. Il esquissa un sourire, la tête dans les nuages de vapeur brulante. Même si d'aventure il avait pu prévoir ce qui était en train de se passer, ce qui était déjà proprement impossible, il n'aurait jamais pu avoir l'idée de glisser un préservatif dans son maillot de bain. Il se dit qu'elle avait dû en arriver à la même conclusion que lui. Dès lors, l'issue n'offrait plus beaucoup d'alternatives.

Il se laissa aller, se concentrant sur les mouvements de ses lèvres autour de son sexe. Elle le caressait et abusait de lui de manière extrêmement attentionnée. Lentement, mais tout en intensité. Avec douceur, mais aussi avec une force inouïe.

Elle allait le faire jouir rapidement. Violemment.

Tous les muscles de l'homme se tendirent sous l'impulsion d'une décharge électrique parcourant son corps tout entier. Elle abandonna son sexe et le dirigea vers sa poitrine. Il s'épancha sur sa poitrine. Plusieurs jets puissants de sa semence vinrent s'échouer dans la vallée formée par ses seins tendus et gonflés par l'excitation.

Les râles de François se firent plus doux, plus langoureux. Elle redressa son sexe turgescent et laissa parcourir ses doigts sur son extrémité sensible. Quelques gouttes de plaisir glissèrent dans les jointures de ses doigts fins. Elle laissa glisser ses mains le long des jambes de l'homme toujours debout face à elle, et remonta son boxer en y glissant délicatement l'appendice devenu rapidement moins vigoureux.

Elle se leva, vint se placer à côté de lui toujours immobile, essayant de surmonter le plaisir extrême. Elle déposa sur sa joue un baiser empli de tendresse et d'affection.

— Je m'appelle Clarisse. Ce fut un plaisir, lui murmura-t-elle à l'oreille.

Elle attrapa son propre bas de maillot qui trainait par terre, le remit avec agilité et s'échappa, hésitant entre l'espièglerie et la honte de s'être abandonnée à un inconnu. Ce n'est que lorsque la porte du hammam se referma que François eut la force et la présence d'esprit d'ouvrir les yeux. Il s'assit et se rendit compte à quel point l'ambiance était proprement suffocante.

Il eut l'impression qu'il ne pourrait pas tenir plus de dix secondes de plus au risque d'étouffer. La bouffée d'air frais emplissant ses poumons lorsqu'il passa la porte le réveilla instantanément.

Il chercha pendant de longues minutes, parcourant tous les recoins de la thalasso, tentant de retrouver sa rencontre si impromptue.

Elle s'était échappée. Il ne lui resta plus qu'à aller se plonger dans la piscine d'eau glacée.

Il ferma les yeux et essaya de se rappeler chaque moment. Il savait déjà qu'il suffirait de quelques heures pour que ce rêve devienne totalement surréaliste et incroyable.

Personne ne le croira jamais.

Et pourtant.
Un prénom résonnera pour l'éternité dans ses oreilles.

Clarisse.

*
*   *

La leçon de piano

Ce texte est né d'une discussion ouverte et franche avec une amie.

Nous évoquâmes les expériences homosexuelles féminines et elle me dit : Je n'arrive pas à imaginer comment ça peut survenir. Qu'est-ce qui fait, à ton avis, qu'à un moment donné, les choses peuvent arriver ?

Ce texte est ma réponse.
Du moins…, une des réponses possibles.

En achetant ce piano, Claire procédait à l'investissement le plus onéreux et le plus symboliquement fort de toute sa vie.

Approchant de la fin de la trentaine, cela faisait plusieurs années qu'elle s'était remise à l'étude du piano et y avait redécouvert une satisfaction inouïe. Des réminiscences de son époque adolescente remontaient parfois lors de ses cours, réminiscences auxquelles s'ajoutait le plaisir de ne plus être obligée de travailler des morceaux trop difficiles, mais bien ceux qu'elle pouvait choisir en fonction de ses envies. D'une part, les professeurs ne se conduisent pas de la même manière avec une adolescente et une femme, mais, d'autre part surtout, Claire avait réussi à trouver une professeure parfaitement compétente, attentive à sa progression et au caractère ludique de cet apprentissage. Rien à voir avec les aigris, bornés et blasés qu'elle avait pu connaître dans son enfance.

C'est le manque de moyens financiers qui l'avait, à l'époque, empêchée de continuer à suivre des cours. La vie s'était ensuite chargée de l'éloigner de la pratique de la musique pendant de trop longues années. C'est seulement une fois que ses enfants allèrent à l'école, et que son travail lui laissa la possibilité d'aménagements divers qu'elle décida de se remettre au piano. Claire trouva une association musicale de quartier et se retrouva dans une ambiance qu'elle n'avait pas connue depuis des années avec des rendez-vous hebdomadaires avec sa professeure, des spectacles de fin d'année et des auditions à préparer en compagnie de toute une bande d'adolescents pratiquant la musique depuis des années. Elle les côtoyait dans un climat particulièrement détendu et ceux-ci faisaient preuve à son égard d'une décontraction désarmante.

Des mômes de quinze ans enchaînaient des morceaux tout aussi compliqués les uns que les autres sans la moindre difficulté. Claire arrivait à ne pas montrer son découragement parfois face à ces petits surdoués, mais elle s'avouait volontiers abattue lors des répétitions pour les représentations de l'association.

Depuis un an cependant, elle avait rencontré une autre personne avec un profil similaire au sien. Nelly était plus jeune qu'elle d'une bonne dizaine d'années, mais faisait pourtant preuve d'une maturité étonnante. Elle avait entrepris la même démarche que Claire, mais avec dix ans d'avance. Au milieu des adolescents qu'elles croisaient, elles nouèrent naturellement une amitié simple. Nelly jouait un peu mieux que Claire, mais l'explication fut vite trouvée puisqu'elle possédait un piano chez elle, elle pouvait s'entraîner régulièrement. Elles calèrent leurs rendez-vous l'une après l'autre et attendaient chaque semaine le moment de leurs cours respectifs autant pour continuer leur apprentissage que pour se revoir et discuter entre copines devenant des amies. Au fil des semaines, elles instaurèrent un rituel vite immuable, elles se retrouvaient avant le cours de la première, s'écoutaient travailler silencieusement l'une après l'autre puis, une fois les deux cours terminés, allaient continuer leur analyse de leurs difficultés, erreurs et satisfactions musicales diverses à la terrasse d'un café tout proche où elles pouvaient rester bien plus de temps que la durée de leurs cours réunis.

Elles discutaient de tout et de rien, se racontaient leurs vies respectives, leurs parcours, leurs expériences. C'est là qu'un jour, Claire apprit que Nelly devait déménager, son bailleur souhaitait récupérer le premier étage de la villa qu'elle occupait et elle s'était retrouvée un logement pas très loin. Il y avait seulement un sérieux problème, Nelly n'avait pas la place d'apporter son piano actuel, un quart de queue, dans son nouvel appartement. Elle n'avait pas d'attache particulière avec cet instrument qu'elle avait elle-même acheté d'occasion il y a deux ans, mais il lui fallait le revendre pour avoir la possibilité d'en acheter un droit, moins encombrant.

Claire ne lui dit rien à ce sujet ce jour-là, mais l'idée germa dans son esprit qu'elle pouvait le récupérer. Elle avait la place suffisante, elle savait même déjà où elle le positionnerait, sa place lui était apparue comme naturelle. Elle pourrait réunir l'argent nécessaire sans trop de difficultés, en se serrant la ceinture pendant quelques semaines, c'était largement jouable.

Alors la semaine d'après, elle lui proposa de l'acheter elle-même, cette solution arrangeait tout le monde. Depuis le temps qu'elle rêvait d'avoir un piano à elle. Et un quart de queue en plus !

Nelly fut ravie de cette proposition et alla même jusqu'à baisser substantiellement le prix de vente initial pour son amie. Cela couvrait les frais de transport, l'opération pouvait se faire rapidement, tout s'imbriquait parfaitement.

Quinze jours plus tard, le piano était livré chez Claire, installé à l'endroit pressenti et les deux femmes étaient absolument ravies.

Nelly parce que son piano revenait à une personne qu'elle appréciait beaucoup, et Claire parce qu'elle réalisait enfin son rêve.

Claire lui laissa le temps de s'acclimater à la maison après son déménagement, mais elle ne put attendre plus de trois semaines pour le faire accorder. De l'avis de l'accordeur, le piano eut juste le temps d'acclimatation hygrométrique nécessaire avant la vérification et la stabilisation de la tension des cordes. Il la prévint qu'il devrait repasser très probablement dans six à huit semaines lorsque l'ensemble de la table d'harmonie ainsi que les autres pièces en bois, métalliques, et même celles en cuir ou en feutre que comprenait l'instrument subissant elles aussi de façon continuelle les effets de la température, seraient stabilisées.

Claire en avait parfaitement conscience, mais elle ne pouvait plus attendre et paya l'accordeur du prix convenu en prenant immédiatement rendez-vous pour la prochaine fois.

Une fois qu'il fut reparti, elle se posta devant son nouvel instrument accordé et le regarda amoureusement. C'était parfait. Ce soir-là, elle joua plus longtemps qu'elle n'avait jamais joué.

Elle appela Nelly dès le lendemain et lui fit part de sa joie. Elle la remercia encore une bonne vingtaine de fois de lui avoir vendu son piano et lui souhaita d'en trouver un droit pour elle aussi vite que possible et qui correspondent à ses désirs, car quant à elle, elle ne pouvait pas être plus heureuse avec ce qui était devenu *son* piano.

Sur sa lancée, et sans plus réfléchir, Claire lança une invitation à Nelly. Il fallait absolument qu'elle vienne voir comment il était installé. Claire continua en disant que cela lui ferait vraiment plaisir si Nelly pouvait venir chez elle pour jouer tel ou tel morceau qu'elle jouait si bien. Nelly accepta sans la moindre difficulté et rendez-vous fut pris pour deux jours plus tard, en début de soirée.

Les deux femmes raccrochèrent avec le sourire aux lèvres et la satisfaction intime d'avoir passé un cap entre elles. Elles n'étaient plus seulement copines de cours de piano, elles devenaient amies et cela les réjouissait de manière totalement parfaite l'une et l'autre.

Le soir dit, Nelly arriva parfaitement à l'heure. Claire l'invita à entrer. Elles se dirigèrent immédiatement vers l'instrument et ce ne fut qu'une succession d'interjections admiratives sur l'endroit où il était situé, sur la décoration de l'appartement, ou encore sur la chance qu'elles avaient eu l'une et l'autre de réserver un tel sort à ce piano qui ne pouvait pas mieux être là où il était.

C'est seulement après quelques instants que Claire s'aperçut que Nelly portait toujours son manteau et son sac. Confuse, elle l'invita à se mettre à l'aise et la débarrassa.

En prenant ses affaires pour les poser sur un fauteuil situé non loin, Claire eut un temps d'arrêt et s'aperçut du changement.

Nelly était visiblement différente à d'habitude. À chaque fois qu'elles se voyaient, Claire avait déjà remarqué qu'elle était toujours habillée de la même manière. Été comme hiver, Nelly portait un pantalon, et majoritairement un jean. Claire ne se souvenait pas si elle avait déjà vu ses jambes. Elle s'était fait la réflexion une fois, lorsque Nelly était venue avec un legging totalement opaque, mais épousant ses formes. À cette occasion, Claire remarqua ses jambes fines et musclées et un quart de seconde plus tard, s'était faite la réflexion qu'elle ne se souvenait pas d'un jour où elle avait vu Nelly en jupe.

C'était ça qui la frappa immédiatement, elle portait une jupe trapèze qui descendait au niveau des genoux. Un top fluide assez épais, une paire de collants noir foncé et des escarpins noirs à talons complétaient sa tenue. Elle qui avait pour habitude de ne s'habiller qu'en jean et tee-shirt, la transformation était fulgurante et incontournable. Il en était de même pour son visage. Alors que d'habitude, Nelly ramenait ses cheveux blonds en chignon et ne portait quasiment jamais de maquillage, elle était ce soir bien différente. Ses longs cheveux retombaient sur ses épaules et elle arborait un maquillage fin et soigné. La longueur de ses cils soulignait son regard d'azur magnifiquement et le brillant de son gloss faisait ressortir ses lèvres roses comme Claire ne les avait jamais vues. Elle fut saisie de redécouvrir son amie ainsi.

— Tu es particulièrement belle ce soir, lui dit-elle sans pouvoir se retenir. On a rarement l'occasion de te voir ainsi, ça te va très bien, continua-t-elle sans insister plus que ça.

Cela passait à la fois pour le compliment d'usage et était suffisamment appuyé pour marquer le coup.

— Tu es également très belle toi aussi Claire, lui répondit-elle. Comme d'habitude de toute façon insista-t-elle sans en dire plus.

Claire portait une tenue habituelle en effet. Elle était vêtue d'une robe longue à petits motifs boutonnée sur toute la longueur devant et des chaussures ouvertes à grosses lanières et à talons carrés d'une hauteur raisonnable. Elle avait tiré ses cheveux châtain clair en queue de cheval et avait gardé le maquillage léger qu'elle avait mis le matin même.

Claire la remercia du compliment sans relever et se dirigea vers la cuisine pour aller chercher la bouteille de vin qu'elle avait mise au frais.

— Je nous ai réservé un rosé, lui dit-elle assez fort alors qu'elle se rendait à l'autre extrémité de la pièce. Je sais que tu es aussi peu fan que moi, mais je n'ai pas trouvé la bouteille de rouge que je cherchais au magasin alors comme je sais que celui-ci est très bon.

Claire ne finit pas sa phrase, elle était déjà de retour avec deux verres à pied et la bouteille. Nelly lut l'étiquette, rosé de Provence, Cru classé. Elle émit un petit sifflement admiratif.

— Ah oui, en effet. Ça ira très bien, je suis sûre qu'il est très bon. Dit-elle en se laissant servir un verre.

— Écoute, je l'espère, lui répondit Claire tout en servant elle-même.

Elles trinquèrent.

— À notre santé dirent-elles ensemble avec entrain juste avant d'avaler une petite gorgée.

— Il est excellent tu as raison, dit la première Nelly. Il me réconcilierait presque avec le rosé.

— Je m'en doutais, dit Claire. Tant mieux, termina-t-elle.

— Allez, coupa Nelly d'une douce autorité. Puis se tournant vers le piano elle poursuivit. Je sens qu'on va le déguster celui-là alors si je veux être encore capable de jouer quelque chose, il vaut mieux que je commence tout de suite.

Nelly alla s'installer au piano pendant que Claire lui répondait.

— Vas-y, je t'en prie. J'aimerais beaucoup que tu me joues le morceau que tu as travaillé le mois dernier, il était si beau, lui demanda Claire.

— Ouh la ! fit Nelly faussement modeste. Je vais voir si je m'en souviens encore.

Elle s'installa sur le piano et ses doigts commencèrent à bouger avec virtuosité. Claire écoutait religieusement.

Elle ne faisait que très peu de fausses notes et le rythme était au point. Claire ne put réprimer un sentiment de jalousie légitime. Elle jouait parfaitement, après deux mois d'interruption, un morceau que Claire devrait travailler pendant plusieurs années si elle voulait atteindre son niveau.

Nelly enchaîna plusieurs morceaux tout aussi bien interprétés les uns que les autres. Cela lui faisait beaucoup de bien de retrouver ce qui avait été son piano, d'autant plus qu'elle n'avait toujours pas réussi à trouver le sien.

Nelly s'interrompit enfin et se tourna vers Claire.

Cette dernière se tenait à quelques mètres du piano, accoudée à la table à manger, son verre de rosé à la main, écoutant silencieusement son amie tout en buvant régulièrement à petites gorgées.

— À toi maintenant lui lança Nelly en lui cédant la place.

— Oh tu sais, lui répondit Claire gênée, je vais avoir bien de la peine à t'impressionner, tu sais parfaitement que je joue beaucoup moins bien que toi.

— Mais ce n'est pas grave, la coupa-t-elle, je t'écoute toutes les semaines tu le sais, je sais parfaitement comment tu joues et surtout, je sais que tu joues beaucoup mieux que tu ne le dis. Allez vas-y, l'encouragea-t-elle, joue le morceau de Beethoven que tu as travaillé la semaine dernière, j'ai envie de voir comment tu te débrouilles avec ton nouveau piano.

Claire s'installa et joua du mieux qu'elle put. Et ce n'était pas si mal. Pas mal du tout même. Nelly le lui dit bien volontiers et sans flagornerie. Claire rougit légèrement et se trouva sincèrement encouragée. Elle joua quelques morceaux sur lesquels elle avait travaillé ces derniers mois. Les encouragements de son amie et le rosé aidant un peu à sa désinhibition, elle jouait vraiment bien. Chaque morceau terminé, les deux femmes discutaient sur la complexité de tel enchaînement, ou la position des mains pour préparer la suite de la portée, tout en se resservant régulièrement leurs verres qui se vidaient méthodiquement.

Nelly s'était placée derrière Claire et regardait ses mains bouger en même temps qu'elle écoutait les notes qui jaillissaient. À plusieurs reprises, elle se pencha dans son dos pour lui prendre la main droite ou la gauche et la repositionner tout en lui indiquant les bénéfices de tel repositionnement ou tout simplement en corrigeant la position de ses doigts pour frapper telle ou telle touche.

La première fois, Claire n'y fit pas attention. Puis, la deuxième, la troisième et les fois suivantes, la présence de Nelly dans son dos, contre elle provoqua une réaction à laquelle elle ne s'attendait pas. Une chaleur nouvelle et perturbante se diffusait dans son corps à chaque fois qu'elle s'approchait d'elle. Lorsque Nelly lui prenait la main, elle sentait parfaitement l'hésitation et le flottement qui naissait entre elles deux. Non seulement Nelly s'approchait et se baissait contre elle pour des motifs de plus en plus futiles, mais surtout, Claire se rendit compte qu'à chaque fois que Nelly lui parlait, elle avançait son visage du sien. Elle approchait son oreille de ses lèvres tout en sentant parfaitement sa nuque se blottir dans le cou de Nelly. Celle-ci s'en apercevait également évidemment de la même manière et prenait soin de parler un peu plus doucement au fur et à mesure que les mots sortaient de sa bouche. Sa voix flutait, elle se faisait chaude et douce. Claire ne répondait presque pas, mais lorsque les mains de Nelly se posaient sur les siennes sur le clavier, ne bougeaient pas d'un millimètre ou alors juste pour se retrouver encore plus dans le creux de celles posées au-dessus.

Une chaleur indescriptible parcourait leurs corps à toutes les deux. Claire sentait que quelque chose se modifiait entre ses jambes. Elle avait de plus en plus de mal à rester assise. Elle tentait régulièrement de bouger ses cuisses pour déplacer ses fesses imperceptiblement. Du moins le croyait-elle. Sa gorge rosissait par vague. Elle n'osait pas regarder, mais elle savait que ses seins se tendaient, entraînant des petits mouvements de ses bras pour se donner l'illusion qu'elle contenait ces manifestations irraisonnées.

Nelly partageait totalement cette impression surprenante prenant possession d'elles deux. À chaque fois qu'elle s'avançait dans le dos de Claire, un frisson lui parcourait le dos et elle prenait soin de faire des mouvements les plus lents possible de peur de faire un geste brusque qui aurait brisé l'instant. À chaque pas qu'elle faisait d'avant en arrière, ses cuisses frottaient l'une contre l'autre, entraînant un frottement à son entrejambe qui accentuait le mouvement suivant. Que lui arrivait-elle, elle ne voulait pas se le demander vraiment. Elle ressentait seulement un fulgurant mélange d'excitation insurmontable et une peur instinctive que cela cesse.

Elles étaient toutes les deux en proie à cette peur féroce. Elles prenaient de plein fouet les sensations incontrôlables que la situation faisait naître en chacune d'elle. L'attirance sexuelle qu'elle ressentait l'une pour l'autre, même si elle ne pouvait pas encore se l'avouer franchement à ce moment de la soirée, était telle que chacune mettait un soin à leurs mouvements, à leurs phrases, aux moindres frémissements de leurs corps de peur de briser la magie de l'instant.

Nelly fut la première à se résoudre et à oser. La tension était telle entre elles deux qu'il fallait faire quelque chose. Positif ou négatif, de toute façon, elles ne pourraient pas rester ainsi toute la soirée, ne serait-ce même que physiquement au piano. Il allait bien falloir bouger et faire autre chose à un moment donné. Elles savaient toutes les deux déjà que cela n'avait que trop duré et qu'elles faisaient l'une et l'autre durer la situation au seul prétexte que cela leur permettait de ne pas se poser les questions. Ces mêmes questions qu'elles n'osaient pas –et loin de là même– se poser, questions pourtant auxquelles elles mourraient d'envie de répondre.

Claire ayant réussi un enchainement particulièrement retors, Nelly, emportée par la tension physique née entre elles, et légèrement aidée par le rosé, la félicita ostensiblement en lui enveloppant les bras des siens et en l'embrassant dans le cou.

Elle enfouit son visage au creux de l'épaule de Claire. Celle-ci resta sans bouger, aussi surprise qu'emplie d'une satisfaction coupable. Nelly ne retira pas son visage et emplit ses narines du parfum de sa peau en prenant tout son temps. Elle serra encore un peu plus ses bras autour d'elle.

Ce geste libéra totalement Claire.

Littéralement, une vague d'émotion prit possession de tout son corps, un frisson d'excitation la parcourut. Toujours blottie dans les bras de Nelly, sa main vint se poser dans les cheveux de la belle blonde et elle lui caressa les cheveux tandis que Nelly continuait à respirer doucement dans son cou. Elle attendait le verdict et Claire sentit que le simple geste qu'elle venait de faire libérait totalement Nelly de toute son anxiété par rapport à son audace.

Claire tourna légèrement la tête, Nelly recula imperceptiblement le visage, juste assez pour qu'elle puisse échanger leur premier baiser. Ce fut un baiser tendre et doux.

Elles avaient accumulé trop de tension pour en rester là. Chacune sentit sur les lèvres de l'autre l'aboutissement de tant de retenue des moments précédents. L'excitation était tellement montée chez l'une et l'autre, de manière si sourde et silencieuse que leur premier baiser fut une vraie décharge d'adrénaline. La plus grande barrière étant franchie, plus aucune ne pouvait résister à présent.

Nelly relâcha son étreinte sans pour autant s'écarter. Elle posa sa main sur la gorge de Claire et glissa au niveau de sa poitrine. Claire continuait de caresser ses cheveux. Leurs baisers ne cessaient pas et s'amplifiaient même chaque seconde. Elles s'embrassaient à présent de manière passionnée. Leurs lèvres s'entrouvraient et laissaient leurs langues danser ensemble. Parfois, l'une d'elles attrapait la lèvre de l'autre en la coinçant entre ses dents pour la mordiller pour calmer cette fausse douleur immédiatement après par un baiser encore plus passionné que le précédent.

Pendant qu'elles s'embrassaient, Nelly avait déboutonné largement le haut de la robe de Claire et sa main caressait sa poitrine menue en plongeant dans son soutiengorge. Chaque mouvement de sa main autour de son sein procurait à Claire un plaisir inconnu. Bien sûr, elle avait été caressée maintes fois pas des hommes plus ou moins habiles, mais jamais avec cette douceur, jamais avec cette tendresse palpable ressentie au contact d'une main féminine. Jamais non plus avec ce goût de nouveauté défendue.

*
* *

Lorsqu'elle se leva pour se retourner face à Nelly, sa robe tomba d'un seul coup à ses pieds. Nelly ne lui laissa pas le temps de s'en étonner et dégrafa immédiatement son soutien-gorge. Elle la poussa doucement pour l'asseoir sur le clavier du piano. Les touches enfoncées provoquèrent un bruit dissonant propre à briser l'instant. Elles se regardèrent inquiètes, craignant un quart de seconde que cela n'entrave leur volonté et que cela ne les ramène sur la terre ferme, que cela ne mette fin à ce qu'elles n'imaginaient pas arriver. Soudain, elles éclatèrent de rire de concert. Rien ne pourrait les arrêter, pensèrent-elles ensemble, juste avant de s'embrasser à nouveau, motivées par une ferveur particulière.

Claire était littéralement assise sur le clavier. Elle ne portait plus que sa culotte, à présent trempée. Elle attira Nelly vers elle en l'entoura de ses bras.

Cette dernière l'embrassait en la caressant tendrement. Ses mains alternaient entre son cou et ses épaules. Parfois, ses doigts s'enfonçaient dans ses cheveux pour bien plaquer son visage contre le sien puis repartaient immédiatement vers ses seins. Elle attrapait leur bout, allait les lécher tout en les mordillant, arrachant des petits cris de plaisir à Claire, puis revenait à sa bouche pour l'embrasser de nouveau.

Claire posa ses mains sur les fesses de Nelly et réalisa qu'elle était encore habillée. Rapidement, elle dégrafa sa jupe et la laissa tomber par terre. Nelly portait un string soigneusement brodé et des bas, cela l'étonna. Elle avait tellement l'habitude de la voir habillée selon un style différent qu'elle n'avait même pas imaginé que ce puisse être des bas lorsqu'elle la vit arriver tout à l'heure.

Remontant ses mains le long de ses jambes, Claire caressa tout d'abord l'arrière de ses cuisses gainées de noir puis s'arrêta sur ses fesses. Elles étaient fermes et parfaitement dessinées. Claire découvrait le plaisir de caresser des fesses de femme et elle en jouissait.

Nelly enleva rapidement son haut et présenta sa poitrine à la femme devant elle. Ses seins étaient beaux, soigneusement enrobés dans un soutien-gorge assorti à son string. Un ensemble de marques avec des broderies sur les bonnets qui mettait en valeur sa taille et sa poitrine. Claire approcha le visage et embrassa le ventre de Nelly pour remonter sur ses seins. Elle entendait sa respiration devenir plus intense, plus profonde. Elle dégrafa le soutien-gorge et laissa Nelly l'enlever entièrement. Caressant toujours ses fesses, elle lécha la poitrine qui se dressait devant elle, gonflée et charnue. Sa langue parcourait l'auréole de l'extrémité de ses seins. Elle mordillait les tétons avant de les insérer dans sa bouche chaude et accueillante, arrachant des petits soupirs de plaisir à l'objet de son désir debout devant elle.

Elle passa l'une de ses mains entre les jambes de Nelly et prit la mesure de l'excitation de la jeune femme. Elle était trempée. Claire se caressait parfois. Elle avait l'habitude de sentir sa propre humidité entre ses cuisses. Mais là, la perception était tellement différente. En passant la main entre les jambes de Nelly, elle frôlait l'intérieur de ses cuisses et avant même qu'elle n'ait touché son sexe, ce geste augmentait la tension entre les deux femmes. Les côtés de sa main effleuraient seulement sa peau. Claire retrouvait des sensations qu'elle avait expérimentées parfois en se caressant lascivement. Elle retrouvait cette douceur, cette tendresse des caresses lorsque l'excitation monte. Sauf que là, elle n'était pas allongée seule dans son lit. Non, là elle passait sa main entre les jambes d'une autre femme comme elle. Elle reconnaissait les soubresauts que ces caresses faisaient naître, elle entendait les soupirs de cette femme, soupirs sur lesquels elle pouvait d'autant mieux se concentrer que ce n'était pas elle qui les poussait. Ou du moins, ceux qu'elle poussait n'étaient pas la conséquence directe de la caresse qu'elle prodiguait, mais d'une main extérieure qui lui caressait la poitrine et qu'elle sentait descendre vers son pubis.

Nelly frissonnait littéralement de plaisir. La main de la femme devant elle, main qui passait entre ses jambes, elle l'attendait, elle la voulait. Elle crevait d'impatience qu'elle se pose sur son sexe. Elle voulait sentir ses doigts écarter le tissu de son string et caresser l'entrée de son sexe à présent ruisselant. Elle se mordait les lèvres, quand elle ne tétait pas la poitrine de Claire, pour ne pas lui hurler qu'elle n'attendait qu'une chose. Elle se retenait de lui ordonner de la doigter, de la faire jouir vite. Elle n'en pouvait plus d'espérer ces caresses insoutenables à l'orée de son sexe.

Plus Claire la faisait languir, plus elle mettait de la fougue à l'embrasser. Elle voulut l'encourager à aller plus loin, à la caresser plus fort et leva la jambe pour poser son pied sur le tabouret du piano situé juste à côté. Elle offrait son intimité à la main de Claire. Celle-ci comprit immédiatement et accentua ses caresses.

Ses doigts appuyèrent sur le tissu de son string. Il était trempé. Ses doigts devinrent humides. Telle une éponge, chaque fois qu'elle pressait à l'entrée du sexe de Nelly, elle sentait son excitation se diffuser à travers la mince bande de tissu. Elle joua ainsi pendant d'interminables secondes jusqu'au moment où, n'y tenant plus, elle l'écarta d'un geste habile. Sa main plongea dessous et elle se retrouva happée par un déferlement de désir. Le sexe de Nelly était en fusion. Claire était partagée entre le plaisir de caresser son sexe bouillonnant et l'impression de pouvoir qu'elle détenait au bout de ses doigts en provoquant une telle réaction. Nelly, par le simple effet de quelques caresses, dans un contexte si particulier, était totalement à sa merci. Elle pouvait manifestement en faire ce qu'elle voulait, lui infliger tous les supplices. Elle pouvait décider de la frustrer atrocement en retirant sa main et en la faisant languir. Elle pouvait, avec la même certitude, enfoncer sans autre forme de procès plusieurs de ses doigts dans son corps. Elle la possédait. Cela augmentait à un niveau incroyable son désir et son envie. Elle-même sentait que sa mouille s'échappait de son corps. Son excitation était si forte qu'elle la chatouillait au creux des cuisses. Elle n'en pouvait plus et pourtant s'étonnait de sa capacité à attendre son heure pendant qu'elle s'occupait de la femme en face d'elle. Elle aurait même pu jouir ainsi, simplement en bougeant son bassin contre le clavier du piano, sans même qu'elle ne la touche. Mais ce n'était certainement pas ce qu'elle voulait.

Nelly, quant à elle, succombait aux caresses de Claire. Elle ne pouvait même plus l'embrasser. Sa respiration était coupée, elle gémissait de sentir sa main à l'entrée de son sexe qui caressait son clitoris et l'intégralité de ses lèvres trempées. Ayant délaissé la bouche de Claire, celle-ci lui léchait les seins. Elle les mangeait entièrement. Elle faisait passer sa bouche grande ouverte dessus pour les téter, pour les mordre, pour les lécher intégralement. Parfois elles se regardaient droit dans les yeux pendant que Claire caressait avec insistance son clitoris. Cela lui coupait le souffle. Elles allaient jouir.

N'en pouvant plus, Claire, toujours assise sur le clavier du piano, enfonça deux doigts dans le corps de Nelly tout en plaquant la totalité de sa paume contre son clitoris et son pubis. Nelly ne put réprimer un petit cri de plaisir. Claire continua à la caresser tout en approchant de son oreille.

— J'ai envie que tu me lèches, lui dit-elle tout bas. Est-ce que tu en as envie ? lui demanda-t-elle naïvement.

Nelly lui fit oui de la tête en souriant. Elle fondait devant tant de candeur et de délicatesse. Bien sûr qu'elle le voulait, elle en mourrait d'envie depuis qu'elles s'étaient embrassées. Elle n'osait pas le dire et encore moins le faire. C'était nouveau aussi pour elle, même si elle le cachait autant que possible.

Claire libéra son sexe pour qu'elle puisse se défaire de leur étreinte. Elles enlevèrent en même temps leurs culottes pour se retrouver l'une totalement nue avec ses chaussures tandis que l'autre, campée sur ses escarpins noirs portait toujours ses bas.

Claire posa à son tour un pied sur le tabouret du piano, ouvrit ses jambes autant qu'elle pouvait et offrit à Nelly son sexe luisant traversé de spasmes de désir. Nelly s'accroupit devant elle. Les jambes écartées elle aussi, installée sur ses talons, elle approcha son visage. Sa langue se posa sur le sexe humide de Claire. Elle la déposa sans appréhension, mais avec une forme de timidité. Elle en mourrait d'envie à cet instant précis, mais elle ne l'aurait jamais imaginé quelques heures plus tôt. Elle ne se serait jamais autorisée à l'envisager. Et voilà qu'elle déposait délicatement le bout de sa langue entre les lèvres de Claire. Elle y trouva son clitoris gonflé sur lequel elle passa avec une lenteur et une douceur extrême. Ses mains étaient posées de part et d'autre de son sexe et en écartaient les lèvres luisantes. Sa langue parcourut l'intégralité de son sexe doucement. De son périnée à son pubis, elle traversait un océan de volupté sur lequel elle surnageait, emportant son vaisseau vers des terres de plaisir inconnu.

Claire était traversée de véritables spasmes incontrôlables. Jamais, se dit-elle, elle n'avait été léchée ainsi. Jamais, même le plus aguerri et le plus attentionné des hommes n'avait réussi à la transporter avec cette force. Elle ne chercha même pas à résoudre cette énigme, elle était à présent totalement incapable de réfléchir à quoi que ce soit. Cette femme entre ses cuisses allait la rendre folle. Elle devait lutter se dit-elle, elle ne devait pas jouir trop vite, ce n'était pas possible, elle ne pouvait pas résister.

Elle sentait sa langue lui prodiguer des caresses délicieuses qu'elle n'aurait jamais imaginées. Mais comment faisait-elle, comment était-ce possible, elle n'en revenait pas. Cette femme était en train de la rendre folle, elle n'avait bientôt plus la force de se tenir debout. Ses jambes flageolaient, sa respiration se coupait, c'était trop bon.

Tout à coup, ce fut le coup de grâce. Elle sentit des doigts s'immiscer dans son sexe. Elle sentit immédiatement son excitation humide libérée de son corps. Elle avait presque honte d'être aussi humide. Ils s'enfoncèrent entièrement sans la moindre difficulté.

Non pensa-t-elle, il ne faut pas. Elle ne doit pas faire ça, je vais jouir supplia-t-elle intérieurement. Elle s'entendit gémir, son corps tout entier se crispait. Claire tenta de se redresser un peu en prenant appui sur ses bras, mais ceux-ci ne la tenaient plus, elle était obligée de s'abandonner. L'action conjuguée de la langue de Nelly sur son petit bouton et de ses doigts dans son sexe générait une jouissance qui n'allait pas tarder à s'exprimer. Une véritable boule de plaisir grossissait au creux de ses entrailles. Elle ne pouvait pas l'enrailler. Elle ne pouvait plus la retenir.

Elle explosa. Claire ne put réprimer un cri de jouissance inédit. Un orgasme incroyable tétanisa l'ensemble de son corps. La seule force qu'elle put trouver fut d'empoigner les cheveux de Nelly entre ses jambes et de l'empêcher de continuer. Son clitoris ne pouvait plus supporter le moindre contact. Elle accompagna le retrait de ses doigts du fond de ses entrailles, provoquant à chaque millimètre parcouru des spasmes irrépressibles.

Des ondes de choc, comme lorsqu'une pierre est jetée à l'eau, traversaient l'ensemble de ses muscles. Une immense fatigue l'envahit. Mais comment avait-elle pu la faire jouir avec une telle force, se demanda-t-elle. Pour autant, elle était incapable d'exprimer quoi que ce soit. La seule chose sur laquelle elle se concentrait était sa respiration qu'il fallait qu'elle retrouve et la jouissance éprouvée. En plus de l'orgasme en tant que tel, Claire était surtout parfaitement consciente à ce moment précis des circonstances dans lesquelles elle avait ressenti ce plaisir. Et cette conscience augmentait d'autant la force du plaisir ressenti.

En plus de l'orgasme en lui-même, Claire savourait le fait qu'elle venait d'avoir un orgasme dans les bras, et sous la langue, d'une autre femme.

Toute à l'exploration de sa jouissance, elle ne s'aperçut pas vraiment – ou plutôt, elle ne voulut pas y faire attention – que Nelly approchait son visage du sien. Après lui avoir léché une dernière fois les seins, elle approcha son visage et l'embrassa avec passion. Pour la première fois, Claire goutait sa propre essence et de quelle manière : sur les lèvres d'une autre. Sans réfléchir un seul instant, elle profita de ce baiser si particulier. Leurs langues se mêlaient l'une à l'autre, dégoulinantes de leurs salives et de la moiteur brulante de son propre sexe. C'était un pur délice.

Tout en échangeant ces baisers au goût d'interdit, Claire se redressa et se mit debout devant Nelly. Elle voulait la faire jouir autant qu'elle avait joui. Elle voulait la surprendre autant qu'elle. Elle voulait elle aussi dépasser ses limites et lui faire dépasser les siennes.

Elle s'approcha de son oreille.

— Je n'ai jamais joui aussi fort, lui souffla-t-elle doucement. Ne bouge pas, reste comme ça et laisse-moi faire, continua-t-elle. Je vais essayer de faire aussi bien.

Elle passa dans son dos, prit l'une de ses jambes pour la poser en hauteur et s'agenouilla derrière elle. Elle profitait d'une vue parfaite de son entrejambe soigneusement épilé. Son sexe s'ouvrait devant elle. Elle écarta les deux globes charnus de ses mains et se surprit d'admirer la beauté de ses orifices glabres à sa merci.

Sans attendre, elle plongea la bouche entre ses cuisses et lécha les lèvres de Nelly qui cherchait encore comment se retenir face aux raz-de-marée de plaisir qui commençait à déferler. Son corps tout entier encaissait, comme des coups de boutoir imaginaire, le déluge de plaisir que Claire faisait naître au creux de ses cuisses.

Claire léchait avec application tout son sexe inondé d'excitation. Elle se délectait de toute cette excitation qu'elle recueillait sans la moindre difficulté sur sa langue et dont elle se servait pour lubrifier l'intégralité de son entrejambe. D'une main elle caressait son clitoris tandis que sa langue glissait entre ses lèvres, s'enfonçait à l'entrée de son sexe puis ressortait immédiatement pour s'abandonner sur son périnée jusqu'à titiller l'entrée de son petit orifice.

Claire léchait chaque millimètre carré de l'intérieur des cuisses de Nelly, lui arrachant des soupirs qui se terminèrent rapidement en cris irraisonnés.

Nelly enfouit ses doigts dans les cheveux de Claire et accompagnait chaque mouvement de sa tête entre ses jambes. C'était divin.

La main de Claire qui caressait son clitoris vint écarter outrageusement les lèvres du sexe devant sa bouche et elle put faire pénétrer sa langue dans son corps de manière indécente. Cela arracha à Nelly des cris de plaisir. Elle trouva la force pourtant de lui parler.

— Doigte-moi, la supplia-t-elle dans un souffle. Je t'en prie, doigte-moi, je vais jouir en quinze secondes, c'est trop bon, dit-elle en ayant du mal à respirer.

Sans répondre, Claire se redressa et vint se blottir dans son dos. Sa main glissa le long de sa jambe, remonta jusqu'à l'entrée de son corps et elle y enfonça trois doigts en même temps sans la moindre difficulté. Son autre main passa devant son pubis et elle vint plaquer l'extrémité d'un de ses doigts sur son clitoris pendant que sa paume massait son pubis finement épilé lui aussi.

Ce mouvement conjugué rendit Nelly complètement folle. Elle passa le bras derrière le visage de Claire et le ramena vers le sien qu'elle mit elle-même en arrière. Elle tenta de l'embrasser fougueusement, mais elle comprit rapidement qu'elle n'était plus maitresse d'elle-même. Le supplice délicieux que lui infligeait la femme derrière elle était en train de la faire perdre pied complètement. Elle s'accrochait au piano comme elle pouvait. Il lui était totalement impossible de résister au mouvement des doigts de Claire dans son corps.

Il lui fallut un peu plus de quinze secondes effectivement, mais guère beaucoup plus. Claire la fit jouir avec une force inégalée. Elle poussa un cri que sa pudeur ne put étouffer. Il se prolongea de longues secondes pour mourir au même rythme que le plaisir se diffusait dans chacun de ses membres. Tous ses muscles se tétanisèrent puis se relâchèrent l'un après l'autre. Lentement. Très lentement, comme si son corps ne voulait pas se libérer de l'emprise de l'orgasme profond.

Lorsque Claire voulut retirer ses doigts du corps de Nelly, celle-ci lui attrapa la main et l'amena à sa bouche. Elle lécha intégralement l'objet de son plaisir. Manifestement, ce n'était pas la première fois qu'elle goutait sa propre saveur, mais le fait qu'elle suce avec application ses doigts provoqua une fois encore des spasmes dans tout le corps de Claire. Définitivement, l'excitation dans l'air était beaucoup trop forte pour elles deux ce soir.

Elles s'enlacèrent tendrement, ne sachant pas trop comment réagir après un tel déferlement de plaisir si soudain et si peu prémédité.

Claire relâcha son étreinte enfin et s'allongea sur le canapé situé non loin tandis que Nelly s'assit sur le tabouret du piano en face d'elle. Elles se regardaient sans un mot. Elles mesuraient petit à petit la violence de la jouissance qu'elles venaient d'expérimenter toutes les deux visiblement pour la première fois.

Aucune honte ne vint ternir leurs sentiments à ce moment précis. Elles flottaient dans un océan de plaisir sans le moindre malaise ni le moindre regret.

Plusieurs fois elles éclatèrent de rire ensemble, d'un rire nerveux, mais accompagné de regards qui ne trompaient pas.

Elles venaient de découvrir un plaisir qu'elles redécouvriraient ensemble rapidement. L'une et l'autre en étaient totalement certaines.

*
* *

Incident diplomatique

Vincent descendait à peine de l'avion qui le ramenait à Roissy et écouta ses messages sur son mobile. Rien, aucune nouvelle.

Il était parti pendant quinze jours et constatait qu'ils n'avaient pas appelé. Il allait se faire une raison bien sûr, mais il avait vraiment besoin de ce financement pour sa mission et il allait devoir, une fois encore, lutter contre la bureaucratie de l'ambassade pour arriver à obtenir des nouvelles.

Une fois rentré chez lui, il prit une douche et consulta son courrier. Entre les factures et les différentes publicités, il trouva une enveloppe d'un papier plus épais que les autres. À l'intérieur, un carton d'invitation.

À l'occasion du 20e anniversaire de l'établissement des relations diplomatiques entre l'Ukraine et la France, M. l'Ambassadeur serait très honoré de votre présence au vernissage de l'exposition [...] au Centre culturel et d'information auprès de l'ambassade d'Ukraine en France en présence des diplomates de l'ambassade [...], ainsi que de la diaspora ukrainienne.

Vous voudrez bien confirmer votre présence auprès des services diplomatiques dès réception [...]

Et bien voilà ! Non seulement il ira, mais surtout, il profitera de cette invitation particulièrement bienvenue pour tenter de rencontrer le responsable des financements.

Son reportage photo en Ukraine était un projet qui lui tenait particulièrement à cœur. Il avait noué déjà pas mal de contacts par e-mail avec des familles de Kiev et de la proche banlieue et il ne lui manquait plus que l'accord des autorités et surtout, évidemment, une aide financière lui permettant de se consacrer exclusivement à son travail.

Il décida d'appeler le numéro indiqué sur le carton sur le champ non sans espérer pouvoir tomber sur quelqu'un de compréhensif qui lui passerait par la même occasion le responsable pour son projet. Il tomba sur une personne à la pointe du langage diplomatique qui, tout d'abord, accusa réception de sa confirmation de venue puis, arriva à lui répondre qu'il était hors de question de lui passer quelqu'un d'autre directement au téléphone sans prononcer le mot " non ", sans utiliser la moindre phrase négative, voire même – art diplomatique suprême – en arrivant à le culpabiliser et lui faire dire que ce n'était pas grave, qu'il ne fallait pas qu'elle s'embête avec ça et qu'il rappellerait au numéro auquel il avait l'habitude d'appeler.

En raccrochant, il se remémora la phrase qu'il avait lue il y a des années déjà, mais qu'il ne manquait jamais de se rappeler lorsqu'il avait affaire à ce genre de personne : « *Quand un diplomate dit " oui ", cela signifie " peut-être " ; quand il dit " peut-être ", cela veut dire " non " ; et quand il dit " non ", ce n'est pas un diplomate.* »

Il avait eu à faire à une vraie diplomate. La réception avait lieu dans deux jours, il ne lui restait plus qu'à ressortir son costume, cirer ses chaussures et il serait prêt pour aller cirer celles de ses financeurs qui se trouveraient là.

Deux jours plus tard, il montait dans le taxi pour se rendre à l'ambassade. Même s'il préférait largement les tenues plus pratiques, le costume cravate n'était pas pour lui déplaire. En chemin, à l'arrière de la voiture, il faisait le check-up de sa tenue. Chaussures noires, veste et pantalon gris souris passe-partout, chemise bleue repassée, cravate bordeaux sombre, OK, il était prêt.

Arrivé devant le bâtiment, il passa les différents sas de sécurité, se délesta de son manteau au vestiaire et commença à parcourir l'exposition en cherchant vainement les deux ou trois personnes qu'il avait déjà pu rencontrer lors du montage de son projet. Définitivement, une fois de plus il en avait la preuve, une réception à l'ambassade, quelle qu'elle soit et de surcroît, dans une ambassade d'un pays de l'Est donne une assemblée de femmes tout aussi belles et apprêtées les unes que les autres. Il déambulait entre les créatures de rêves montées sur des escarpins vertigineux, certaines avec des tenues improbables, mais la majorité habillée avec une classe et une sobriété sans pareil.

Alors qu'il commençait à sombrer dans l'ennui, malgré le temps passé à détailler les femmes qu'il croisait, et désespérer surtout de retrouver la moindre personne qu'il avait déjà rencontrée pour appuyer son projet, il vu cette femme entrer dans la pièce.

Elle irradiait de sa luminosité. Elle éclairait tout sur son passage, elle le savait et en jouait. C'était une superbe femme blonde. Elle avait les cheveux longs, et ils devaient être très longs même, car la natte qu'elle s'était faite descendait au beau milieu de son dos. Même de loin, ses yeux bleus jaillissaient de son visage sous sa frange parfaitement découpée au niveau de ses sourcils discrets. Elle portait une robe blanche absolument fabuleuse. Plus courte elle aurait été vulgaire. Là, elle était simplement parfaite. Le bas de sa robe, resserrée sur ses jambes descendait au niveau des genoux tandis que le haut se faisait plus fluide. De la taille cintrée, elle remontait avec négligence jusqu'à ses épaules marquées par l'absence de manches. La peau blanche de ses bras n'était relevée que par l'éclat de ses bracelets argentés qui tintaient doucement à ses poignets. Tout à sa contemplation, il ne s'aperçut que trop tard qu'elle se dirigeait vers lui et il ne put cacher son regard ahuri quand elle se planta devant lui en l'appelant par son nom.

— Monsieur Muller ? lui demanda-t-elle en le regardant d'une douceur désarmante.
— Euh…, oui, oui c'est moi balbutia-t-il.

Mais comment pouvait-elle savoir qui il était ? Puis en un éclair il se fit lui-même la réponse.

— Ben oui, t'es bête mon pauvre, tu oublies un peu vite que tu es présentement sur le territoire d'un pays de l'ex-bloc soviétique et que malgré tout, ces personnes n'ont jamais trop rigolé avec la sécurité…

Il lui fallut quand même une demi-seconde pour arrêter de penser à la raison fondamentale pour laquelle quelqu'un pouvait l'appeler par son nom et revenir à la réalité qui ressemblait furieusement à un conte de fées. Pourquoi une beauté aussi féérique – puisqu'il était bien question de ça –, pouvait s'adresser à lui, que voulait-elle donc ?

Elle commença alors à parler d'une voix particulièrement douce et un accent d'Europe de l'Est absolument délicieux, dans un français néanmoins en tout point parfait.

— Bonsoir Monsieur, je vous cherchais. Je me présente, je m'appelle Natalia. Je suis chargée par M. l'ambassadeur de vous transmettre un message. Cependant, afin que vous puissiez profiter pleinement de la réception de ce soir, vous me permettrez de nous voir tout à l'heure. Je vous attendrai à vingt-trois heures précises dans le salon Iaroslav Vladimirovitch. Vous y accèderez en vous adressant à l'homme situé à cette porte là-bas continua-t-elle en lui montrant un huissier en livrée près d'une porte fermée depuis le début de la réception.

Puis elle reprit et conclut sans laisser à Vincent la moindre possibilité de poursuivre l'échange.

— Je vous souhaite de passer un agréable moment et vous retrouverai avec plaisir tout à l'heure monsieur Muller.

Pendant tout ce temps, Vincent fut bien incapable de prononcer un traître mot.

— D'accord. À tout à l'heure, articula-t-il difficilement.

Sa réponse n'allait absolument pas avec le ton que Natalia avait employé. D'autorité, elle tourna les talons et Vincent vu ce qu'il n'avait pas vu jusqu'alors : son dos.

Si la robe qu'elle portait était sage devant, elle l'était beaucoup moins derrière. Les épaules de sa tenue marquées par de larges bandes de tissu se drapaient au niveau des omoplates pour chuter vertigineusement dans son dos en dévoilant sa peau blanche et parfaite. Se retournant, elle présentait un dos nu totalement indécent, descendant jusqu'au début des lombaires. Si jamais Vincent avait eu la moindre volonté de poursuivre l'entretien, la dénommée Natalia venait de mettre un point final à toute contestation. Il resta interdit pendant de longues minutes en philosophant intérieurement.

Les femmes sont absolument terribles. Non seulement elles savent parfaitement user de leurs charmes naturels les plus visiblement évidents, mais surtout, elles savent parfaitement que ce n'est rien comparé à ce qu'elles font naître chez le voyeur autorisé.

Porter une telle robe, pour n'importe quel homme normalement constitué est un fusil à deux coups. Le premier sidère par la beauté de la plastique d'un dos, une courbe d'omoplates, un dessin de vertèbres, une peau lactée seulement troublée par quelques petites taches de rousseur discrètes et fantaisistes. Le deuxième est plus insidieux, car le curieux devient indiscret. Le dos s'offre pour mieux dissimuler ce qui ne se voit pas. Un dos vierge de toute attache pose immédiatement la question de ce qui couvre la poitrine de la prétentieuse. C'est la meilleure manière de crier ce non-dit hypocrite. Et si la fausse ingénue se permet cette impudence, les fantasmes masculins deviennent implacables et les autorisent à imaginer que la provocatrice ne porte aucun sous-vêtement… du tout.

Mais de provocation, il n'en existe que dans le regard qui doit cesser avant de devenir lubrique. La honte ramena Vincent à la réalité, la honte de se laisser aller sans pudeur.

— Reprends-toi mon garçon se dit-il. Reviens sur terre. Cette femme est très belle, elle le sait parfaitement. *So what !* Ce n'est quand même pas la première fois que tu croises une si belle femme, non ?

Vincent eut soudain l'impression que tout le monde le regardait. Il se sentait piteux.

Il était 21 h 47, la réception battait son plein.

Il lui fallait attendre plus d'une heure pour avoir les réponses aux questions qu'il n'avait pas encore eu le temps de se poser.

Qui était-elle ?

Pourquoi voulait-elle le voir ?

Quel était ce fameux message qu'elle était chargée de lui transmettre ?

Il n'allait pas avoir de trop d'une heure pour démêler tout ce qui venait de s'enchevêtrer dans son esprit et surtout, pour revoir mentalement l'ensemble de la présentation de son projet. De quoi pouvait-il retourner autrement ?

Durant l'heure qui suivit, il tenta de garder une contenance devant les œuvres exposées sans arriver à contenir l'appréhension que cette femme avait fait naître.

Où était-elle d'ailleurs ?

Il l'avait revue un peu après déambuler parmi les invités, tenant son rôle à la perfection. Il l'avait vue rire à gorge déployée à plusieurs reprises, de ces éclats de rire contenus et millimétrés des soirées mondaines où tout le monde est beau, infiniment heureux et honoré d'être là. Puis elle avait disparu. Le regard de Vincent la cherchait sans se l'avouer. Il guettait la moindre apparition de sa robe blanche, l'empêchant fatalement de se concentrer sur son argumentaire, et n'arrivant pas à l'articuler quand il le retrouvait.

22 h 52. Les différents salons ouverts pour la réception commençaient à se vider. Les invités partaient petit à petit, ne souhaitant surtout pas rester les seuls à profiter trop visiblement du buffet. Vincent décida de mettre à profit les quelques minutes restantes pour s'arranger. Il resserra

sa cravate, épousseta ses épaules, tenta de se recoiffer maladroitement et ajusta sa chemise qui voulait s'échapper de son pantalon.

22 h 58. Il s'approcha du cerbère qui n'avait pas bougé depuis une heure et demie de la porte à laquelle il était assigné. Imperturbable, il n'avait pas sourcillé de la soirée et avait patiemment attendu en répondant poliment à ceux qui avaient remarqué son existence.

Vincent s'approcha de lui et s'annonça.

— Bonsoir Monsieur, l'on doit m'attendre au salon Vladimirovitch.

Nullement surpris, l'homme le dévisagea et lui demanda, pour la forme quel était son nom sans bouger d'un millimètre. Vincent prononça son nom et ce fut comme un sésame. L'homme se mit de côté, ouvrit la porte d'une main et s'avança tout en l'invitant à le suivre. La porte se referma sur eux. Ils marchèrent silencieusement dans un long couloir feutré aux murs garnis de tableaux et portraits divers ainsi que de cartes historiques ukrainiennes. L'effet était parfaitement travaillé. Du bruit constant de la réception se terminant à quelques mètres, il ne restait plus qu'un brouhaha très léger s'éteignant pas après pas, étouffé par la moquette épaisse propre à toute ambassade.

Ils arrivèrent devant une petite, mais lourde porte s'ouvrant devant une pièce soigneusement décorée. Le salon était petit, mais agencé avec goût. Ce devait être un grand bureau réhabilité pour les conversations privées en petit comité.

La moquette était d'un beige sobre. Une table ronde entourée de quatre sièges trônait au milieu et deux

grandes portes-fenêtres bordées de lourds rideaux don-
naient sur la nuit qui avait enveloppé le parc attenant au
bâtiment. Une petite commode stylée sur un côté et un
large canapé aux rebords en acajou étaient les seuls autres
meubles. Il remarqua enfin que, contrairement à ce que
l'on pourrait attendre dans un tel lieu, aucun tableau ou
représentation n'était accroché aux murs. À la place, de
grands et larges miroirs étaient installés sur les trois pans
de murs intérieurs.

Laissé seul quelques minutes après le départ de
l'huissier, il déambula dans la pièce, à la fois pour se donner une contenance, et pour tenter de calmer l'attente de
l'inconnue.

La porte s'ouvrit, c'était un homme qui la tenait. Il
laissa passer Natalia puis la referma derrière elle tout en
acquiesçant à ce qu'elle venait de lui dire sèchement en
ukrainien ou en russe, il ne fit pas la différence.

— Je lui ai demandé de ne pas nous déranger, lui dit-
elle comme pour s'excuser.

Elle avait prononcé ces mots avec le même accent
qu'il avait écouté chanter tout à l'heure. Un accent slave
irrésistible. Hors de toute autre considération, il était con-
quis. Elle ne comptait cependant vraisemblablement pas
que sur son accent et sa voix douce. En trois pas, elle put
montrer toute l'étendue de sa maîtrise de l'art de la séduction.

Sa robe blanche était tout aussi parfaite que tout à
l'heure. La natte de ses cheveux longs était ramenée sur
l'une de ses épaules, sa frange large et franchement dessi-
née était parfaitement ordonnée. Elle planta ses yeux
bleus-saphir dans ceux de Vincent. Il n'avait pas eu le

temps de faire attention à ses chaussures. Blanches, comme sa robe, elles étaient très fines avec un talon vertigineux. Elles affinaient ses jambes et les quelques pas qu'elle fit vers lui, lentement, un pied juste devant l'autre en croisant les jambes, le bouleversèrent.

— Je vous remercie d'être venu, lui dit-elle en passant à côté de lui.

Elle se dirigea vers la commode, l'ouvrit et Vincent découvrit par-dessus son épaule un petit réfrigérateur où se trouvait une bouteille de champagne au frais. Quelques flutes étaient posées à côté. Elle se retourna vers lui et s'écarta pour le laisser passer..

— Voulez-vous nous servir un verre, s'il vous plait ?

Il ouvrit la bouteille sans la moindre difficulté, servit maladroitement une flute et se retourna pour lui tendre.

Elle était juste derrière lui. Il ne l'avait pas sentie approcher.

Elle était beaucoup trop proche pour appeler ça une distance raisonnable. Il ne voulait pas y croire. Elle se saisit du verre en le remerciant des yeux puis le laissa se retourner à nouveau pour se servir le sien. Elle trempa le bout de ses lèvres parfaitement dessinées par un gloss brillant rose pâle dans le liquide puis posa son verre immédiatement sur la table à côté d'eux. Un pas en avant, encore. Elle était juste devant lui. Trop proche.

— Je vous en prie, mettez-vous à l'aise, lui dit-elle tout en tendant ses bras pour prendre sa veste.

Elle la récupéra et la posa sur le dossier d'une des chaises. Elle revint vers lui.

— Vous ne me reconnaissez pas ?

Vincent resta interdit. Non, il ne la reconnaissait absolument pas. L'incident diplomatique était proche.

— Je m'en doutais, poursuivit-elle. Nous nous sommes rencontrés il y a un peu moins de quatre semaines maintenant, c'est moi qui ai pris votre dossier en charge pour votre projet de reportage dans la banlieue de Kiev.

Elle s'approchait dangereusement.

— Je vous avais promis une réponse rapide. Malheureusement, des… complications administratives sont apparues et je n'ai pas eu le plaisir de vous recontacter avant. Je vous ai ajouté sur la liste des invités à la réception de ce soir et j'avais peur que vous ne veniez pas. Et puis, je me suis dit que vous voudriez profiter de l'occasion pour… comment dites-vous déjà… " attraper " c'est ça ? un responsable pour plaider votre cause.

Mais oui bon sang ! Ça y est, il la reconnaissait. Bien sûr !

Lorsqu'il avait enfin obtenu le rendez-vous avec les services culturels de l'ambassade il y a presque un mois, il avait été reçu dans un petit bureau digne d'une administration soviétique des années 80 par une jeune femme timide qui n'avait quasiment pas prononcé le moindre mot et s'était contenté d'enregistrer sa demande. C'était elle.

À ce moment-là, elle portait de larges lunettes à grosses montures et un bandeau sans âge dans les cheveux. Il s'était même fait la réflexion que les ukrainiennes avaient au moins pour elles que même avec trente ans de retard dans la mode, elles pouvaient quand même être séduisantes naturellement. Non, vraiment, il ne l'avait pas reconnue. Il faut dire que la métamorphose était totale. Passé ce court laps de temps, elle reprit le cours de son exposé.

— Je pense que vous n'êtes pas venu ce soir pour les œuvres très communes de notre apprenti peintre, mais bien pour plaider votre cause, n'est-ce pas ?

Il ne put répondre adroitement étant trop occupé à avaler le plus proprement possible la gorgée de champagne qu'il venait de prendre. Il se contenta d'un signe de tête approbateur.

— Alors je suis à votre entière disposition, il ne vous reste plus qu'à me convaincre. Je vous en prie, termina-t-elle en l'invitant à prendre place sur le canapé de l'autre côté de la pièce. Je suis toute à vous.

Vincent alla s'asseoir. Elle prit une des chaises et s'assit devant lui. Elle croisa ses jambes interminables, se pencha légèrement en avant, dans une position d'attente et d'écoute manifeste. Il se trouva totalement ridicule et se gifla intérieurement. Il était mal assis, bafouillait, bref, en un mot, était particulièrement gauche. Elle semblait s'en amuser.

Après quelques minutes d'explications confuses, elle lui tendit son verre vide – comment avait-elle pu le boire ? Il ne s'était aperçu de rien –, et lui demanda gentiment s'il pouvait la resservir.

Trop content de pouvoir se lever et se déplacer pour changer d'attitude, il alla vers la bouteille restée dans le seau et le remplit. Il n'eut pas le temps de la reposer. Il sentit ses mains venir lui prendre la taille. Le souffle de la jeune femme se posa dans son cou, et il entendit une toute petite voix, dans le creux de son oreille.

— Vincent, je vous trouve très séduisant, vous me plaisez. Je sais que ce n'est pas très protocolaire, mais j'ai très envie de vous.

Tout en prononçant ses mots, elle avait déjà dénoué sa cravate et, se tenant derrière lui, commençait à enlever un à un les boutons de sa chemise. Bien que profondément surpris par cette attaque en règle, et très paradoxalement, il se sentait beaucoup plus à l'aise sur ce terrain-là.

Ainsi donc, une jeune femme d'une beauté inouïe lui faisait des avances non seulement verbales, mais également très concrètes puisqu'elle lui enlevait maintenant sa chemise entièrement. Ils étaient dans une pièce au décor raffiné et savaient qu'ils ne seraient pas dérangés.

Il ne lui fallut qu'une fraction de seconde pour lâcher prise. OK, elle voulait jouer sur ce terrain-là, alors pas de problème jeune fille, je suis ton homme se dit-il tout en se retournant.

Il fut frappé par son visage angélique et ses yeux d'un bleu qui le transperçait tranchant avec sa bouche mutine à demi ouverte.

Elle le regarda intensément.

— Tu me plais. J'ai envie de toi, lui dit-elle tout en baissant les yeux sur son torse nu.

Vincent ne répondit pas. Il mit sa main à la base de ses cheveux, attrapa son visage et l'entraina vers le sien. Leur baiser fut intense, sensuel, et torride. Leurs lèvres se touchèrent, s'effleurèrent puis, d'un seul coup, leurs langues s'unirent. Ils se mangeaient complètement l'un l'autre. Vincent mit son autre main sur les hanches de la femme. Il sentait sa peau vibrer au travers du fin tissu de sa robe.

Elle passa sa main dans ses cheveux, recula son visage et lui adressa un regard carnassier.

— Prends-moi !

Il n'en fallait pas plus pour le libérer. Il la prit sous les bras, la souleva et l'assit sur la table derrière elle. Remontant les mains sur ses épaules, il attrapa la robe et, compte tenu de sa forme, n'eut aucun mal à l'abaisser complètement sur sa taille. Elle se présentait assise devant lui, les seins nus, en attente. Sa poitrine était sublime. Ses deux seins formaient deux globes parfaitement ronds, d'une blancheur parfaite.

Vincent les prit dans ses mains, violemment, animalement.

*
* *

Sa bouche se referma sur l'un des tétons, il le pinça entre ses lèvres et sa langue le léchait avec avidité, emprisonné qu'il était dans sa bouche. Ses mains malaxaient entièrement la poitrine ferme de la jeune femme qui avait renversé son visage en arrière tout en fermant les yeux. Elle profitait de ce moment exquis où le désir était encore concentré au maximum dans sa poitrine. Elle sentait ses seins être devenus durs, gonflés, et réceptifs à la moindre caresse. Elle se délectait de sentir la langue de l'homme debout entre ses jambes. Elle lui tendait ses seins, elle voulait qu'il la dévore. Elle souhaitait plus que tout qu'il maltraite ses deux globes parfaits devenus lourds.

D'une main, elle se maintenait en arrière sur la table, et elle ramena l'autre sous sa poitrine. Elle prit la main de Vincent près de son sein gauche et elle l'aida à le caresser. Elle imprima un rythme rapide, mais surtout, une pression plus forte sur sa poitrine. Constatant qu'il avait compris ce qu'elle désirait, elle mit sa main dans ses cheveux et accompagna les mouvements de son visage. Il le léchait aussi soigneusement qu'il le pouvait. Sa main le comprimait par en dessous. Il le ramenait devant sa bouche et il alternait les moments où sa langue caressait délicatement la peau délicieuse, et celui où sa bouche s'ouvrait en grand pour avaler le téton de Natalia. Il refermait alors ses lèvres, le pinçait, l'attrapait parfois avec ses dents et le mordillait, juste avant de calmer la douce douleur par la chaleur et l'humidité de sa bouche et la douceur de sa langue bienveillante. Pendant ce temps, elle appuyait sur son visage, l'encourageait à la manger encore et encore avant de passer à une autre partie de son corps. Elle voulait qu'il la lèche, elle sentait son entrejambe s'humidifier rien que de l'imaginer.

Sa manière de lui lécher les seins l'excitait terriblement. Quant à lui, l'accompagnement de sa main d'abord sur sa poitrine puis de son visage pour le presser fortement contre les seins moelleux et accueillants de la beauté diaphane, avaient réveillé ses désirs les plus primaires. Elle aimait ça, elle aimait comme ça et il aimait plus que tout qu'elle aime ça comme ça… Il allait pouvoir lui donner satisfaction !

Il adorait les petites onomatopées qu'elle prononçait lorsqu'il lui léchait les seins. Il était profondément excité par les sons qui sortaient de sa bouche lorsqu'il pinçait ses mamelons avec ses lèvres ou qu'il les léchait en écrasant sa bouche tout entière dans sa poitrine parfaite. Son sexe était gonflé et l'afflux de sang dans son membre s'accentuait seconde après seconde. Il entendit Natalia lui demander de continuer à la lécher. Elle lui disait qu'elle adorait ça puis il entendit qu'elle l'invitait ou plutôt, qu'elle lui ordonnait d'aller plus bas.

— Lèche-moi le chat !

Était-ce son accent slave si prononcé ou la petite faute de français qu'il lui pardonnait naturellement, mais toujours est-il que cela le ramena très superficiellement à la réalité. Il n'allait pas passer la soirée à lui dévorer les seins. Elle lui ordonnait d'aller plus loin.

L'une de ses mains lâcha sa poitrine. En même temps qu'elle descendait sur sa cuisse, il enfonça encore un peu plus son visage dans la douceur de son buste pour lui faire sentir la brulure de sa barbe de trois jours. Il imaginait que cette diversion sensorielle lui permettrait de la surprendre avec son autre main. Et en effet, Natalia ressentit particulièrement le feu des poils drus sur ses seins légèrement endoloris par le traitement qu'il venait de lui infliger. Elle ne s'aperçut pas tout de suite qu'il remontait sa robe sur le haut de ses cuisses. Elle le réalisa lorsqu'il se servit de ses deux mains pour terminer de tirer presque violemment le bas de sa robe blanche jusqu'à ses hanches. Natalia était à présent quasi nue, sa belle robe de soirée repliée au niveau de son bassin.

— Elle ne porte rien en dessous, se dit Vincent en ayant totalement éliminé l'obstacle vestimentaire. Quelle

garce ! Elle bougeait tout à l'heure à la réception offi-
cielle, elle papillonnait d'ambassadeurs en consuls en
passant par toute sorte d'officiels divers et variés et elle
était totalement nue sous sa robe fine et moulante.

Tant d'audace de la part de la jeune femme réveilla en
lui des accents primaires. Il se dit, se transformant en mâle
brut, qu'il allait la baiser et qu'elle adorerait ça. Puis, revenant en un éclair à plus de lucidité, il se reprit et s'en
voulut de tant de bassesse. Si l'amour et le sexe permet-
tent parfois d'être grossier et obscène parfois, ils
n'excusent jamais de se comporter en rustre primitif. Il
n'empêche que l'idée que cette femme sculpturale, perchée sur ses hauts talons, ne portait que sa robe tout à
l'heure l'excita encore plus. Un peu plus et Vincent en
aurait oublié que c'était la même femme dont il écartait
les cuisses en ce moment même et qui lui maintenait la
tête sur les seins en lui demandant de la lécher…

Il prit ses cuisses et les écarta. Natalia posa ses deux
mains en arrière sur la table et avança le bassin pour que
ses fesses arrivent au bord de la table. Vincent
s'accroupit, releva les jambes de la femme et découvrit
une toison blonde soigneusement tondue. Une fine épaisseur de poils pubiens blonds surplombait ses lèvres vaginales fines et roses. Lorsque Vincent y posa sa langue, il
sentit l'excitation humide s'écouler et remplir son nez
d'effluves salés délicieux. Sa langue bien à plat, il la fit
glisser, commençant par le bas des lèvres, puis, en appuyant un peu plus, il remonta. Il l'aplatit sur l'entrée du
sexe encore un peu refermé puis termina sur la pointe du
pubis. Sans attendre, il repartit immédiatement dans
l'autre sens. Exactement de la même manière. Arrivant au
niveau du périnée, il avait senti toute l'excitation et

l'envie physique de Natalia et se décida à augmenter le rythme. Il fit pointer sa langue et remonta.

À chaque millimètre de plus, il écartait soigneusement les lèvres vaginales trempées de l'Ukrainienne. Cela lui arrachait des soupirs interminables. Le bout de sa langue força les lèvres pour laisser apparaître l'entrée de son vagin et il continua. L'arrière de sa langue écartait dans son sillage les lèvres secrètes de la belle, comme un brise-glace qui ouvrirait la voie dans l'océan gelé par l'hiver polaire. La proue de sa langue arriva alors sur l'écueil recherché, son clitoris. En un soubresaut, il le fit sortir de sa cachette, écarta les vagues de chair trempée qui l'entouraient et il étala le plus délicatement possible sa langue sur ce petit bouton dressé comme un i.

Cela arracha un petit cri à Natalia qui attendait ce moment depuis tout à l'heure en le redoutant. Il n'y a rien de pire qu'un homme qui ne sait pas s'attarder là où il faut ni comment il faut.

Et là, elle était comblée, il savait parfaitement y faire.

Il n'allait peut-être pas assez vite, mais il savait parfaitement bien ce qu'il faisait. D'ailleurs, elle crut qu'il avait lu dans ses pensées, car immédiatement après, les caresses buccales de l'homme entre ses cuisses changèrent radicalement. Ses doigts se rapprochèrent de son sexe. Il écarta ses lèvres pour ouvrir le plus possible son sexe rose et rouge, sirupeux d'excitation dont il adorait le goût, et il enfonça, non pas sa langue, mais toute la partie basse de son visage entre ses cuisses écartées et relevées en l'air.

Son nez, sa langue étirée au maximum, ses lèvres grandes ouvertes, et son menton entrèrent en contact avec l'intégralité de son entrejambe humide. Natalia sentit un monstre prendre possession de sa vulve. Elle sentait tout, sans avoir la moindre idée de ce qu'il faisait. La seule chose dont elle se rendait compte était qu'il la dévorait.

La tête toujours en arrière, les cheveux pendant derrière elle à la perpendiculaire de la table, il lui fallu en attraper les bords avec ses doigts manucurés et se mordre les lèvres pour ne pas hurler de plaisir sous le coup de ce que lui faisait Vincent. Ses doigts écartaient son sexe pour en agrandir l'entrée, mais elle n'aurait pas juré qu'ils n'étaient pas entrés, pour au moins deux d'entre eux dans son corps. La langue agile courrait sur son clitoris électrique et chaque lapement lui arrachait des soupirs qui pouvaient devenir des cris à chaque instant.

Vincent laissa entrer son majeur et son index dans son sexe béant et totalement lubrifié. En deux secondes, au prix d'une petite contorsion, il avait enfoui ses doigts profondément dans son corps tout en continuant à lécher vigoureusement son clitoris. Sa position était sacrément avantageuse, car toute sa salive s'écoulait de sa bouche pour aller se mélanger avec l'excitation abondante et extraordinairement liquide de Natalia, lubrifiant non seulement ses deux doigts qui auraient pu s'enfoncer encore plus s'ils avaient été plus longs, mais également l'intérieur de ses fesses. Un fluide chaud s'écoulait de son sexe jusqu'entre ses fesses et Vincent prenait un malin plaisir à l'étaler soigneusement sur son anus avec ses deux derniers doigts en appuyant légèrement à l'entrée de son petit trou pour multiplier les sources d'émotions.

Vincent appuyait très fort avec sa langue sur le clitoris et surtout, multipliait les mouvements circulaires. Il tournait, tournait, tournait autour de la petite protubérance et entraînait à chaque fois de sourds gémissements de la blonde qui perdait pied.

Ses doigts s'étaient repliés à l'intérieur de son sexe et il massait les parois du vagin au même rythme que sa langue un peu plus haut. Cela semblait lui plaire atrocement, car Natalia gémit de plus en plus fort en l'encourageant entre deux jurons dans sa langue natale.

— Oui, vas-y ! Continue ! Continue comme ça, ne t'arrête pas, pouvait-il entendre.

Par un mouvement presque fortuit, son annulaire vint se poser juste au milieu de son anus secoué de petits soubresauts.

Au prix d'une légère maladresse liée à la coordination de ses mouvements, et aidé par une lubrification trop abondante, il s'enfonça d'une phalange en écartant tout doucement le sphincter qui se détendait facilement. Ce mouvement, loin de déplaire à Natalia, lui arracha un cri différent qui se poursuivit par un encouragement presque violent.

— Oh oui, enfonce tes doigts. Mange-moi et enfonce tes doigts ! Fais-moi jouir, je n'en peux plus.

En finissant son interjection, une de ses mains vint se plaquer à l'arrière du crâne de Vincent et appuya fortement pour qu'il ne cesse de lécher son sexe devenu bouillant.

Il enfonça alors la totalité de ses doigts excepté le pouce dans ses orifices. Deux dans chacun.

En quelques secondes cruciales, sa langue et sa bouche tout entière jouant, tirant, mordant, léchant le clitoris devenu ultra-sensible, et ses quatre doigts enfoncés profondément qui massaient pour les deux premiers un point imaginaire dans son vagin et qui coulissaient tout en douceur pour les deux autres. Tout ceci fit des merveilles.

Un orgasme fulgurant transperça Nathalie des pieds à la tête. Elle se cambra violemment en plantant ses griffes dans le crâne de Vincent. Elle lui maintint le visage immobile sur son clitoris pour qu'il ne bouge plus. Un cri parcourut le salon silencieux. Plus rien ne devait bouger. Plus rien ne pouvait bouger au risque de lui déclencher un arrêt cardiaque. Elle serra les cuisses instinctivement et lui bloqua le visage.

Il suffit à Vincent de bouger imperceptiblement la langue sur le clitoris pour qu'une décharge électrique lui fasse bouger les jambes et qu'elle réalise qu'elle était en train d'étouffer son bienfaiteur. Il dégagea le visage, se redressa, mais garda néanmoins les doigts enfoncés dans le corps de Natalia. Il savait d'expérience que s'il bougeait, elle hurlerait.

Ce fut le cas.

Elle s'allongea sur le dos, les doigts de Vincent toujours enfoncé dans son corps, et lorsqu'il les retira d'une fraction de millimètre, elle se redressa d'un coup et le regarda en se mordant les lèvres. Elle portait sur lui un regard qui n'était pas agressif, mais simplement sauvage. Ses yeux bleus s'étaient plantés dans les siens d'un air de défi tandis qu'il reculait ses doigts dans une lenteur interminable. Quand il en eut fini, toujours en soutenant le regard de la blonde, il porta ses deux doigts trempés à ses lèvres. Il les mit dans sa bouche et les lécha avec lenteur. Cela déclencha chez Natalia une explosion de désir. Elle le voulait dans son corps.

Là, maintenant, tout de suite.

En un éclair, elle s'allongea sur le ventre, enleva son pantalon et son boxer et sortit un sexe turgescent au bout duquel perlaient quelques gouttes de mouille. Sans autre forme de procès, elle s'avança sur le bord de la table, posa l'une de ses mains contre ses fesses et fit pénétrer son membre profondément dans sa bouche. D'un seul coup, sans la moindre hésitation, le sexe de Vincent s'enfonça presque entièrement dans la bouche grande ouverte de Natalia. Elle aplatit sa langue soigneusement et avala son membre court, mais large, dans la chaleur de sa bouche.

Elle suça sans la moindre difficulté ce sexe qui semblait fondre entre ses lèvres. Elle recula le visage pour le faire ressortir puis s'avança de nouveau pour le faire pénétrer un peu plus profondément encore. Il était court, mais large et gros, si bien qu'elle pouvait, en ouvrant tout en grand la bouche, l'enfoncer profondément jusqu'à l'avaler jusqu'à sa base. Elle l'aspirait, le pompait littéralement, creusait ses joues pour l'enrober de douceur, resserrait les lèvres pour lui faire sentir chaque mouvement de son visage. Il semblait fondre entre ses lèvres. Ses lèvres se refermaient sur la hampe qui glissait doucement et le gland prenait sa place sur sa langue et l'intérieur de ses joues. Elle ne le suçait pas seulement avec ses lèvres et sa langue, mais bien avec l'intégralité de sa bouche et chaque succion déclenchait chez lui des râles étouffés.

Toutefois, sa position était malaisée, elle ne pouvait pas faire ce qu'elle voulait. Vincent le comprit – pour autant qu'il fût capable de comprendre quoi que ce soit à ce moment-là –, et fit balancer ses hanches d'avant en arrière doucement. Cela plut énormément à Natalia qui put alors se concentrer complètement sur les différentes manières d'augmenter le plaisir qu'elle lui donnait. D'une main, elle attrapa le sexe de Vincent et le caressa d'avant en arrière au rythme des ses mouvements. Elle le caressait parfaitement, en prenant soin de coordonner ses mouvements avec ceux de sa langue et de sa bouche tout entière. Chaque fois que sa main ramenait la peau de son sexe à sa base, ses lèvres suivaient le mouvement, enfonçant d'autant le sexe de Vincent plus profondément dans sa bouche. Sa langue appuyait plus fortement sur la partie inférieure de son membre et ses joues se creusaient pour enserrer voluptueusement sa verge.

Chaque mouvement provoquait un enivrement supplémentaire au mouvement précédent pour lui. Il jouissait intensément des caresses de Natalia et intensifiait chaque mouvement de son bassin vers l'avant. Il transférait sur tout son bas-ventre l'intensité du plaisir qu'elle lui faisait ressentir, et chaque avancée de son bassin représentait une pénétration entière totale et absolue de son sexe dans un gouffre délicieux où la douceur le disputait à la chaleur et la moiteur de sa bouche devenue vagin. Sans même s'en rendre compte, il avait attrapé la natte de ses cheveux en une pleine poignée et accompagnait les mouvements de ses hanches avec une pression supplémentaire sur son crâne quand bien même elle ne bougeait finalement que très peu le visage. Chaque allée et venue de son sexe dans sa bouche provoquait également chez Natalia une bouffée de chaleur.

Vincent se rendit compte de l'intensité de la fellation et il connaissait ses limites. Si elle n'arrêtait pas ce supplice rapidement, il lui serait très difficile de se retenir plus longtemps. Par sa main dans ses cheveux, il lui arracha d'un coup la tête vers l'arrière tout en reculant plus franchement afin de ne pas lui faire mal avec un mouvement trop prononcé vers l'arrière. Il la força à incliner la tête pour que leurs yeux se croisent. Ils arboraient tous les deux un regard de défi animal.

— Tu me suces vraiment très bien, mais j'ai maintenant envie de te baiser. Je veux enfoncer ma queue dans ton corps, lui dit-il agressivement comme pour expliquer son geste.

Elle acquiesça de la tête, se redressa et se mit à genoux sur la table en face de lui tout en le défiant.

— Ah oui ? Tu crois que tu pourras me baiser aussi fort que j'en ai envie ? Ce n'est pas parce que tu m'as déjà fait jouir tout à l'heure qu'il faut croire que tu peux me satisfaire si facilement !

Le charme slave tient en peu de choses fondamentales et universelles. La phrase prononcée avec l'accent de l'est en roulant les " r " et la froideur naturelle, ou plutôt la distance désintéressée de son regard et de son attitude réveillèrent les pulsions les plus dures de Vincent. Bien qu'elle se soit redressée sur la table devant lui, elle n'en était pas pour autant prête à recevoir ses hommages dans l'instant et cette longanimité enhardit son adversaire du moment.

Il lui attrapa les jambes, la tira entièrement vers lui sur le bord de la table, prit ses cuisses sur ses avant-bras et enfonça d'un coup violent et profond son membre turgescent au plus profond de son sexe trempé par l'excitation de leurs préliminaires et de sa jouissance quelques minutes auparavant.

L'instant d'avant, Vincent avait pensé à mettre un préservatif. Malheureusement, il n'en avait pas sur lui, et n'osa pas briser l'instant en le demandant à la femme devant lui. De surcroît, il doutait de trouver ce genre de choses dans un bureau d'ambassade. Comme trop souvent malheureusement, ces questions s'évanouirent à l'instant où il pénétra en elle.

Cette pénétration violente arracha un cri de jouissance à Natalia. En deux ou trois va-et-vient, alors qu'elle avait toujours le souffle coupé par sa hardiesse, il lui montra toute l'intensité de son désir et la force de son envie. Il lui avait attrapé les cuisses et la maintenait fermement devant lui. Il poussait son bassin violemment pour faire pénétrer sa verge dans son sexe bouillant.

Ses bourses venaient à chaque fois cogner contre ses fesses immaculées. Son clitoris et toute la peau qui l'entourait étaient tirés vers son vagin dans lequel s'enfonçait à chaque fois plus loin le membre gonflé. Vincent donnait de vrais coups de boutoir avec tout le bas de son corps et chaque mouvement frappait le bassin de Natalia qui jouissait intensément.

Elle l'encourageait à chaque fois en lui hurlant presque de continuer entre deux cris irrépressibles. Elle mêlait ses interjections avec des mots dans sa langue natale totalement incompréhensible, mais qui ne laissaient strictement aucun doute sur sa volonté d'accentuer leur plaisir. Vincent lui-même savait que c'était la seule solution. Il continuait, il devait continuer à la transpercer de plus en plus fort s'il voulait la faire jouir.

Il avait pris le risque de commencer ainsi, elle en voulait plus.

Elle voulait plus fort.
Encore.

Il ne retenait plus non plus ses râles. Il serrait les dents et se mordait les lèvres pour garder constante l'intensité de l'effort à la fois physique et mental pour la faire jouir.

Il y arrivait, c'était manifeste. Elle se perdait, elle sombrait.

Elle ne sentait plus rien. Elle ressentait trop de choses. Son bas-ventre brulait, son pubis s'enflammait.

Elle sentait l'orgasme puissant se générer comme une tornade grandissant en spirale pour avaler tout sur son passage. Elle le sentait presque. Son nombril en était l'épicentre.

Encore un coup, deux, pas plus.

Elle ferma les yeux et ressentit l'explosion dans son ventre qui se déversa dans son corps tout entier.

Ses mains se crispèrent, et ses bras se tendirent. Elle attrapa les bords de la table pour les serrer fortement dans ses doigts. Elle se cambra pour se fixer et ne plus bouger en priant pour qu'il arrête ses mouvements.
Il fallait qu'il la laisse reprendre son souffle.

Dans une coordination inexplicable, Vincent retira son sexe de celui de l'Ukrainienne, le prit dans sa main et il lui suffit de deux aller et retour rapides pour qu'il jouisse sur son corps.

Son sperme s'expulsa en plusieurs jets puissants sur le corps de Natalia, crispée et tendue devant lui. Plusieurs jets atteignirent sa poitrine, le reste mourut sur son ventre et se perdit dans les poils tondus de son pubis. Il posa son sexe sur ce duvet moelleux et relâcha doucement les jambes de Natalia qui pendaient maintenant de chaque côté de lui.
Elle mourrait. Elle se noyait de plaisir.
Elle sentait le sperme chaud couler sur et sous ses seins. Elle ramena l'une de ses mains et la posa sur son ventre. Elle joua avec l'un de ses doigts avec le liquide encore chaud déposé autour de son nombril. D'un doigt, elle se caressait la peau doucement tandis qu'elle l'entendait respirer fortement entre ses jambes.

Elle ouvrit les yeux et vit Vincent tout rouge, haletant.

Rassurée – alors qu'il n'y avait aucune raison d'être inquiète –, elle referma les yeux et profita encore de quelques secondes de plaisir dans l'immensité de l'océan de bonheur où ils avaient échoué.

N'ayant bougé ni l'un ni l'autre, elle redressa la tête.

— Je crois que vous venez d'obtenir votre visa et votre financement, Monsieur Muller, lui dit-elle en souriant.

Il ne s'attendait pas à être ramené à la réalité de cette manière-là, mais les deux bonnes nouvelles qu'elle venait de lui annoncer le firent sourire. C'était décidément une soirée fabuleuse.

En attendant, il devait se rhabiller, car le flétrissement de son sexe allait vite devenir ridicule. Le voyant se reculer et retrouver ses affaires, Natalia ne mit pas longtemps non plus à se redresser et à remettre sa robe sans autre forme de toilette. Cela l'étonna, mais il mit cela sur le compte de l'incongruité de la situation.

Ils se trouvaient quand même dans un salon de l'ambassade l'air de rien. Et même si elle semblait bien connaître la maison, nul besoin de tenter trop le diable non plus.

Il osa lui demander un numéro de téléphone où il pourrait la contacter. Elle sembla gênée de cette question, ce qui lui fit la regretter instantanément.

— Oh et puis tant pis, pensa-t-il. Elle était sublime, ils avaient divinement fait l'amour, il pouvait quand même espérer la revoir un de ces jours.

— Je te recontacterai moi-même rapidement, lui répondit-elle sommairement.

Un rapide regard dans un des miroirs accrochés au mur, tout était OK, ils pouvaient reprendre une vie normale.

Soudainement pressée et soucieuse de discrétion, elle lui dit tout bas qu'elle lui enverrait tous les papiers officiels relatifs à son projet dès le lendemain.

— Nous allons sortir. Je vais t'accompagner jusqu'en haut des escaliers d'honneur, cela t'évitera de subir les contrôles.

Et en effet, le fait d'être accompagné par cette femme lui évita d'avoir à montrer ses papiers ou d'avoir à essuyer la moindre question malgré le nombre d'huissiers présents dans les couloirs entrelacés du bâtiment. Une fois rendus à destination, ils se serrèrent la main très protocolairement avec force sourires hypocrites. Sans attendre, elle tourna les talons et il la regarda s'éloigner de son pas sûr et déterminé.

Il ne put s'empêcher de la contempler marcher devant lui, ses jambes se croisant et se décroisant à chaque pas avec une élégance ultime, le bas de sa robe suivant les mouvements de ses cuisses et son dos nu ondulant langoureusement, rappelant le souvenir d'un moment déjà synonyme de rêve éveillé. Elle ouvrit une porte sur sa droite et lui adressa un dernier regard énigmatique juste avant de s'engouffrer dans la pièce et de quitter son champ de vision.

Qu'avait-il bien pu voir dans ce regard fugace ? De la tendresse, c'est certain. Un voile de tristesse aussi.

En y réfléchissant bien, ce pouvait même passer pour des excuses lancées maladroitement.

Il cherchait, mais ce qu'il n'avait pas vu dans ce regard, c'était la promesse de se revoir.

Cela le plongea dans une douce tristesse. Il n'avait quand même pas rêvé !

*
* *

Il descendit l'escalier monumental, récupéra son manteau et plongea dans un taxi qui stationnait devant l'ambassade.

Arrivé sur le palier de sa porte, il était toujours plongé dans ses pensées et une douce mélancolie l'avait empli pendant le trajet en voiture. Il ne vit pas l'ombre qui était assise dans son canapé. Il sursauta en allumant la petite lampe du salon.

Un homme avec un cou aussi large que son crâne et des épaules monumentales sous son blouson de cuir l'attendait silencieusement dans le noir.

Vincent tenta de s'offusquer.

— Mais que faites-vous ici ? Qui êtes-vous ?

Il suffit à l'homme d'un signe de la main l'invitant à se taire et à s'asseoir pour qu'il comprenne que cela ne servirait à rien de poser la moindre question.

— Bonsoir Monsieur Muller, lui dit-il.

À son accent de l'Est, Vincent comprit que cela avait un lien avec la soirée. L'homme continua.

— Je ne vais pas vous déranger longtemps. Je suis venu vous donner quelques informations importantes.

Il appuya sur le mot " importantes " pour lui donner un caractère particulièrement ambigu.

— Je serai, à partir d'aujourd'hui votre agent de liaison. Il roulait les " r " de manière symptomatique. Vous partirez en Ukraine dans quatre jours avec tout votre matériel. Je vous ai également amené ceci lui, dit-il en lui présentant un appareil photo tout ce qu'il y avait de commun. Vous êtes prié de la conserver en permanence avec vous. Les photos que vous prendrez avec nous seront immédiatement envoyées. Nous voulons que vous me transmettiez, dans les quarante-huit heures de votre arrivée, les informations que vous aurez pu obtenir sur le groupe terroriste qui va vous accueillir. Les différents contacts que vous avez déjà pu nouer ne sont en fait qu'une couverture pour un groupe de dissident qui a pour objectif de déstabiliser mon pays et ils veulent faire appel à vous pour leur propagande. Vous le ferez effectivement, mais vous n'oublierez pas de me transmettre l'ensemble des informations que vous pourrez récolter. Pour ce faire, vous utiliserez le téléphone portable que je vous confie également. Il posa sur la table basse un téléphone tout ce qu'il y a de plus commun également. Trois numéros sont préenregistrés. Vous utiliserez les trois successivement. Avez-vous des questions, Monsieur Muller ?

Vincent essayait de comprendre. Il allait être un agent infiltré pour le bénéfice du pouvoir ukrainien ? Mais dans quel guêpier allait-il se fourrer.

— Pourquoi le ferais-je ? Qu'est-ce que j'ai à y gagner ?

L'homme, tout aussi calmement que pendant sa première explication le regarda un instant avant de répondre.

— À y gagner ? Vous n'avez rien, Monsieur Muller. Mais vous avez beaucoup à perdre. Tout indique que vous avez violemment abusé sexuellement d'une employée de l'ambassade ce soir même lors d'une réception à laquelle vous étiez convié. Un certificat médical de viol a déjà été établi par un médecin français et vous conviendrez qu'il ne fait que peu de doutes que l'ADN très… personnel que nous avons retrouvé sur le corps de la pauvre Natalia Stachevsky sera rapidement identifié comme le vôtre. Or, vous savez que ce crime, commis sur le territoire national ukrainien, est soumis à la législation ukrainienne qui a fait d'énormes progrès concernant le droit des femmes ces dernières années sous l'impulsion très bénéfique de la Communauté Européenne. Vous encourez une peine de dix ans de prison, Monsieur Muller. Et malheureusement, toutes les prisons ukrainiennes n'ont pas été réhabilitées récemment…

Complètement abasourdi, il ne savait quoi répondre.

— Bien ! Je pense que nous nous sommes tout dit, Monsieur Muller, conclut l'homme. Vous partez dans quatre jours. N'oubliez pas votre nouvel appareil et votre téléphone portable. Passez une excellente fin de soirée, Monsieur Muller.

Il se leva et sortit aussi silencieusement que possible. Vincent entendit la porte se refermer et les pas feutrés de l'homme s'éloigner dans les escaliers.

Il se prit la tête dans les mains.
Comment pouvait-il avoir été aussi bête ? Le rêve était devenu un cauchemar.

Les yeux hagards il posa sa main sur sa bouche comme pour s'empêcher de crier.
Il respira et sentit ses doigts.
L'odeur de la bassesse des pulsions masculines était encore imprégnée dessus. Il allait visiblement la respirer encore pendant longtemps.

*
* *

Mademoiselle Shalimar

Elle s'appelait Ève, mais un imbécile de son boulot l'appelait parfois Mademoiselle Shalimar.

Avec un petit sourire en coin, il croyait se faire remarquer à ses yeux et obtenir de sa part un traitement de faveur par rapport à tous ceux qui lui tournaient autour, comme des abeilles autour d'un parterre de fleurs. Tout cela au prétexte qu'il avait réussi à deviner le parfum qu'elle mettait. Quel idiot !

Elle ne sut jamais pourquoi ses parents avaient eu l'idée de l'appeler ainsi, mais cela lui allait parfaitement.

Ève était la beauté incarnée alliée à la grâce d'une divinité. Le grain de sa peau, la blondeur de ses longs cheveux et ses grands yeux d'un bleu cristallin offraient, à chacun la croisant, un spectacle d'une beauté pure époustouflante.

Toute son adolescence fut émaillée de succès, tant sur le plan personnel qu'estudiantin. Elle travailla consciencieusement d'abord au lycée, puis à l'université où elle obtint son diplôme de droit avec les félicitations du jury.

C'est à cette époque que je l'ai rencontrée. Croisée au détour d'un banc d'amphithéâtre lors d'un obscur cours de philosophie juridique constitutionnelle, ce n'est pas sa beauté ou son aura qui m'ont frappé en premier. La fragrance qui se dégageait subtilement d'elle surgit à mon visage en un éclair lorsque je m'assis à ses côtés. Nous n'échangeâmes pas un seul mot ce jour-là, pourtant il est resté gravé dans ma mémoire et le restera pour l'éternité.

Mon esprit fut frappé par cette impression d'un halo se dégageant d'elle. Lorsque je la regardais furtivement, je pouvais voir la finesse des traits de son visage. Ses yeux surtout déployaient leur vivacité et leur beauté à chaque regard qu'elle accordait. Ses cheveux soyeux retombaient subtilement sur ses épaules, lasso satiné attrapant mes pensées et les liants à elle de manière définitive.

Plusieurs fois après ce jour, je la recroisai sur le campus.

J'admirai sa beauté, et chaque jour, je m'étonnai de sa vertu. Une femme comme elle devait avoir tous les hommes à ses pieds, prêts à délaisser un empire pour une aumône de sa part.

Il fallait que je l'aborde avant qu'elle ne remarque les yeux de Chimène que j'entretenais pour elle.

À la faveur d'un heureux hasard, nous fîmes connaissance lors d'un travail en commun dans une matière que j'avais choisie sur la seule justification qu'elle la suivait elle-même. Bien m'en prit, car j'eus la possibilité d'échanger quelques mots avec elle à cette occasion et de débuter notre histoire.

Nous liâmes connaissance et pûmes alors commencer à nous découvrir. Par la suite, avant même qu'elle n'entre dans une pièce, je savais qu'elle arrivait. Suffisamment peu de personnes dégagent une aura si caractéristique. En discutant avec elle, chaque seconde était une quête, et j'ambitionnai son suffrage à mon égard pour l'avenir. J'ai tellement imaginé qu'elle me donne un indice de son intérêt pour moi. Je les cherchais dans ses propos, je les épiais dans ses regards, dans ces regards vers moi d'où partait un poison d'autant plus dangereux, qu'il était répandu sans dessein et reçu comme un soulagement.

Mais Ève ne m'a jamais aimé. Du moins, pas ainsi.

Alors oui, certes, elle m'a accordé une place privilégiée dans sa vie depuis lors.

Au fur et à mesure des années, nous sommes devenus amis. D'abord lors de déjeuners exquis où je tentais de répondre avec le plus de justesse et d'esprit à nos discussions. Puis, ces déjeuners se muèrent en dîners. Avec des amis tout d'abord. Puis seul à seul quelque temps après.

Parfois, conscient de ma perdition, mais incapable de réfréner mon attirance irrationnelle pour elle, je trouvais un prétexte quelconque pour demeurer quelques minutes dans sa salle de bain. Là, honteux – mais seul –, je scrutais son univers intime. Je notais mentalement ses produits de beauté pour m'en rappeler pour un éventuel cadeau un jour ou l'autre. Mes yeux se posaient sur son miroir qui avait la chance de capter son regard chaque matin, ou bien sa brosse à cheveux où gisaient régulièrement quelques vestiges matinaux, fins et délicats. Parfois, j'imaginais une deuxième brosse à dents, qui m'aurait été familière, à côté de la sienne. Enfin, mon regard se posait toujours sur le flacon de parfum trônant sur le coin d'une petite étagère. Toujours le même, invariablement au fil des années.

Oserais-je avouer aujourd'hui combien de fois j'ai approché mon nez de cette bouteille ? Sûrement pas.

Comprenant rapidement que ma brosse à dents ne rejoindrait jamais la sienne, nous avons fait nos vies chacun de notre côté.

Je rencontrai Constance un soir dans le train me ramenant à Paris après une visite provinciale chez mes parents et nous nous installèrent ensemble quelques mois plus tard. Ève ne cessa pas de s'étonner de notre couple et de son évidente stabilité. Il est vrai que sa vie sentimentale, sans être délurée, loin de là, fut chaotique durant de nombreuses années.

Certains, trop contents de s'afficher au bras d'une femme avec autant d'esprit et aussi belle, ne la considéraient que comme un trophée qu'ils devaient, au choix, accrocher à leur tableau de chasse personnel et intime, ou bien afficher au vu et au su de tous afin que tous justement, voient à quel point cette belle plante mettait en valeur l'égo surdimensionné du chasseur.

D'autres, plus fins, essayèrent de l'attirer dans leur filet, de récupérer pour leur usage exclusif cette abeille constructrice, cette ouvrière acharnée de travail, prête à s'oublier au bénéfice de son couple. Du moins, pour qui répondrait à ce qu'elle attendait d'un amant. Mais peu d'hommes pouvaient satisfaire les exigences d'Ève. Alors, ils étaient éconduits, généralement sans regrets apparents.

Cependant, lorsqu'elle m'appelait peu après, elle était souvent en pleurs. Je la rejoignais chez elle et nous passions des heures à discuter ou simplement à être ensemble. Je la consolais. Elle écoutait, en rougissant parfois, tous les compliments que je pouvais lui faire. Puis, je repartais, en général le cœur lourd de l'avoir vue pleurer pour un autre, mais la tête emplie d'une odeur incomparable et unique. C'était la sienne. Elle n'appartenait à personne d'autre. Elle ne pouvait appartenir à personne d'autre.

Ève se construisit alors sa vie seule. Passant d'aventure en aventure, plus ou moins longues, elle n'arriva pas à trouver sa stabilité conjugale. Alors elle s'investit de plus en plus dans son travail, réussissant une brillante carrière juridique dans une grande multinationale au siège parisien. C'est là qu'elle croisa un des grands directeurs qui l'avait affublé à plusieurs reprises de son surnom. Mademoiselle Shalimar.

Parfois dans la rue, un magasin ou en réunion professionnelle, le parfum surgissait et frappait mon esprit. L'espace d'un instant, je m'attendais à voir Ève entrer dans la pièce.

Cependant, à chaque fois, il fallait se résoudre, c'était une usurpatrice.

Un jour, je reçus un courrier à mon bureau.

C'était une lettre sur laquelle l'adresse était écrite à la main. La chose était suffisamment rare pour être notée. Un tampon CONFIDENTIEL était apposé sur l'enveloppe, prévenant son ouverture par une autre personne que moi.

Je l'ouvris. C'était un courrier d'Ève.

Elle m'avait écrit une longue lettre à l'encre du stylo que je lui avais offert pour ses trente-cinq ans.

Cette lettre avait dû lui coûter énormément.

« […]

J'ai bien réfléchi, les choses m'apparaissent clairement à présent.

[…]

Tu vois, en passant en revue les quinze dernières années durant lesquelles nous ne nous sommes finalement pas quittés, du moins, pas tant que ça, ou pas de trop loin, je réalise à quel point je me suis fourvoyée dans ma vie sentimentale.

J'ai toujours cherché un absolu, un homme parfait, un homme correspondant aux critères élevés que je me suis toujours fixés. Tout cela dans un seul but, bien éloigné de mon désir intime et existentiel. Je ne cherchais qu'une seule chose : faire un beau mariage et fonder une famille parfaite, une famille de magazine.

J'ai couru après une image de papier glacé. Mais il n'y a pas de place pour l'amour dans une telle image.

[…]

Je sais que cet objectif ne sera plus atteint à présent [...] »

Suivait ensuite une digression alambiquée qu'elle avait dû écrire et réécrire des dizaines de fois où elle tournait autour du pot. Elle parlait de Constance avec qui j'étais à présent marié depuis dix ans. Elle exprimait sa tendre jalousie par rapport aux deux enfants que nous avions eu Constance et moi.

« J'ai été aveugle. Je n'ai jamais compris à quel point tu étais amoureux de moi. Et je n'ai jamais admis à quel point je l'étais de toi également.

[…]

Aujourd'hui, il est trop tard. [...] »

La lecture de sa lettre fut un supplice teinté de plaisir. Elle l'avait parfumée. Des effluves si caractéristiques émanaient du papier épais qu'elle avait choisi. Chaque mouvement laissait flotter dans l'air des senteurs mystérieuses.

« [...] Pourtant, il reste encore quelque chose de possible. »

À la lecture de ces mots, mes yeux parcoururent la suite du courrier à la vitesse de l'éclair.

« [...]

Je veux un enfant et je veux qu'il soit de toi.

Personne ne le saura, surtout pas Constance. Juste toi et moi.

Je lui inventerai un père, je raconterai une histoire fantastique et invérifiable, peu importe.

Il est temps. Il est temps pour moi.

Et c'est de toi que je le veux. Je veux que tu sois le père de mon enfant. […] »

Cette lettre devenait audacieuse jusqu'à la provocation. Les mots attisaient mon désir et repoussaient voluptueusement les limites de l'interdit.

L'odeur s'en dégageant évoquait un royaume où tout invite à la découverte des sens et à leur éveil, où tout n'est que sensualité et célébration du corps féminin. Tout en Ève avait été séduction jusqu'à maintenant à mes yeux. Aujourd'hui, elle se faisait ensorceleuse et tentatrice. Eve devenait Lilith.

Elle terminait sa missive sur un rendez-vous. Je devais l'attendre trois jours plus tard, devant sa porte. Selon elle, ce serait le moment.

Le jour venu, j'ai attendu trois heures sur son palier. Elle n'est jamais venue. Elle n'est plus jamais revenue.

Aujourd'hui, vingt ans plus tard, je vis seul. Constance est partie avec les enfants. Ils sont devenus grands maintenant. Ils vivent leurs vies et tentent de me pardonner.

Aujourd'hui, vingt ans plus tard jour pour jour, l'odeur de cette lettre que je tiens entre mes doigts, assis dans le salon de mon appartement, me ramène encore une fois à ce jour fatidique où Ève, trop pressée de rentrer chez elle alors que je l'attendais, n'a pas vu la voiture surgissant à toute vitesse sur le boulevard.

Cette lettre déchirée par Constance lorsqu'elle tomba dessus, que j'ai recollée méticuleusement, exhale encore le parfum du jour où nous nous sommes presque aimés.

Aujourd'hui, tout se mélange.

Chaque respiration au-dessus du papier ramène à ma mémoire des souvenirs douloureux tout autant que joyeux. La joie d'avoir connu une femme telle qu'elle. La douleur de l'avoir perdue.

Elle était semblable à cette fragrance insaisissable.

Je réalise que lorsque j'ai voulu refermer mes doigts sur elle, elle s'est envolée à jamais pour se perdre dans l'éternité de mon esprit.

Cela fait vingt ans que je me dis que jamais plus je ne connaîtrai l'amour.

Et puis, chaque fois que je reprends cette lettre, chaque fois que je respire ce parfum, son parfum, je réalise qu'il perdurera.

À jamais.

*
* *

Soir de fête au bureau (inédit)

C'est toujours délicat ce genre de fête.

Les fêtes de bureau, c'est toujours compliqué à gérer, car ce n'est plus du travail, mais ce n'est pas encore une soirée entre amis. Les choses peuvent dégénérer très rapidement et on ne sait jamais où se situe la limite à ne pas franchir.

Dans la mesure du possible, Matthieu essayait d'y couper, il trouvait une excuse pour ne pas y assister, mais là, impossible.

Impossible de ne pas fêter ensemble la signature du contrat qui enlève ce client au concurrent le plus direct.

Entre les restrictions budgétaires diverses et variées et les nouvelles manières de travailler plus rigoureuses, les moments de détente entre collègues au bureau étaient devenus rares depuis plusieurs années. Raison de plus pour ne pas pouvoir échapper à celle-ci. De surcroît, Matthieu avait été chargé du dossier. Il l'avait mobilisé de très longues journées, soirées et nuits pour arriver à contractualiser les engagements nécessaires à cette refonte complète de la situation concurrentielle du secteur d'activité.

Il avait été un des principaux artisans de cette victoire et il en était particulièrement satisfait. Cela lui avait également permis, mais il faisait parfaitement semblant de ne pas y attacher d'importance, de se faire positivement remarquer par le management le plus haut placé. Et si certains directeurs, comme c'est souvent l'habitude de ces personnages, arrivaient encore à écorcher son nom ou son prénom après plusieurs mois de réunions régulières, son visage n'était plus inconnu et même, était reconnu.

Il en tirait un orgueil discret, mais bien réel. Il n'était pas peu fier en effet de voir reconnu tant d'investissements personnels et d'abandons de sa vie extra-professionnelle.

Ce que Matthieu n'avait pas compris, c'est que sa récente notoriété ou du moins reconnaissance n'était pas passée inaperçue non seulement de son management, mais également de certains, et surtout certaines, de ses collègues. Quelle ne fut donc pas sa surprise de se découvrir une ribambelle de nouveaux amis et, surtout, de nouvelles amies !

Passant la porte de la grande salle de conférence du quatrième étage, il s'aperçut que beaucoup de gens souhaitaient être près de lui, discuter avec lui, profiter de sa si soudaine reconnaissance. Il comprit assez rapidement qu'il avait particulièrement bien fait de soigner son apparence aujourd'hui. Même si c'était une règle générale et qu'il essayait chaque jour de s'habiller avec distinction et sobriété, il avait senti qu'il serait au centre de pas mal d'attentions ce soir et il y avait pensé ce matin en s'habillant.

Vêtu d'un éternel costume passe-partout marron foncé, il avait mis une chemise bleu ciel et une cravate accordée. Finalement, rien que de très normal, mais il avait pris soin d'associer à la fois une belle chemise et une cravate particulièrement soignée, de beaux vêtements achetés il y a peu.

C'est tout d'abord à ça qu'il pensa lorsqu'il s'aperçut que la soirée allait le solliciter plus que d'ordinaire. Au moins, il était à l'aise dans ses vêtements. Il avait réussi à ne pas se faire de taches sur la chemise ce midi et il se sentait bien dans son armure face à ses collègues, supérieurs et collaborateurs.

Deux heures étaient passées et il n'avait pas arrêté de discuter. Il avait été sollicité de toute part, questionné sur sa manière de gérer le dossier, sur comment il avait bien pu s'y prendre face aux manœuvres évidentes et parfois grossières des concurrents, etc.

Il avait finalement assez peu bu. Il voulait à tout prix ne pas tomber dans le piège de la fête de bureau qui se transforme en une situation où il n'aurait plus de prise et qui aboutit fatalement sur un sentiment plus négatif que positif.

L'heure avançait de plus en plus et la nuit était tombée depuis un petit bout de temps derrière les verrières géantes donnant sur les lumières de la ville. Malgré cela, beaucoup de monde était encore là et s'amusait. Quelqu'un avait réussi à mettre un peu de musique sur une enceinte portable ramenée d'on ne sait où et le climat était euphorique. Quelques bouteilles d'alcool avaient surgi de nulle part une fois que les éléments potentiellement problématiques (haut dirigeant, contrôleur interne, assistante à cheval sur les conventions) étaient partis. Même si c'était loin de l'euphorie d'une soirée délurée en boite de nuit, l'ambiance était particulièrement détendue et chacun se plaisait dans cette situation où l'on pouvait s'amuser benoitement en compagnie de personnes avec qui ils passaient la majorité de leur vie : leurs collègues.

Matthieu avait bien remarqué que Sophie était une des rares à ne pas avoir cherché à l'accaparer. Il en était contrarié, mais n'avait pas eu le temps de s'attarder sur le sujet. Tant pis pour lui. Sophie était celle qui le faisait le plus craquer. C'était terrible. Elle n'avait absolument jamais rien fait ni dit qui pouvait laisser penser ou imaginer quoi que ce soit. Pourtant, c'était sur elle que se focalisaient toutes ses pensées " féminines ".

Si ses collègues devaient décrire Sophie, les qualificatifs ne manqueraient pas. Coincée, rigide, ou glaciale pour les plus sympathiques. Frigide, insensible, sans cœur pour les plus vaches.

Sophie fait partie de ces femmes qui ont un look qui leur est propre. Une marque de fabrique intangible, qui n'en déroge jamais. Blonde sans la moindre nuance, les cheveux longs raides descendant jusqu'au milieu des omoplates, coupés avec la frange, elle mettait un point d'honneur à s'habiller en permanence d'une manière qui casse toutes velléités de grivoiserie. Évidemment, elle savait qu'elle était belle. Mais son sérieux et sa rigueur étaient tels que jamais personne n'oserait lui faire une remarque tendancieuse. Beaucoup trop risqué. Tous les hommes avaient beaucoup trop peur de se prendre, dans le meilleur des cas, une remarque aigre-douce en réponse. Et dans le pire des cas, un silence dédaigneux qui en dit plus long que n'importe quelle insulte.

Sophie était pourtant simplement somptueuse, divine.

Non contente d'avoir un très beau visage, son physique lui permettait de pouvoir porter sans crainte n'importe quelle tenue. Mince, – maigre disaient certaines –,d'une taille légèrement supérieure à la moyenne, le dessin parfait de ses hanches et de ses fesses et une poitrine plus qu'honorable faisait que n'importe quelle tenue lui allait et soulignait chaque partie de son corps. En fonction de ces vêtements, soit c'était sa poitrine qui était mise en valeur, soit la longueur interminable de ses jambes. Tout lui allait. Ou pour être tout à fait précis, tout lui irait… si elle le mettait. Mais elle s'en tenait invariablement à des vêtements extrêmement sages, ce soir y compris.

Elle portait ce soir-là une hauteur de talons tout ce qu'il y a de classique la concernant. Matthieu ne se souvenait l'avoir vu descendre en dessous des cinq centimètres de talons qu'à de notables exceptions. Ses jambes étaient galbées dans des bas chairs, à moins que ce ne fussent des collants. Elle portait une jupe crayon taille haute de couleur bordeaux parfaitement en accord avec son rouge à lèvres et un chemisier, blanc évidemment, dont elle n'avait enlevé qu'un seul bouton, même dans ce moment si détendu et amical. Professionnelle jusqu'au bout, elle aurait pu détacher ses cheveux, mais ils restaient impeccablement attachés en une queue de cheval relevée assez haut sur l'arrière de son crâne.

En un mot, Sophie était une bosseuse. Elle savait parfaitement où elle allait et mettait un point d'honneur à assumer sa féminité tout en déniant le droit à quiconque de la relever. Pour autant, il n'était pas possible de dire qu'elle était hautaine. Toujours d'humeur égale, parfois peut-être un peu cassante quand ses collaborateurs ne réfléchissaient pas à la même vitesse qu'elle, elle savait parfaitement se mettre au niveau de ses interlocuteurs sans montrer le moindre agacement ou la moindre impatience.

Sophie était pour Matthieu une collègue de travail parfaite, tant sur le plan professionnel que personnel. Malheureusement, son problème à lui, c'était qu'il pensait à Sophie en des termes plus personnels que professionnels…

Elle correspondait en tout point à son idéal féminin. Tant physiquement qu'intellectuellement. Combien de fois avait-il regretté amèrement de ne pas la connaître mieux.

Et ce soir-là, nouvelle désillusion, elle n'avait même pas cherché à l'approcher. Ne serait-ce que pour le féliciter. Au moins pour ça.

— Bah, ce n'est pas grave, se dit-il avant de porter à nouveau son verre à ses lèvres.

Il tourna la tête ailleurs. Secouant ses pensées, Matthieu se remit dans la discussion qu'il avait abandonnée l'espace d'un instant…

Par un concours de circonstances, il se retrouva seul quelques minutes plus tard. Étant allé se resservir une coupe, il ne trouva personne avec qui continuer, reprendre ou entamer une nouvelle discussion. Il posa alors son épaule contre le mur et dégusta ce merveilleux champagne par toutes petites gorgées.

— Alors ? Ça fait quoi d'être le roi de la fête ? entendit-il soudain derrière lui. En tout cas, félicitations ! Beau dossier, bien bouclé. Bravo.

Surpris, il se retourna et vit Sophie en train de se servir à côté de lui. Elle lui dit ceci sans la moindre méchanceté, fidèle à elle-même, sincèrement contente de ce qui lui arrivait. Matthieu tenta de lui répondre avec esprit, mais rien ne vint à part une formule creuse sur l'importance du travail en équipe, la récompense de beaucoup de travail et d'un petit peu de chance.

Difficile d'être spirituel après deux coupes de champagne et plusieurs nuits de sommeil en moins…

— Je sais que le moment est probablement mal choisi, lui dit-elle alors, mais j'aurais aimé avoir ton analyse sur quelques points de détails concernant une affaire que je dois traiter en ce moment. Cela t'ennuierait de me donner ton point de vue ?

— Bien sûr que non lui répond-il, pas de souci, bien au contraire. Tu veux que je passe te voir demain matin ?

— Si ça ne te dérange pas, comme il n'y en a pas pour longtemps, j'aimerais mieux tout de suite. Il n'y en a vraiment pas pour longtemps et surtout, la musique commence à me taper sur les nerfs. Tu es sûr que ça ne te dérange pas ? lui demanda-t-elle tout en s'avançant pour le conduire à son bureau.

Voilà, pensa Matthieu. C'est tout Sophie ça... Elle est unique.

Il n'eut même pas le temps de répondre, il ne put que la suivre. La situation était pourtant totalement ambiguë et délicate. Un coup d'œil alentour suffit pour s'apercevoir que tout le monde était occupé. Matthieu prit garde à ce que personne ne remarque leur échappée. Sophie a sa réputation pour elle, pensa-t-il. Mais pour le commun des mortels, s'éclipser ainsi lors d'une soirée représente un aveu de culpabilité auprès de n'importe qui.

Personne ne remarqua leur absence, et ils eurent tôt fait de se retrouver dans le bureau de Sophie. Elle sortait déjà les documents du dossier en question. Il entra et approcha. Elle revint vers lui, le croisa et alla fermer la porte.

*

* *

— Je ferme la porte, je n'aimerais pas qu'on se pose des questions, lui dit-elle dans son dos.

Matthieu ne put s'empêcher de se faire exactement la réflexion inverse.

Au contraire, se dit-il. C'est bien si on les surprenait la porte fermée que l'on pourrait se poser des questions. Les trouver, lui et surtout elle drapée dans son professionna-lisme légendaire, ensemble dans un bureau, quelle que soit l'heure du jour ou de la nuit ne susciterait aucune équivoque.

La porte fermée, par contre… Tout peut basculer.

Clic, clic entendit-il. Le verrou venait de se refermer. Matthieu était incapable de se concentrer sur les papiers devant ses yeux. Elle revenait vers lui. Ses talons se posaient sur le sol plus qu'ils ne claquaient. Il imaginait secrètement ses jambes se déployant pour se croiser avec une grâce naturelle. Un pas, deux pas, un troisième pas. Ça y est, pensa-t-il, elle doit être juste à côté de lui. Que faire ? Il n'arrive même pas à relever la tête.

Elle se positionna à côté de lui. Il sentit son regard posé dans son cou. Il lui fallut tout le courage du monde pour relever la tête en bredouillant.

— Que voulais-tu que je regarde précisément sur cette acquisition ?

— Rien de particulier, lui répondit-elle en approchant son visage du sien. D'ailleurs tout va plutôt bien sur ce dossier. Je voulais simplement te féliciter comme tu le mérites.

En un instant la situation bascula. Elle l'attrapa par la cravate, le fit virevolter et alla l'appuyer contre la porte fermée. En un quart de seconde, sa bouche était plaquée sur la sienne. Elle entrouvrit ses lèvres délicieusement maquillées, sortit sa langue chaude et humide et la passa avec lenteur sur ses lèvres à lui, totalement pétrifié.

— Tu as envie de moi ? lui dit-elle dans un souffle à l'oreille d'une voix suave et envoûtante.

— Oui bien sûr Sophie, répondit-il, investie par un courage insoupçonnable.

— Très bien, alors ne bouge pas et profite, car j'ai moi-même très envie de toi et depuis beaucoup plus longtemps que tu ne crois.

Matthieu n'eut pas le temps de répondre que ses lèvres étaient déjà plaquées à nouveau sur les siennes. Elle l'embrassait presque tendrement. Mélangeants force, envie, et désir. Il était totalement déstabilisé. Cela n'allait pas avec son image. Une pensée idiote lui traversa l'esprit. Une femme comme elle n'embrasse pas de cette manière-là. Il en savourait d'autant plus chaque baiser. Ses lèvres humides se collaient aux siennes. Elles attrapaient l'une des siennes pour la serrer et lui transmettre une chaleur intense. Un pur délice. Elle mordillait ses lèvres alternativement tout en apaisant immédiatement la légère douleur par une caresse délicate et parfaitement dosée de sa langue chaude, agile et douce.

Sophie profita de cet instant où il s'était totalement abandonné pour enlever sa ceinture et dégrafer son pantalon. Elle libéra son membre tendu et gonflé. Il n'était pas grand, il n'était pas démesuré, mais sa circonférence était conséquente. Les doigts de Sophie l'entourèrent et resserrant sa main autour de ce membre turgescent, elle ne put retenir un petit soupir de contentement en appréciant la taille de l'objet.

Curieuse d'en savoir plus et impatiente de rentrer dans le vif du sujet, elle se recula légèrement du corps de Matthieu et regarda plus précisément l'objet de son désir. Un gémissement admiratif lui échappa.

— Et bien dis-moi ! Si j'avais su ce que tu cachais dans ton pantalon, j'aurais peut-être osé te coincer plus tôt… Je pense qu'on va bien s'amuser.

Matthieu était stupéfait d'entendre ces mots de la bouche d'une femme aussi réservée en temps normal. Elle s'en aperçut et en rajouta même.

— Tu as envie de t'amuser avec moi ? lui dit-elle avec un air mutin. Pliant les jambes pour descendre son buste vers le sexe de Matthieu, elle continua. Moi j'ai très envie de m'amuser.

Sans attendre la moindre réponse, elle prit le gland de Matthieu en entier entre ses lèvres. Il lui fallut faire un effort pour arriver à entourer complètement l'extrémité de son sexe.

Il est vraiment imposant. Je ne me suis pas trompée, se dit-elle intérieurement.

Matthieu lui ne savait plus à quel saint se vouer. Jamais il n'aurait pu imaginer cela. Jamais il n'aurait pu penser se retrouver dans cette situation. Il ressentait une joie indescriptible. Il nageait en plein rêve.

— Mais qu'est-ce qu'elle me suce bien, se dit-il. Jamais je n'aurais pu imaginer qu'elle puisse faire ça, mais quel pied punaise, quel pied !

Tout en la regardant le sucer avec application, il enleva sa chemise rapidement. Le torse nu, le pantalon sur les chevilles, il la contemplait, n'en croyant toujours pas ses yeux. Elle prit son sexe dans sa main, elle l'entourait entièrement. Ses doigts se resserraient autour. Ses ongles, vernis de la même couleur que son rouge à lèvres et que sa jupe, se détachaient parfaitement de son sexe rose. Sa main allait et venait en ramenant à chaque mouvement autant de peau que possible, amplifiant le plaisir donné avec sa bouche. Ses lèvres humides s'aplatissaient tout autour de son membre en même temps que sa langue appuyait sur la partie inférieure. Ses joues se creusaient, aspirant au maximum ce gland trop gros pour sa petite bouche délicate, et enveloppant son sexe d'une douceur et d'une chaleur innommable. Son autre main, passée sous les testicules de Matthieu, les caressait. Elle laissait jouer ses ongles sur la peau contractée. À certains moments, délaissant ses bourses pour aller poser sa main sur les fesses de Matthieu, elle en profitait pour planter ses ongles dans la peau laiteuse. Son étreinte se resserrait juste ce qu'il fallait pour déplacer les sensations et les multiplier. Devant l'inactivité de Matthieu, et légèrement emportée par son élan aussi, elle appuyait sur ses fesses pour accompagner le mouvement de son visage d'avant en arrière.

Il réalisa alors que son sexe rentrait presque intégralement dans la bouche de Sophie. Elle le faisait pénétrer profondément, amplifiant tout le plaisir qu'elle pouvait lui donner. Il ne perdait pas une seule miette de cette fellation magistrale.

Mais au-delà de tout cela, Matthieu n'arrivait surtout pas à se remettre de la surprise suscitée par Sophie.

Sophie.

" La " Sophie sur laquelle il fantasmait depuis des mois était en train de le sucer goulument. Comme jamais il n'avait été sucé d'ailleurs. Il constatait non seulement le décalage de la situation avec le sentiment qu'elle inspirait, mais également la lubricité des gestes de celle qu'il avait tant désiré.

Il sentait les griffures de ses ongles sur ses fesses –et découvre par là même le plaisir induit. Il voyait sa main s'étaler sur son ventre alors qu'elle aspirait fortement son membre. Ses doigts se recroquevillaient parfois au niveau de son nombril, puis se plantaient dans sa peau, lui procurant une légère douleur compensée immédiatement par la douceur de la succion par la bouche parfaite de Sophie.

Petit à petit, l'étonnement fut supplanté par le désir. Il enterra ses inhibitions et décida de plonger dans le grand bain. Il attrapa la queue de cheval formée par ses cheveux blonds et accompagna fébrilement les mouvements de la magnifique femme qui l'honorait.

Quelques instants plus tard, elle recula son visage, laissa sortir son membre de sa bouche, releva la tête et noya ses yeux bleus dans ceux de Matthieu.

— Alors, tu aimes ça ? dit-elle avec un sourire coquin. Et bien tu vas voir, je pense qu'on va bien s'amuser.

Reprenant son sexe en bouche, elle attrapa ses testicules et les pressa fortement. Une douleur vive parcourut le corps de Matthieu. Il ne s'attendait pas à ça et réalisa qu'ils étaient entrés dans un autre rapport. Elle lui prouvait ainsi de manière évidente que c'était elle qui menait la danse.

Cette douleur lui arracha un soupir mêlé d'un cri. À sa grande surprise, il aima ça.

— C'est bon, ne put-il s'empêcher de lui dire.

C'est bon oui en effet, pensa-t-elle. J'ai passé les premières étapes pour lui faire comprendre que j'appréciais les relations sexuelles physiques, un peu… brutales. On va maintenant passer à la vitesse supérieure.

Elle relâcha immédiatement le sexe de Matthieu. Il était trempé de salive. Sophie se releva et fit deux pas en arrière.

— Tu as envie de moi ? lui dit-elle franchement tout en le regardant d'un air de défi. Tu veux me baiser ?

Matthieu restait interdit, ne sachant que répondre, troublé par tant de hardiesse.

— Alors au cas où tu ne l'aurais pas compris, j'aime ça et tu as intérêt à assurer, car j'aime qu'on me baise et j'ai envie que tu me prennes comme une femme, pas comme une gamine de vingt-cinq ans. Le message est passé ?

En terminant sa phrase, elle s'était adossée à son bureau et avait relevé sa jupe. Elle portait des bas auto-fixants. Pas de culotte. Relevant sa jupe langoureusement, elle lui dévoila des jambes sublimes, des cuisses parfaitement bien dessinées et un pubis soigneusement épilé. La vue qui s'offrait à lui l'excita énormément. Son sexe se redressa instantanément à la vue de cette toison de poils blonds clairsemés.

Sophie écarta les jambes et se caressa. Elle passait lentement, mais fermement sa main entre ses cuisses puis plongea ses doigts à l'entrée de son corps. Lorsqu'elle les retira, ils luisaient d'une excitation humide. Puis en un instant, elle les fit disparaître dans sa bouche. Elle lécha ses doigts en fermant les yeux et en montrant ostensiblement le plaisir qu'elle prenait à goûter sa propre effervescence. Sans attendre, elle redescendit sa main entre ses cuisses et enfonça complètement deux doigts dans son sexe tout en poussant un petit gémissement évocateur.

Matthieu la regardait avec un étonnement mêlé d'excitation insoutenable. Il était tétanisé, ne sachant pas s'il devait continuer à profiter de ce spectacle hallucinant de beauté ou briser l'instant pour assouvir des pulsions qu'ils ressentaient manifestement tous les deux.

Au même moment, la jeune femme en rajouta en ouvrant son chemisier. Elle dégrafa son soutien-gorge attaché par devant pour libérer ses seins. Elle les malaxait, les pétrissait littéralement et en tortura un pour l'amener jusqu'à sa bouche pour le lécher. Sa langue, fine et rosée sortait de manière démesurée de sa bouche pour aller titiller son téton se durcissant immédiatement en réaction. Redressant le visage, elle regarda Matthieu légèrement en contre-plongée.

— Et bien, t'attends quoi ? Tu veux me laisser m'occuper de moi toute seule ?

*
* *

En trois pas, il la rejoignit, attrapa ses jambes, posa ses fesses sur le bureau et enfonça son visage entre ses cuisses.

Un quart de seconde plus tard, il léchait son sexe abondamment mouillé. Il avait attrapé ses cuisses, les avait relevées sur ses propres épaules et sa bouche s'était plaquée au beau milieu. Son sexe avait un goût exquis. Il ressentit tout d'abord la chaleur de son corps, la chaleur de son excitation largement stimulée par ses doigts un instant auparavant. Puis, il sortit sa langue, l'étala bien en entier entre ses lèvres et la déplaça lentement le long de son sexe. Il écarta habilement les lèvres trempées, puis lécha, aspira, suça ce puits exquis. Son intimité avait un goût sucré-salé. Il prit un plaisir sans nom à boire délicatement ce jus. Le liquide abondant coulait sur sa langue et inondait ses lèvres et tout le pourtour de sa bouche. En remontant très légèrement la tête, la pointe de sa langue écarta en même temps les petites lèvres vaginales et découvrit son clitoris. Il était gonflé et chaud. Il joua avec. Sa langue tournait autour. Il le titillait gentiment quand il sentit la main de Sophie se poser dans ses cheveux. Elle attrapa une poignée de sa tignasse, la serra fermement et l'encouragea presque en l'insultant.

— Oui vas-y, mange-moi. Lèche-moi plus fort. Continue !

Elle accompagna ses paroles en appuyant fortement sur la tête de Matthieu. Celui-ci se retrouva plaqué contre son sexe dégoulinant. L'intégralité du bas de son visage, de son menton à son nez, était ramenée en avant avec force par Sophie. Tout son visage était noyé dans son sexe. Elle continuait à l'encourager tout en lui donnant des ordres, comme si c'était naturel.

— Mais qu'est-ce que tu fous avec tes doigts ! Qu'attends-tu pour t'en servir !

Matthieu s'exécuta. Il recula le visage pour laisser passer sa main. Deux de ses doigts furent immédiatement happés par son sexe avide. Ils s'enfoncèrent sans la moindre difficulté. Au même instant, Sophie poussa un soupir de soulagement comme si Matthieu la délivrait d'un péril oppressant. La menace était toutefois bien réelle : son propre désir, sa soif sexuelle à elle d'être satisfaite, sauvagement, intensément. La fouillant avec ses deux doigts, sa langue triturait et malaxait sans ménagement son clitoris. Chaque mouvement, de l'un ou de l'autre, accentuait son plaisir. Elle l'exprimait maintenant très clairement et l'encourageait crûment.

— Fais-moi jouir. J'aime ce que tu me fais, mais j'en veux plus. Ne t'arrête surtout pas.

— Ah oui, se dit-il. Tu en veux plus ? Et bien c'est ce qu'on va voir continua-t-il intérieurement.

Il décida de passer à la vitesse supérieure. Je vais te faire voir ce dont je suis capable et on va voir ce que tu en penses, poursuit-il dans ses pensées.

En ajustant ses doigts correctement, et compte tenu de l'humidité de son sexe répandue à présent partout dans son entrejambe, il positionna ses doigts d'une manière particulière. Son index et son majeur toujours dans son sexe bouillant, son pouce accompagnait sa langue sur le clitoris tandis que son annulaire et auriculaire se posèrent juste à l'entrée de son orifice postérieur. Grâce à l'humidité abondante de la jeune femme, conjuguée à la salive de Matthieu l'intégralité de ses fesses et de son sexe était trempé, chaud et glissant. Matthieu bascula légèrement sa main vers l'arrière et ses deux doigts les plus fins rentrèrent dans son corps sans le moindre mal. Son anus se dilata rapidement. Dès lors, une légère flexion de sa main lui permit d'investir totalement le bas du corps de Sophie. Un coup de langue plus appuyé que les autres sur le clitoris fit diversion de manière inconsciente. Au moment où elle sentit la jointure des doigts de Matthieu sur son périnée, elle comprit ce qui était en train de lui arriver. Enfin, comprendre était un bien grand mot. À vrai dire, elle n'était plus capable de comprendre grand-chose. Elle ne voulait qu'une seule chose : qu'il continue, qu'il n'arrête pas. Sous aucun prétexte.

C'était trop bon. Elle sentait l'orgasme monter. Elle le sentait venir et voulait le faire grandir, encore et encore pour qu'il explose en dévastant l'intégralité de son corps au passage. Elle n'avait même plus la force de l'encourager ou de lui ordonner quoi que ce soit. Il avait renversé la situation et prit les choses en main.

De manière inattendue, même si le bas de son corps n'était plus qu'une source globale et indistincte de plaisir, elle s'habituait aux vagues de chaleur. Elle discernait de mieux en mieux les inflexions de sa main, de ses doigts et de sa langue. Au fur et à mesure, elle identifiait le bien-être inouï procuré par les doigts de Matthieu enfouis dans son corps. Elle retrouva alors l'usage de la parole.

— Oh oui vas-y ! Transperce-moi ! Tu vas me faire jouir. Ne t'arrête pas !

Ne t'en fais pas, se dit-il intérieurement pour toute réponse. Je compte bien ne pas arrêter et te faire hurler.

Les doigts et la bouche de Matthieu redoublèrent de vigueur pour la plonger dans un plaisir indescriptible.

Sophie n'en pouvait plus. Elle ne résistait plus. Elle n'allait pas tenir plus longtemps. Elle sentait une boule de feu grandissant dans son bas-ventre depuis qu'ils étaient entrés dans le bureau. Elle avait essayé de la contenir le plus possible, mais ce n'était plus soutenable. Elle allait exploser.

Elle poussa un cri. Matthieu eut soudainement très peur.

Mais elle est folle, elle va ameuter tout le monde, se dit-il inquiet.

Elle aurait pu s'en inquiéter également. Mais, à ce moment précis, il lui était impossible d'y accorder la moindre importance. Ils pouvaient bien tous venir les surprendre, elle s'en contrefichait. Elle venait d'avoir un orgasme fulgurant, transcendant, métaphysique.

Tout son corps s'était figé, tendu et cambré. Matthieu sentit sur ses doigts la contraction du corps de Sophie l'empêchant de bouger d'un millimètre supplémentaire. Son anus s'était littéralement refermé tandis que son vagin et ses lèvres vaginales s'étaient contractés fortement. Il était totalement inutile de penser à bouger ne serait-ce que d'un millimètre. Il valait mieux attendre qu'elle ait réussi à reprendre sa respiration avant de faire quoi que ce soit. Pourtant, dans un mélange d'excitation et de vice, il bougea la langue toujours en contact avec son clitoris. Devenu électrique, ce dernier réagit immédiatement et un frisson parcourut le corps de Sophie. Parti de son bas-ventre, il remonta par ses seins gonflés, et sa gorge nouée jusqu'à son cerveau endolori, avant de redescendre dans ses bras, entraînant un fourmillement de ses doigts.

Instantanément, sa main, toujours dans les cheveux de Matthieu, se resserra, lui arrachant les cheveux. Elle serrait les dents, inspirant difficilement.

La sensation se partageait entre la douleur et le plaisir.

Il ne faut pas qu'il bouge, pensa-t-elle. Il n'a pas le droit.

Elle ne pouvait absolument plus rien supporter. Il fallait d'abord retrouver un rythme cardiaque " normal " avant quoi que ce soit.

Après plusieurs secondes, Matthieu estima que c'en était assez. De son point de vue, c'était le moment le plus délicieux. L'onde de choc de l'orgasme n'a pas encore totalement disparu. Les répliques du séisme peuvent encore intervenir de manière amoindrie. Néanmoins, il s'était passé suffisamment de temps pour que le plaisir soit supérieur à l'intolérance épidermique.

Avec une précaution infinie, il retira ses doigts. Elle comprit elle aussi que c'était une espèce de moment magique, la parfaite coordination entre le plaisir qui s'éteint à petit feu et la subsistance d'un potentiel sensoriel incroyable. Il mit une éternité à retirer délicatement ses doigts du corps de Sophie. Après avoir bougé de quelques millimètres dans le petit orifice enfoui entre ses fesses, il retira aussi lentement son majeur et son index au même moment.

Encore quelques centimètres dans son corps. Encore quelques secondes à profiter de cette présence si jouissive. Sophie serrait les dents tout en appréciant le plaisir immense de cette intrusion ayant totalement pris possession de son corps et de ses moyens. Lorsque Matthieu retira ses doigts humides, elle expira comme si c'était son dernier souffle.

Il est vraiment très fort se dit-elle, c'est magique ce qu'il vient de me faire vivre et la manière dont il le prolonge. Le salaud, il se démerde quand même sacrément bien…

Chaque muscle de son corps se détendit d'un seul coup. Elle ne se retint même pas et se laissa tomber. Elle s'étendit sur le dos sur le bureau en poussant tout ce qui la gênait. Elle ferma les yeux. Elle était comblée. Elle savourait.

Elle avait perdu toute conscience. Elle n'éprouvait pas la moindre crainte liée à la situation ni au cri qu'elle avait poussé quelques instants plus tôt.

À ce moment précis, allongée lascivement sur son bureau, le chemisier ouvert, la jupe retroussée, découvrant son pubis et ses jambes gainées par ses bas, elle s'abandonnait sans même chercher à savoir ce que devenait Matthieu.

Il la regardait. Il était allé près de la porte écouter au cas où des gens seraient venus s'inquiéter du cri si incongru de tout à l'heure. Mais non. Heureusement, personne ne semblait avoir entendu.

Rassuré, il retourna sur ses pas et la vit étendue devant lui. Étendue et offerte.

Elle était allongée sur le dos. Sur le bureau. L'une de ses jambes pendait. Elle avait ramené l'autre pied sur le bureau en pliant la jambe, son talon posé sur quelques feuilles ayant échappé à la bataille. Elle avait ramené ses mains derrière sa tête. Son chemisier ouvert laissait entrevoir sa poitrine gonflée. Ventre totalement aplati, jupe remontée sur ses hanches, ses jambes étaient légèrement écartées, gainées dans leurs bas, laissant voir son sexe soigneusement épilé. Une fine bande courait au milieu de son pubis.

Matthieu se délectait du spectacle.

Reposée et lascive, elle profitait de chaque millième de seconde pour prolonger autant que possible le plaisir de l'orgasme. Tout à coup, elle le sentit se positionner entre ses cuisses. Relevant lentement le visage, elle vit cet homme qu'elle avait si souvent désiré sans jamais se l'avouer. Elle le trouvait beau. Torse nu devant elle.

Elle lui sourit.

— Prends-moi ! lui dit-elle. Après ce que tu viens de me faire vivre, tu peux faire de moi ce que tu veux.

Elle dit ceci sans arrogance, ni même lubricité. Presque amoureusement. Les armes étaient déposées.

Il lui répondit sur le même ton, doucement, tranquillement. Avec une intonation contrastant énormément avec la ferveur et l'intensité de ce qui venait de se dérouler.

— Tu es belle. Je te trouve magnifique et j'ai très envie de toi.

Ces mots ravivèrent chez elle l'envie et le désir. Alors que lors de la phrase précédente, elle était battue, conquise, offerte, ces compliments – qui la touchaient beaucoup – réveillèrent son instinct de prédatrice, de femme qui jouit, et qui aime jouir.

— Alors viens ! Moi aussi j'ai envie de toi, je veux te sentir en moi, lui dit-elle en lui tendant un préservatif qu'elle venait de sortir d'un tiroir de son bureau.

Il l'enfila rapidement juste après avoir jeté l'emballage par terre. Il positionna son sexe dressé au milieu de ses lèvres vaginales. Encore inondé du plaisir ressenti juste avant, il n'eut aucun mal à avancer en regardant son sexe disparaître dans le sien. Son gland perfora doucement l'entrée. Il glissa ensuite à l'intérieur puis ce fut au tour du corps de son sexe de pénétrer sans à-coups, sans la moindre résistance de plus en plus loin dans le corps de la jeune femme. Il ne s'arrêta qu'au moment où ses testicules vinrent toucher ses fesses, l'intégralité de son membre à présent disparue.

Pendant toute la pénétration, elle ferma les yeux, et se mordit la lèvre inférieure. Chaque millimètre que le sexe de Matthieu parcourait lui procurait une vague supplémentaire de plénitude. Elle avait totalement avalé son sexe. Elle le sentait dans son corps. Elle enroula ses jambes autour de ses hanches et ses talons appuyèrent sur les fesses de Matthieu pour accompagner son mouvement.

Elle redressa le visage en ouvrant les yeux, afficha un sourire carnassier, écarquilla enfin complètement les yeux, et lui adressa un regard animal.

— Vas-y ! Prends-moi ! Fais-moi l'amour Matthieu, je veux te sentir bien au fond.

Sans répondre, il attrapa ses cuisses, les fit rouler sur ses avant-bras, et commença des va-et-vient en la tenant fermement. Elle planta ses yeux dans les siens. Elle le fixait avec intensité, avec rage et satisfaction. Chaque mouvement en elle lui faisait ressentir un contentement mêlé de fougue, de rage, de plaisir réellement animal. Elle ramena ses bras derrière elle pour se soutenir, se redressa et regarda Matthieu.

— Va bien au fond. Défonce-moi, lui ordonna-t-elle. Je ne suis pas ta petite amie du lycée, lui dit-elle sans ménagement.

Cela décupla les forces de Matthieu. Il attrapa plus fort ses cuisses et fit aller et venir son sexe d'avant en arrière presque brutalement. Elle jouissait tellement qu'il pouvait même sentir son humidité intime couler le long de ses bourses. Sophie ne cessait de parler, et l'exhortait vulgairement à aller plus vite, plus fort et plus loin.

— Oh oui vas-y ! Continue, défonce-moi bien, j'adore ça. Je te sens aller bien profond en moi. Vas-y ! Continue. Prends-moi comme ça. Ne t'arrête pas.

À chaque coup de boutoir, ses seins bougeaient amplement, ses fesses frottaient sur le bureau.
Je vais lui faire mal, se dit-il de manière totalement incongrue.
Elle interrompit ses pensées.

— Prends-moi par-derrière.
— Comme ça ? Sans lubrifiant ? répondit-il inquiet.
— Oh oui, ne t'en fais pas ! Je suis trempée et j'en ai trop envie.

Ce n'était plus une demande, c'était un ordre.

Matthieu extirpa son membre du sexe béant de Sophie, lui remonta les cuisses pour qu'elle puisse présenter son petit trou plus facilement, et pointa son gland sur son anus. Lorsqu'elle le sentit juste à l'entrée de son sphincter, Sophie lui adressa une dernière demande, adoptant un visage très sérieux qui en disait long.

— Fais attention quand même hein, s'il te plait. Même si j'en meurs d'envie, je n'ai pas l'habitude…

Face à l'inquiétude dans ses yeux, Matthieu la rassura.

— Le but est de prendre du plaisir, non ? Aide-moi.

Elle s'exécuta et posa ses mains sur ses fesses pour les écarter.

— Une seule main ça suffit, lui précisa-t-il. Caresse-toi avec l'autre.

Sophie repassa une main devant elle, la fit glisser sur son pubis puis arriva au niveau de son clitoris qu'elle caressa délicatement.

Lorsque le sexe la pénétra, il fallut toute la vigueur de l'érection de Matthieu pour percer la contraction naturelle. Il n'eut ensuite aucune difficulté à glisser dans son corps. Elle s'était allongée de nouveau, cambrée au maximum. Elle ne put réprimer un petit cri, seule manifestation de la douleur ressentie. Elle n'était pas si importante néanmoins. Il fallait juste qu'elle s'habitue. Le sexe de Matthieu était décidément très large.

Une fois dans son corps, il s'arrêta et lui laissa le temps de retrouver une respiration à peu près normale. Dans le même temps, alors qu'elle n'avait commencé à se caresser que par acquit de conscience, le rythme qu'elle imprimait à son clitoris était devenu frénétique. Ses doigts le faisaient rouler, l'écrasaient, le pinçaient avec une régularité parfaite. Le plaisir irradiait à nouveau tout son bas-ventre.

Matthieu glissa son index et son majeur dans son sexe. Chaque source de plaisir entraînait des sensations différentes et l'ensemble était délicieux. La caresse de ses doigts parfaitement coordonnés sur son petit bouton encore endolori, la finesse et la dextérité de ceux de Matthieu dans son intimité, et enfin, la force, la virilité de son membre transperçant son corps, tout cela conjugué formait un bouquet de jouissance exquise.

Quelques minutes plus tôt, elle avait ressenti de la plénitude. À présent, elle se sentait emplie, possédée par cet homme à qui elle s'était abandonnée.

Matthieu avait introduit seulement la première moitié de son sexe dans le corps de Sophie. D'une part, c'était largement suffisant et sans risque de gâcher le moment par un trop-plein de gourmandise… D'autre part, il savait également ne pas pouvoir résister très longtemps face au plaisir qui montait en lui. Pour autant, ses doigts étaient loin d'être inactifs. Il fouillait littéralement le sexe de Sophie, il glissait, il écartait les parois, il sentait le plaisir procuré à la femme allongée devant lui. Enfonçant ses doigts profondément, il écartait largement l'entrée de son sexe.

Il en abusait même en accentuant l'ampleur de ses mouvements. Sophie ressentait de manière encore plus flagrante la présence de cette source de jouissance au plus profond d'elle. Quant à ses propres doigts, ils martyrisaient à présent complètement son clitoris déjà fortement mis à contribution. Elle n'aurait jamais pu imaginer qu'elle prendrait autant de plaisir à se caresser elle-même. Cela décuplait son plaisir à un niveau exceptionnel. Elle sentait qu'elle allait jouir de nouveau, c'était impossible de lutter. Inutile de résister.

C'est pourtant Matthieu qui jouit en premier. Quelques petits mouvements de bassin de Sophie déclenchèrent sa propre jouissance. Il lui dit très simplement.

— Je vais jouir Sophie, je viens.

Il n'eut pour toute réponse qu'une invitation qui le surprit une fois encore.

— Oh oui, dit-elle dans un petit cri, viens. Viens jouir sur moi.

À peine avait-elle fini sa phrase qu'il s'expulsait du corps de la belle blonde, enleva maladroitement le préservatif et présenta son sexe juste au-dessus de son pubis et de sa main qui la caressait. Deux jets de sa semence sortirent. Ils atteignirent sa poitrine et moururent sur son ventre. Matthieu poussa un râle grave. Sophie sentit le liquide chaud s'abattre sur ses seins et cela provoqua instantanément son propre orgasme. Ses doigts se figèrent sur son clitoris. Il comprit qu'il ne devait plus bouger ses doigts d'un millimètre. Le corps entier de Sophie se cambra pour laisser passer la deuxième décharge électrique qui survoltait son corps. Quelques gouttes de sperme tombèrent sur la main de Sophie tandis qu'avec son autre main, elle se caressait les seins, étalant la semence de Matthieu sur l'ensemble de sa poitrine. Elle jouissait, elle prolongeait sa jouissance autant que possible. Après quelques secondes, elle porta ses doigts trempés de plaisir masculin à ses lèvres et savoura avec une extase non feinte le mélange des fluides les plus intimes de leurs deux corps. Après avoir bien léché ses doigts, Matthieu se pencha vers elle et ils échangèrent alors leur premier baiser d'amour. Ce fut un baiser intense, chaud, poivré, et humide. Ils s'embrassaient fougueusement et tendrement à la fois. Il savait l'un et l'autre qu'ils concluaient un instant de partage absolu, jusque dans leurs actes intimes et que ce baiser allait bien au-delà d'une simple histoire de cul au travail. Par ce baiser, ils scellaient tous les deux un acte d'amour, ils le découvriraient plus tard.

Matthieu se redressa puis s'adossa contre le bureau. Il avait le pantalon aux chevilles et caressait doucement la cuisse de Sophie toujours allongée à ses côtés.

Elle se redressa elle-même, s'approcha de Matthieu. Leurs yeux se croisèrent et un sourire se dessina sur leurs beaux visages à tous les deux.

Ils étaient heureux et fous. Ils ne restaient plus alors qu'à se rhabiller tant bien que mal en essayant de reprendre leurs esprits. Autant qu'il était possible de le faire en pareille circonstance.

— On se revoit bientôt, lui demanda-t-elle à l'oreille en sortant du bureau qu'elle refermait à clef.

— J'espère que tu en as autant envie que moi, lui répondit-il aussi doucement. En tout cas, j'ai déjà hâte.

Ils repartirent dans le couloir, presque côte à côte. Il lui laissa un peu d'avance pour qu'ils n'arrivent pas forcément tous les deux en même temps et de surcroît, cela lui permit de la regarder marcher devant lui.

Elle avait cette démarche chaloupée des femmes qui savent marcher élégamment avec des talons. Sa jupe se tendait au rythme des mouvements de ses jambes interminables alors qu'elle réajustait ses cheveux blonds. Elle était magnifique. Il commençait à ressentir une attirance totalement irraisonnée. Il se demanda s'il n'était pas en train de tomber amoureux. Le petit coup d'œil qu'elle lui jeta en coin avec son plus beau sourire lui confirma la réciproque.

C'était le début d'une belle et longue histoire.

*
* *

Retrouvez les différentes publications du même auteur, érotiques ou non, en suivant les liens suivants :

https://www.facebook.com/wen.kroy.524

https://histoiresentrenous.wordpress.com/

http://welovewords.com/wen

Soyez les bienvenus dans son univers.

*
* *

Table des matières

Remerciements

À toutes les femmes qui m'ont inspiré et qui m'inspirent jour après jour.

À Julie, qui m'a donné le courage de publier ce recueil.

À Sweety, serial lectrice, et première correctrice.

À Joe, pour avoir osé.

À Will, pour avoir compris ce que j'attendais.

À mes amis d'écriture depuis tant d'années maintenant, Karine, William, Claire, Lyse, Anne-Sophie,… et beaucoup d'autres, pour leur foi en l'écriture qui m'a fait avancer certains jours sans même qu'ils le sachent.

À toutes les lectrices et les lecteurs de ces histoires, fidèles de la première heure d'un site internet créé au cœur d'une nuit d'octobre 2011.
Arriverai-je un jour à vous dire quelles joies et quels bonheurs vous m'avez apporté…

À ces étoiles qui brillent sans faille dans la nuit et m'éclairent quand le chemin se fait plus sombre parfois.

À propos de l'auteur

Wen est un personnage énigmatique.

C'est un peu François Merlin, un peu Bob Saint-Clar. Ça dépend des jours.

Un jour, il y a longtemps, Wen s'est mis à écrire. Un tas de choses, de différents styles et sous différents formats.

Né en Basse-Normandie, et après avoir parcouru la France et des petits bouts du monde entier, il a choisi le soleil et la douceur de vivre azuréenne plutôt que le tumulte parisien. Il s'est ainsi installé durablement dans les Alpes-Maritimes où il puise désormais son inspiration dans la vie de tous les jours et les nombreux tours qu'elle nous joue.

D'un naturel assez discret, rares sont ceux qui l'ont déjà vu…

© 2015, Wen Saint-Clar
Éditeur : BoD-Books on Demand
12/14 rond-point des Champs Élysées, 75008 Paris, France
Impression : BoD-Books on Demand
Norderstedt, Allemagne

ISBN : 978-2-322-04054-4
Dépôt légal : Décembre 2015